「孤高にっ、輝くっ、白銀の心おっ！
プラチナ・ハートッＳＲゥ！」
「魅惑にっ、煌めくっ、黄金の心おっ！
ゴールド・ハートッＳＲですわっ！」
ああああああっ！」

マギルカ・フトゥルリカ
ヴィクトリカ・ブラッドレイン
メアリィ・レガリヤ

どうやら私の身体は**完全無敵**のようですね 5

Contents

第一章 学園編自己幻視の魔鏡

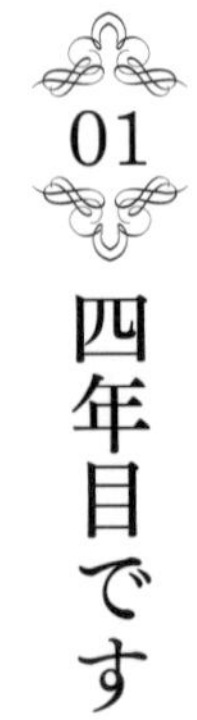

01 四年目です

学園生活も四年目を迎えました。

どうも、メアリィ・レガリヤ　十三歳です。


「私もついに最上級生かぁ～」

いつもの旧校舎の談話室とは違う部屋で、私はお茶を楽しみながら感慨深げに天井を見つめる。

私たちが使っていた部屋は、いつの間にやらクラスマスター達が仕事で集まる執務室として、生徒達に認識されてしまっていたのだ。うん、まぁ、なるべくしてなったという感じなので今更、私は驚かない。

基本的に余程の理由がない限り、クラスマスターは三年生が務めることとなっている。よって、王子達もその任を後輩に託して、最後の学園生活を満喫することになるのだ。

とはいえ、去年からクラスマスターの役目が飛躍的に増えたため、やりがいはあるものの、その責任は重大となっており、クラスマスター達は相談しにちょいちょい私達の新しい部屋を訪れている。

そして変わったモノがもう一つ。

それは皆で揃えていた自称制服である。

クラスマスター三人が同じような制服を着ていたため、一年間ですっかり『あの制服』＝『クラスマスター』というのが定着してしまったらしい。そのせいで私とサフィナはクラスマスターのサポート的なにかとして、今まで認識されていたことを今更ながらに知った私。

なので、クラスマスターではなくなったのに、制服のせいでこちらに相談してくる生徒や先生が続出。

面倒くさかったので「もう、この制服をクラスマスターの制服として任とともに引き継いでいけば」と口を滑らせたら、即採用されてしまった。

というわけで、あの制服は今年から正式にクラスマスターの者達が着ることと相成ったのである。

（なんかこの制服を着ることが夢でした！　みたいなことを皆言っていたけど、いつのまにそんな憧れの服になってたのかしらね～）

私はクラスマスター就任の場になぜか立ち会わされ、それを見届けさせられていた時のことを思い出す。

（まっ、それよりもあの制服を作ったのが私で、危うく学園史の一ページに刻まれるところだったけど、なんやかんや駄々こねて王子の功績の一部にねじ込めたのはラッキーだったわ）

現在、私は一年の時に作ったブレザータイプの制服に舞い戻っている。三年間も自称制服を着ていた手前、今更私服で学園に通うという行為がなんかモヤッとしたからだ。

新しい制服を作ろうかなとも思ったが、また妙なシンボルになってしまったら面倒だしね。

ちなみにマギルカとサフィナ、王子とザッハも理由は様々だろうけど、なんか私と同じようにモヤッとした気分になったらしく、私の自称制服をご所望され、ブレザータイプを皆で着ている。

（男性用もできてしまって、まさかこれも正式に学園の制服になるとか言わないよね？　制服化計画を考えていた時もあったけど、まさか学園史に記載されるような所行だったとは浅はかだったわ〜。ほんとマジ勘弁してください）

「……そういえば、メアリィ様は研究レポートのテーマをお決めになりましたか？」

私が物思いに耽っていると、現実に戻すべく向かいに座っていたマギルカが話しかけてくる。

「……あぁ〜、それねぇ〜……」

私は気持ちを切り替え、現状の問題に深い溜め息を吐きながら静かにカップをテーブルに置いた。

「私達アレイオスでは四年生になると授業数が減る代わりに、一人一つ研究レポートを提出する課題があります。テーマは自由ですが、レポートを提出しないと卒業も危うくなりますよ」

「分かりやすい説明ありがとう。でもねぇ〜、急にそんなこと言われても……」

私は天を仰ぎ、今まで自分はなにかに没頭したことがあっただろうか？　自身の研究テーマにするくらいのなにかがあっただろうか？　と考えてみた。

（う〜ん……私が躍起になってどうこうしたのって、自分の能力の制御くらいじゃないかしら？）

未だ成就されていない案件を思い出す私。

（ちょっと待ってて！　これはもしかして、研究テーマのどさくさに自身の制御もできてしまうのではないかしら？　あっ、良い、良いわっ！　正に一石二鳥じゃないのよっ）

「なにか思いついたのですか、メアリィ様？」

私があまりのナイスアイデアっぷりにムフフとほくそ笑んでいると、首を傾げてマギルカが聞いてくる。

私は慌ててにやけた口を手で隠し、一旦マギルカから視線を外して咳払いをし、心を落ち着かせた。

「そ、そうね。月並みな研究テーマかもしれないけど、思いついたわ」

「へ～、そうなのですか。参考に聞いてもよろしいでしょうか？」

「テーマは、私のぉっじゃなくて、使用者の力を抑制させる方法よっ！」

私は握り拳を作って、自信満々にテーマを公言する。まぁ、うっかり不味いことを口走りそうになって慌てて軌道修正したが……。

（ぶっちゃけ『ないのなら、自分で作れ、ホトトギス』ってやつよ）

私は有名な俳句をもじってテンションを上げていく。あぁ、自分のナイスなひらめきが恐ろしい。

「……確かレリレックス王国では、王族管理でそのようなアイテムがありましたね」

私の言葉に、マギルカが魔族の王国レリレックスにあった例の拘束アイテムを思い出したみたいだ。

私としては不本意な結果に終わったアイテムだったが、可能性はあった。あれでおしまいということはないだろう。

「そうそう、それそれっ！　私はやり遂げてみせるわよぉぉぉっ」

「さすがはメアリィ様ですわ。魔族ですらごく一部の者しかできない偉業を学生の段階で成し遂げようなんて」

「ふぇっ？」

「完璧とはいかなくてもその一端でも可能にすれば、もしかしたら王国としては『初』ではないでしょうか？」

私の自信たっぷりな言葉を聞いて、キラキラした瞳でテンションを上げてくるマギルカの言葉に、私は変な声を出すとテンションがサァァァッと急降下していった。

「……あぁ～、うん、今のなし、今のなし」

そして、私は即座に右手をパタパタと横に振って、さっきの発言をなかったことにする。

（あっぶなぁぁぁっ。学園どころか、喜び勇んで王国の歴史に名前を刻もうとするところだったわよ。くぅぅぅ、良い案だと思ったのにぃぃぃ）

「えっ、おやめになるのですか？　メアリィ様なら、もしかしたらできるのではないかと思いましたのに」

私の切り替えの早さにマギルカが冷静さを取り戻しながらも、残念そうに言ってきた。

「ははは、買いかぶりよ、マギルカ。それよりももっと現実味のあるテーマを考えようかしらね、はははっ」

（あぁぁぁ、自分で現実味のないとか言うと、心が、心が痛いぃぃぃぃっ！）

マギルカに笑みを見せながら、私は心の中だけで身悶えするのであった。

「……わ、私のことは、まぁ、置いといて。マギルカはどうなの？　なにするか決まったのかしら？」

自分の話題はこのくらいにしておいて、私はマギルカに話を振ってみた。

「……う～ん、いくつか候補がありますの。いっぱいありすぎてどれにしようか迷っていますわ」

私の質問にマギルカが顎に人差し指をあてて、ん～っと考え込みながら答えてくる。

「へ～、例えばどんなもの？」

「今一番調べたいのはですね、あの『王鼠（おうねずみ）』ですわ。なぜあのような能力を持ったのか、いろいろ調べたいところなのですが、どうにも拒否され、逃げられておりますの」

再び瞳を輝かせたかと思ったら、はぁ～と溜め息をつくマギルカに私はかける言葉が思いつかない。

（う～ん、なんだろう。なぜか「王鼠、超逃げてぇ～」と思ってしまう自分がいるのよね）

「……観察と研究の一環として、ちょこぉ～っと解剖するかもしれないと言っただけですのに……」

マギルカが心底不思議そうに呟いたその言葉に、私は背中から冷や汗をダラダラ垂らしながら、微苦笑を浮かべるのであった。

「……お、王鼠かぁ～。あったわね、そんなことも。いやぁ～、レイフォース様がお姫様になっちゃうとか、不思議な体験だったわね。あっ、不思議と言えばこの学園にも七不思議ってないのかしら？」

私は話題を変えるべく、考えなしに思ったことをベラベラと口にした。

「えっ、七不思議……ですか？」

私の話を聞いてきょとんとするマギルカ。話題を変えることに成功したみたいだが彼女の反応を見る限り、この世界では学園の七不思議というワードはメジャーではなさそうだ。

「学園に起こった七つの不思議ということですよね。不思議……なぜ、七つなのですか？」

「へっ？　えぇ〜っとぉ〜……なっ、なんでだろう……」

考えなしに言った話題だったが、マギルカの素朴な疑問に今度は私がきょとんとした後、思い悩んでしまう。

「ま、まぁ、単に七つあっただけで他意はないと思うわよ。学園で昔から囁かれている未解決の不可思議な現象を指していると思ってくれたら助かるわ」

相手を納得させる理由が思い浮かばなかった私は、数のことは曖昧にしてやり過ごすことにした。

「その口振りですと、その七つがなんなのかメアリィ様は知っていらっしゃるのですか？」

（ぐおぉぉぉっ！　墓穴を掘ったぁぁぁっ！）

痛いところをつかれて、私の目が泳ぐ。

この世界に学園の七不思議なるモノがない以上、前世の知識をここで披露してもマギルカには理解できないだろう。最悪、再びノイローゼで痛い子かと思われてしまうかもしれない。あれは、もうこりごりだ。

「えぇ〜、あぁ〜、うぅ〜、そのぉ〜、えっとぉ〜……忘れたわっ！」

ここで私は伝家の宝刀「記憶にございません」を抜く。

「……なるほど。故にもう一度調べてみて、テーマにするか吟味しようと思ったのですね」

「んっ？　ん、うん……」

私の苦しい言い訳をなんか妙な解釈でマギルカが理解してくれたので、私はそれに乗っかる。後ろで一部始終を見守っていたテュッテの視線が痛いような気がするが、まぁ、見てないのでスルーしておこう。

「では、参りましょうか?」

「へ? どこへ」

とりあえず危機を脱してホッとしていると、マギルカが席を立ち、私を促してくるので私も席を立つ。

「調べるなら図書館ですよね。メアリィ様が言う学園の七不思議というのは聞いたことがありませんが、それは単に私の勉強不足なのかもしれませんから」

「う〜ん、どうかしら。そういうのって伝聞系のような気がするのよ、あっ」

私は前世の知識をほじくり返してマギルカにさらりと答えたが、言った後で彼女からしたら何の根拠もない発言だったと気がつき、また墓穴を掘ったかと身構えた。

「そうなのですか。でしたら、先生とか……お祖父様に聞いた方がよろしいでしょうか?」

「え、いや、わざわざそんなことを学園長に聞くのは……というか、どうしたの? いやに積極的ね」

うっかり発言を鵜呑みにして話を進めるマギルカにホッとするよりも、私はその積極的な態度に小首を傾げてしまう。

「そ、それは、そのぉ……ク、クラスマスターの時にいろいろメアリィ様に助けられましたので、その……今度は私がメアリィ様のお力に、と……」

顔を赤くし、視線を逸らしながらマギルカの声が尻すぼみになっていった。

「……友よっ」

　私は恥ずかしがるマギルカを問答無用でハグする。

（思えば、マギルカは忙しい学園生活を強いられていたなぁ。やっと、時間が取れたらそれを私のために使おうだなんて……申し訳ないような、嬉しいような。あぁ、やっぱ友達って良いわよねぇ～）

「ちょ、ちょちょちょ、ちょっとメアリィ様っ」

　私のハグがお気に召さなかったのか、マギルカがアワアワと体を動かし離れようとする。その気になったら私は彼女を完全ロックできるが、無理強いは良くないのですんなりと解放した。

「えへへ、ありがとう。マギルカ」

「……さ、さぁ、詳しそうなせ、先生をさ、探しに行きましょうっ」

　赤い顔のままプイッとそっぽを向いて、マギルカがドアの方へ歩いていくので私は微笑ましく思いながらその後をついて行くのであった。


「学園に起こった噂レベルの未解決で不可思議な現象、古くからあるとなお良し……ですか？」

　学園の七不思議というワードが通用しないと分かった私は、別の言い方をいろいろ考えた結果、フリード先生が聞き返したややこしい言葉に成り下がってしまっていた。

「そ、そうです。ややこしくてすみません」

「いいえ、研究レポートのテーマを模索中なのですからかまいませんよ」

　私の無茶振りに笑顔で答えるイケメン先生。

なぜ、フリード先生に聞いたかというと、理由は簡単、先にも先生が言ったように研究テーマを探していると言えば、余計な説明は省けると踏んだからだ。

(今思うと、他の先生にあの内容で聞いたら変な子とか思われたんじゃないかしら？)

「しかし、メアリィさんは皆さんとは違った観点で妙なモノに興味を持ちますね」

(……これは褒められているのだろうか？　どことなく変な子扱いに聞こえるのは気のせいよね？)

悪意が全くない優しい笑顔で、さらりと言ってくるフリード先生の言葉に疑念を抱きつつ、私は話を進めていく。

「……それでフリード先生、なにか心当たりはありませんでしょうか？」

私が傷心しているのを見かねて、マギルカが代わりに聞いてくれる。

「う～ん、そうですね。学科内で困ったことならいくらでもあるのですが……」

なんだかお疲れのような困った顔で答えるフリード先生。

自分的にはナイスブラックジョークだと思っているのだろうが、私もマギルカもどう返していいのか分からず、作り笑いを浮かべるだけにとどまる。

(いろいろと地味に騒ぎを起こしているからね、アレイオスの生徒は)

「あっ、そうだ。古い話ですが一度調べて結局解決しなかった事件ならありますよ」

「あの、事件とかは……もうちょっと穏便なものでお願いします」

立場上そういったものによく出くわすのか、フリード先生が物騒なワードを放り込んできたので丁重にお断りする私。

「これは失礼。『自己幻視の魔鏡』という話でしたが、他、他ですか……」

「な、なんですか、それは。そこ、詳しく教えていただけませんか？」

さらに続けたフリード先生の話にマギルカが飛びついた。というか、釣られた。

（あ〜、こうなってしまったマギルカはもう誰にも止められないわね。ははは、妙な事件に首突っ込むのだけはマジ勘弁してください、神様）

興味津々な瞳をキラキラと輝かせたマギルカを横目に見ながら、私は深く溜め息を吐くのであった。


フリード先生の話をまとめるとこうだ。

十年ほど前に生徒の間でまことしやかに囁かれていた事件。

それが『自己幻視の魔鏡』だそうだ。

その魔鏡は学園内のどこかで突然姿を現し、その鏡を覗くと映ったその人が鏡から出てきて自分とすり替わろうとするという話らしい。

（おおっ、なんか七不思議っぽいっ……んだけどぉ。現代日本ならオカルト感あるけど、こっちの世界じゃ「それはきっと、マジックアイテムの仕業じゃないでしょうか」と思ってしまう自分が、悲しいぃぃぃぃっ）

「……そのような話があったなんて知りませんでしたわ」

「噂の域を出ませんでしたから、時とともに風化していったのでしょう」

心の中で一人モヤモヤしている私をほっといて、マギルカとフリード先生の冷静な議論が展開されていく。

「しかし、作り話にしては現実味がありそうですね」

「はい。私としては、なにか高位なマジックアイテムが放置されているのではないかと思い、探してみたのですが……結局見つかりませんでした」

二人の話を絶賛蚊帳（かや）の外で聞いている私は、なんとなく以前に起きたサークレット事件を思い出す。

やはりというか、フリード先生もマジックアイテムの犯行という線に行き着いたみたいだ。さらに、誰かが放置したという話にやけに説得力を感じてしまうのは、この学園ならではのことではないだろうか。

（いろいろフリーダムにやらかしてるからなぁ、この学園……）

「まぁ、噂の真偽はどうであれ。どうですか、メアリィさん。参考になりましたか？」

「え？　あ、はい。とっても」

フリード先生が急にこちらに話を振ってきたので、私は慌てて返事をする。それを聞いたフリード先生は、ここで話を切り上げるとその場を後にした。

「……そ、それでどうします？　メアリィ様」

「どうするって言われても……」

フリード先生を見送った後、すぐにマギルカが私に聞いてくる。ものすごく興味津々な瞳を輝かせて……。

（あぁ～、めっちゃ気になってる。めっちゃ調べたがってるわね、これは）

ここでこの話はなかったことにしても、おそらくマギルカは一人で調べてしまうだろう。そのくらい、付き合いが長い私には容易に想像できる。

仮に魔鏡の噂が本当なら、それはそれで物騒な話なので、彼女を一人にするのは心配だ。なので、私の結論は……。

「う～ん、一応テーマとして調べてみようか、なぁ～」

私の決定にパァ～と子供のような笑顔になっていくマギルカ。うん、可愛い、可愛い。

かくして、私は研究テーマを求めて、妙な噂に首を突っ込むのであった。

02 全てはレポートのためっ

翌日。

私達はさっそく噂の真偽を確かめるべく、まずは情報収集から開始した。

といっても、先に調べたフリード先生からいただいたメモ書きと、アレイオスの生徒達に魔鏡の噂話を知らないかと聞きまくるだけの簡単なお仕事ではあるが。

「噂程度には聞いている人はいましたが、目撃情報などの正確な情報はありませんでしたね」

聞き込みの結果にがっくりと肩を落として椅子に座るマギルカ。

「まぁ、あるようでないようなものが七不思議の醍醐味ってものよ。それっぽくなってきたわっ」

「そういうものなのですか……」

「とにかく、今有力なのはフリード先生が以前調べた時に書いたメモってことかしらねっ」

私はウキウキしながら、先生から貰った紙束を机に置く。いろいろ走り書きが多く、きちんと書かれていないところを見ると、聞いた話をとりあえずメモった感じだった。

（所謂（いわゆる）、自分さえ分かれば良いやってやつね。さほど枚数がないから難解とまではいかないけど、それだけ情報が少ないということなのよねぇ）

「分かっているのは、月夜の晩、月の光に照らされて学園のどこかにフッと現れる不思議な魔鏡だということ。その鏡に映った自分が鏡から出てくると、鏡の自分が本人とすり替わり、鏡の中に閉じこめようとする……でしょうか」

マギルカは私が置いた紙束から一枚取ると、目を通しながら確認するように言ってくる。

「うんうん。やっぱ、こういうのは深夜でないと雰囲気でないわよね～」

「あの、お嬢様。ちょっと宜しいでしょうか？」

私もマギルカに習って紙を取り、目を通していると後ろからテュッテが話しかけてきた。

「なぁに、テュッテ。なにか気がついたんなら、どんどん言ってちょうだい」

「はい。えっと、その魔鏡がどういった能力かここまではっきりしているということは、被害に遭われた方がいらっしゃったということでしょうか？」

「どうでしょう？　大したことない噂に尾ひれが付いたのかもしれませんし、もし被害があったのなら、それこそ噂程度では済まされないのではないでしょうか？」

「……ふふふっ、真相は誰かにもみ消され、噂しか残らなかったのかもねぇ……」

テュッテの疑問にマギルカが答え、私はほくそ笑みながら悪乗りでちょっと思わせぶりな意見を言ってみたりする。

「「…………」」

「え、あ、うそうそ、冗談よ？」

私の悪乗りを鵜呑みにしたのか、二人が顔を青ざめ無言になるものだから、私は慌てて訂正した。

「と、とにかく。真相はどうあれ、その魔鏡を見つけだせば良いのよ」

私は話を強引に進めて、まだ見ぬ魔鏡に思いを馳せ……思いを馳せぇ……。

「ところで、その魔鏡ってどんな感じなの？　手鏡サイズ？　姿見サイズ？」

いまいち想像できなかった魔鏡の姿を、私はマギルカに聞いてみた。

「噂を集計しますと姿見という説が多いですね」

「姿見かぁ～。そんなものが学園のどっかにちょこんっと置かれてたら、そりゃ目立つよね。なんで見つからないんだろ？」

マギルカの返答でさらに謎が深まる私。

「フリード先生のメモにある噂話のいくつかを検証すると、年代と共に見たという場所が違っています。場所が定まっていないみたいですね」

「学園内というのは確かなんだけど、ここ無駄に広いからねぇ～」

私の素朴な疑問にマギルカが間髪を容れずに答えてくれて、私は途方に暮れる。

「とはいえ、こういった場合は地図の上に目撃位置を書き込むと、自ずと法則性が見えてくるものよ」

私は気持ちを切り替え、得意げにこういった推理系の場合、よく出てくるお約束を試みることにする。

「な、なるほど。さすが、メアリィ様」

「ふっふっふっ、それほどでもないわよ」

「お嬢様、地図です」

マギルカが感心して誉めてくるので調子に乗る私。テュッテが用意してくれた学園の地図を広げてみる。

「では、地図に目撃した位置をぉ～」

得意げに私は地図に向かい、話に聞いた場所に印を書き込もうとしたが、学校の備品に落書きするわけにもいかないと気がつき手が泳ぐ。

「こちらで代用できますか？」

私がなにも言わないうちに、テュッテが銅貨を数枚私に渡してきた。

（いやはや、持つべきものは万能メイドよね）

「えっと、確かぁ～……」

「……こちらとこちらですね」

「あと、ここところですわね」

私がどこだったか確かめていると、パパパッと目印を置いていく優秀なメイドと優秀な友人のお二人。

（う、うん、まぁ、気にしないでいこう。私だけがお馬鹿に見えるだなんて、ははっ、そんな訳ないから。うん、気のせい、気のせい）

チラッと頭を過った不穏なワードを振り払い、私は目印が置かれた地図を見る。それに習って、マギルカとテュッテものぞき込んだ。

「「「…………」」」

そして、私達三人揃って無言でその地図を眺めること数十秒。

(あぁぁっ、ここで目印をつなげたら後一つで六芒星になるとか、そういった胸熱展開を期待していたんだけど、なにもなかったぁぁぁっ！)

私の期待とは裏腹に、その目印は特になにか法則性があるようには見えなかった。

自分であれだけ自信たっぷりに言っといて、なにもないでは超恥ずかしい。なので、私はなにか言おうと焦り出す。

「……えっとぉ、時計塔を中心にしているようなぁ～」

「どうなのでしょう？　時計塔は学園の中心付近にありますので、そういう風に見えてしまうのでは」

「そ、そうっ」

見たまんまのことを口にした私は、マギルカの意見でそれを引っ込めようとする。

「……ですが、極端に離れているものもありません。なにか関係があるのでしょうか」

私の意見になにか気が付いたのか、テュッテが助け船を出してくると、マギルカと二人して地図とにらめっこして、再び沈黙が訪れた。

「…………」

「お嬢様が時計塔の～とおっしゃられたので、その付近を思い出していたのですが、例えばこの印の地点……以前は人通りが少ない場所だったと聞いたような気がします」

「…………」

「確かに。こちらは昔、増築されるまで人通りが少なかったというお話を聞いたことがありますわね」

なんだか優秀な二人に置いていかれて、焦った私はなにか言おうとするがなにも思いつかず、パクパクと魚のように口を開閉するだけにとどまってしまった。

「あ、もしかして、時計塔から遠くなく、そこから繋がる人通りの少ない場所……ということでしょうか、メアリィ様」

「ん？　う、うん」

自分で振っておいて、マギルカとテュッテだけが理解している状態になってしまい、私もなんとかその中に加わっている感を醸し出そうと知ったかぶりをする。

「さすがメアリィ様。目印をつけた時点でもうそのことにお気づきになっていたのですね。そうとも知らず否定的なことを言ってしまって、お恥ずかしい限りですわ」

「ん？　う、うん……っじゃなくて、違う違う。そんなことないないっ」

変に頷き癖がついてしまい、危うくマギルカの誤解に便乗しそうになって慌てて否定する私。

そんな私に「分かってますわ」という顔で聞いているマギルカだが、ほんとに分かっているのか心配だ。

「さ、さぁ、そうと決まれば、さっそく調査ね。人通りの少ないところを探しましょう」

私は変な誤解がこれ以上大きくなる前に逃げ、もとい、行動をしようと、一人目的の場所へと向かうべく席を立つのであった。

そして、私達は今、時計塔を拠点にして人通りを調査しているところ……なのだが。

「なんか、私達の行く先々に人が多くなってないかしら？」

私は疑問を感じつつ、辺りを見回す。先ほど見かけた生徒達がまたいるような気がするのは気のせいなのだろうか。

「生徒達がなにごとかと集まっているようにも見えますわね」

マギルカも私と同じ疑問を感じたのか、周りを見ている。

「……学園内でも有名な方々がこんなところで道行く人達を観察していたら、皆様なにごとかと興味を持って集まってしまうのではないでしょうか？」

私達の疑問に後ろからついてきているテュッテが恐縮そうに告げてきた。

「……もぉ～、マギルカったら有名人なんだからぁ～」

「いえいえ、メアリィ様ほどではありませんよ」

本能的に有名人というワードから逃げようとしたのだが、マギルカが間髪を容れずに私を巻き込んでくる。

「いやいや、元アレイオスのクラスマスターにしていろんな功績をあげ、学園史にその名を刻んだマギルカに比べたら私なんて」

「いえいえ、私なんて所詮は学園内の功績です。外の人達から白銀の聖女とまで呼ばれている方に比べたら……」

言えば言うほど私に分が悪くなる展開に、私はん～と口を引き結んでしまう。

「あの……ますます目立ってしまい、これでは自然な人通りが分からなくなっていますが……」

テュッテのツッコミによって、私達は一時撤退を余儀なくされた。

そして、数十分後。

私達と分からなければ良いのだと判断し、用意したローブをマギルカと二人で頭まで被って通りに立っていたら、怪しい人達がいると通報を受けたフリード先生に連行され、注意を受けたことをここに報告しておこう。


フリード先生から解放されて一旦部屋に戻る私達。

「さて、どうやって私達と気付かれずに人通りの調査をしようかしら。全身ローブだったのが怪しかったのよ。もっと周りに溶け込むような変装ならいけるんじゃないかしら？」

「メアリィ様、本来の目的を見失っていませんか？」

拳を握りしめ熱く語る私にマギルカが半眼になって冷静なツッコミをいれてくる。

「なによ、マギルカ。なんか良い変装でも思いついたの？」

「変装から離れてください」

「変装せずに私達をどうやって空気にさせるのぉっ！　できるの？　できるなら教えてっ！　いや、マジで知りたい。私は空気になりたいのよぉぉぉっ！」

「な、ななな、なに訳の分からないことをおっしゃっていますの。お、落ち着いてください」

私はマギルカの両肩を掴むと顔を寄せ、切実に問う。すると、マギルカも顔を赤くして声を荒らげながら私を引き離そうとした。

「フフフフッ、さぁ教えなさい。教えないと、もっとすんごぉいことするわよぉ」

「ちょ、ちょちょちょちょ、ま、ままま」

さらに密着度を上げて私はマギルカに迫っていく。

「お嬢様、話が完全に逸れていますよ。落ち着いてください」

興奮する私を宥めようとしたのか、テュッテがなぜか後ろから両手で目隠ししてきた。

「…………」

視界が暗くなって私は停止しっ――。

「って、私は鳥かぁぁぁっ！」

テュッテの手から逃れて思わずツッコミを入れていると、マギルカがササササッと私から離れる。

「はい？」とテュッテが首を傾げているところからして、どうやら私のツッコミは不発に終わったみたいだった。

ちょっと恥ずかしくなり、私は場を誤魔化すため咳払いをした。おかげで自分の愚行を振り返る時間ができて、ますます恥ずかしくなってくる。

「……う、うんまぁ、冗談はこのくらいにして、本題に入りましょうか」

「あの、お嬢様。お二人が目立って調べられないのでしたら、私一人で調べましょうか？　それなら自然な流れを調査できるかと」

私がさっきのはなかったことにしようとオーラを醸し出していると、テュッテはそれを察してか話を進めてくれる。

「そ、そうね。それで良いかしら、マギルカ？」

「ふぇっ！　よ、宜しいのではないでしょうか」

私がマギルカに振ると、彼女はまだ深呼吸を繰り返していたらしく、変な声を出した後、慌てて了承するのであった。

「大丈夫、マギルカ？」

「だ、大丈夫ですわ」

まだ落ち着きがないマギルカを心配し私は彼女に近づく。

「そう、なら良いんだけど……」

そう言って私は笑顔のまま、手をワキワキしながらさらにマギルカへと近づいていった。

「ところでさぁ～、ほんとに空気になる方法知らない？」

「し、知りませんですわっ」

私の怪しい動きについにマギルカが逃げ出し、距離を取る。

「え～、なんかその反応気になるぅ。ほんとは知ってるんでしょ？」

「知りませんっ」

私はくすぐるぞぉ～と言わんばかりに手をワキワキしながら、マギルカをジリジリと追いつめていった。彼女も椅子やらテーブルやらを盾にして私との距離を取り出す。

（あぁ、なんか恥ずかしがって逃げまどうマギルカが可愛い。もっと困らせたくなっちゃうっ）

「……オホンッ。では、お嬢様、行って参ります」

後ろでテュッテの咳払いを聞いて私は冷静になり、悪ふざけはこのくらいにしておこうとワキワキしていた手を下ろす。

（危ない危ない、また変なものに目覚めそうだったわ）

「あ、うん、お願いね、テュッテ」

私はマギルカを追いかけるのを止め、テュッテを見送ることにした。


それから、テュッテに調査を任せて私は残りの授業を終わらせると、急いで部屋へ向かう。すると、マギルカの方が先に戻っていた。

室内を見渡すとテュッテも調査を終えて、なぜか部屋の角に向かって佇んでいる。

「マギルカ、テュッテはどうしたの？」

「あ～、今はそっとしてあげた方が宜しいかと」

私の質問にマギルカがテュッテを見ながら苦笑する。そっとしろとは穏やかではない。ことテュッテの身になにかあったのなら、私は黙ってられないのだ。

「いや、でもなんか落ち込んでいるような、自問自答しているような」

「……調査をしようと人通りを眺めていたら、『あの人ってメアリィ様のメイドだよね、なにかあったのかな』と結構注目されていたらしいですわよ」

なおも食い下がる私に対して、マギルカが困った顔でテュッテの現状を説明してくれる。

テュッテ的には自分は目立たないので大丈夫と思っていたのだけれど、どうやら本人の知らぬ間に結構有名になっていたらしい。とはいえ、私達のように人集り(ひとだかり)を作るほどではなかったようだ。

「テュッテ、そんなに落ち込まなくても大丈夫よ。ほら、メイドがこの学園にいるってこと事態が希(まれ)なんだから、目立ったのはそのせいよ」

現在も壁に向かって佇むテュッテに私はそう声をかける。

「そ、そうですよね。メイドが希だからですよね。決して『お嬢様の』メイドだから目立ったわけでも『警戒された』わけでもありませんよね」

テュッテがパァッと明るい顔でこちらを見て、とても引っかかる物言いをしてきた。

「ん？　ちょっと待って。なんか引っかかるんだけど」

「そんなことより、調査の方はどうでした？」

「そんっ……」

私が追及しようとすると、マギルカがばっさりと切り捨てて本題を進めてくる。そんなマギルカに一言言いそうになったが、グッと耐える私。

「はい。時計塔を中心に見ていたのですが、一つ、人通りがほとんどない経路を見つけました。こちらです」

壁から離れたテュッテは、机に置いてあった地図の一箇所を指さす。

「ではそちらを重点的に探しましょう。宜しいですか、メアリィ様」

「うん、そうね。今日はちょうど満月だし、深夜の学園を探索よっ！」

深夜の学校というフレーズに、私はワクワク感を抑えきれずにオーッと拳を掲げる。

「楽しそうですね、お嬢様……」

「そりゃあ、学校で肝試しみたいなもんだもん。一度やってみたかったのよね」

深夜の学園と聞いて顔が青くなるテュッテを察することができず、テンション高めで答える私。

「『きもだめし』というのがなんなのか知りませんけど、深夜に学園へ行くのは感心しませんわ」

優等生のマギルカが大変ごもっともな意見を言ってきた。

「仕方がないのっ。これも全ては研究レポートのためだからっ！」

そんなマギルカに「〜のため」という逃げの常套句で返す屁理屈な私がここにいる。

「でも、お嬢様。一晩学園で過ごされるのですか？　さすがに深夜家に戻るのは危険かと……旦那様も奥様も心配なさるのでは？」

今度はテュッテが大変ごもっともな意見を言ってきた。

確かに、公爵家と侯爵家の年端も行かぬ娘が二人、深夜の学園に残っているというのもどうだろう。学園内は百歩譲って危険はないかもしれないが、それ以外はその保証がない。ここは現代日本ほど治安が良いというわけではないのだ。

貴族が多いこの学園でこの手の噂を確かめようとする人間が少なかったのはこういう要因が含まれていたのかもしれない。

「……お祖父様に頼んでみましょうか？」

テュッテの言葉に「さて、どうしたものか」と思案していると、マギルカがあまり気が進まないといった顔で私に進言してくる。

「学園長に？」

「はい。お祖父様がいる時計塔には寝泊まりが可能な部屋がありますの。お祖父様もたまに学園で一夜を過ごしておりますわ。頼んで泊めていただき、できれば保護者として私達と一緒にいていただければ、メアリィ様のご両親も安心するのではないでしょうか。ただし、お祖父様に了承していただければの話ですが」

学園長にだっていろいろ予定はあるものだ。いきなりそんなことを頼まれても困るだろう。だからといって試しもしないで引き下がるのは早計である。

（とはいっても、思いっきり私情だからね～。いくらテーマ探しといってもそこまでしてくれるかしら……）

「全ては研究レポートのためですわ。とりあえず聞くだけ聞いてみましょう」

私が難しい顔をしていると、マギルカが私の心情を察したようにウインクしながら席を立ち、早速行動を開始するのであった。

「なんだか悪いわね。私のことで付き合わせちゃって」

「お気になさらず。前にも言いましたけど、私がお力になりたくて勝手にやっていることですから」

マギルカの後に続き部屋を出ながら恐縮する私に、マギルカが心にじんわりくるような台詞を言ってくれたので、

「……友っ、よ？」

と思わず後ろからハグしようとしたが、予測していたのかマギルカにパッと逃げられてしまった。

（ちょっとショック）

「あ、いえっ、決してくっつかれるのが嫌というわけではありませんのよ。ただ、ちょっと、人目を気にしていただけると……その、あの……」

私があまりにショックな顔をしていたのか、そんな私を見てマギルカが慌てて弁明してきた。最後の方は顔を赤くして俯きゴニョゴニョと口ごもっていったけど……。

「愛いやつめ」

「だぁ～から、人目を気にしてくださいって！」

人の話を聞かずに抱きつき魔と化す私に、マギルカが引きはがしながら抗議するのであった。

03 夜の学園です

「ホウホウ、研究レポートのために夜の学園を探索したいとは、メアリィちゃんは変わっておるのう」

　時計塔に入ってマギルカと二人、学園長に説明したところフリード先生みたいなことを言われて若干ヘコむ。

（私のやることなすこと変なのか、変なのか？）

「それで、学園長。ご了承いただけますか？」

「ふむ、今日は泊まろうと思っておったところじゃから、問題はないじゃろう」

　というわけで思いの外あっさり承諾を得て、今日はマギルカ、テュッテと三人で学園にお泊まりと相成った。

　さっそくテュッテは準備とかでその部屋へと赴いており、私の送り迎えにきていた馬車の御者には両親にこのことを伝えてもらうことにした。マギルカの方も学園長が手を回している。

「ところでメアリィちゃんは学園のなにを調べようとしておるのじゃ？」

　レポートのテーマ探しのために深夜の学園を探索するという漠然とした説明しかしておらず、詳しい内容を伝えていなかったので学園長が少し興味を持ったようだ。

まぁ、そんなんでよく了承したものだ。ここら辺の杜撰さが今のカオスな学園を築き上げたに違いない。

「えっと、学園でまことしやかに囁かれる『自己幻視の魔鏡』というものを調べようかと」

「ホ〜……じ、まっ、ゲホッゲホッ」

私の台詞に一呼吸置いてなぜか驚きむせる学園長。そんなに驚くような話だったのだろうか。

「大丈夫ですか？」

「あぁ〜、うん、大丈夫じゃ、問題ない。そ、そうじゃったか、随分と古い噂話を持ち出したのう」

「学園長もご存じなのですか？」

「ん、まぁ、噂程度にはのう」

そう言ってなぜか学園長は私から視線を逸らす。

（怪しい……なんかよく分からないが怪しい……）

私が訝しく学園長を見ていると、彼は沈黙を破るようにゴホンと咳払いをした。

「あ〜、儂は用事を思い出したのでな。なにかあったら言っておくれ」

そして、そそくさと出ていく学園長。

（なんか怪しいが、まぁいっか）

挙動不審な学園長はよく見るので、私は彼の行動を不問に付すことにした。

そして、いよいよ学園に夜が訪れる。

「さぁ、探索開始よっ！」

「本当に行かれるのですか、お嬢様」

テンション高めの私とは反対に、オロオロするテュッテ。未だにこういったホラー系には弱いみたいだ。完璧メイドにも弱点があると思うとなんかホッとする。

月明かりで全く見えないというわけではないが、明かりが全く灯されていない校舎間の通路は想像以上に静かで真っ暗だった。

（やばい、変に想像が膨らんで怖くなってきてしまったわ。夜の学校って、想像以上に怖いわね）

アリス先輩のせいでこの手のものには耐性がついたかと思っていたが、かえっていろいろ想像できてしまい、怖いイメージが膨らんでいく。

闇に吸い込まれそうな暗い通りを眺めながら、私はブルッと身震いし先ほどまでのテンションが急降下していくのを自覚した。

「えっと、テュッテの言っていた通りはこちらですね」

ブルっている私とテュッテを置いて、一人全く動じずにスタスタと歩き始めるマギルカ。

「……マギルカは頼もしいわね」

「な、なんですの、突然」

先を進むマギルカについて行きながら私が素直な感想を口にすると、驚いた彼女が振り返った。

「いや、マギルカって怖いものないんだなぁって」

「そんなことありませんわよ。私だって怖いモノの一つや二つありますわ。ただ、侯爵家の人間として、常日頃から平常心を……」

マギルカが突然しゃべるのをやめて、私達の後ろを凝視している。

（やめてよ、その反応。振り返るの怖くなるじゃん）

とはいえ、振り返らないわけにはいかず、私は恐る恐る後ろを見た。


カサカサカサ……。


「「でたぁぁぁぁぁぁっ！」」

そこにいたのは甲殻蟲モンスター。私で言うところのゴキもどきである。幼体なのかサイズが非常にアレと酷似していたため、その気色悪さを増幅させていた。

いろいろモンスターを見てきたが、やはりといっていいのかアレは生理的に受け付けない。

予想外のモノの出現に私とマギルカが二人抱き合って、まるで幽霊を見たかのような反応をする。

「あ、甲殻蟲ですか。これだけ広いとやはり根絶は無理っぽいですね」

私達とは打って変わって、今度はテュッテが全く動じない。

「ファ、ファイ、ファイ、ヤー」

「マギルカ様、ここで炎魔法を使われると周りに引火するかもしれません」

「テュ、テュテュテュ、テュッテ、どっかやって、どっかやってぇぇぇっ」

幽霊とかオカルトめいたモノが対象ではないのだが、夜の学園で恐怖に震え上がる私とマギルカ。

テンパる私は冷静なテュッテに向かって失礼にもシッシッと手を振り、追い払うジェスチャーをしてしまった。

「はい、では失礼して」

テュッテはキョロキョロと周りを見て良い感じの木の棒を拾うと、おもむろに振り上げアレに近づいていく。

「せいっ」

テュッテが躊躇（ためら）いなく振り下ろした木の棒をアレはカササッと素早く避け、事もあろうにこちらへ向かってきた。

「きゃあぁぁぁぁぁぁっ！」

それを見たマギルカが涙目で絶叫し逃げ出す。

先ほどの冷静な彼女とは大違いだった。

逃げるモノを追いかけるみたいな習性でもあるのか、アレもマギルカに向かって走り出す。私はというと、壁に背中を張り付かせ、全力で気配を消してアレをやり過ごしていた。

「テュ、テュッテ。なんとかしてくださいぃぃぃっ」

暗闇の中でマギルカの助けを呼ぶ声だけが聞こえてくる。

「え、で、でも、この先は真っ暗で……怖いです」

アレには物怖じしないテュッテが、暗闇の通りを見て震えていた。

（えぇぇぇい、苦手なモノって人それぞれなのねぇぇぇっ）

二つともダメっぽい私が言う資格はないが、こうして、夜の学園探索、第一歩目からドタバタの私達であった。


「うぅぅ、夜の学園は恐ろしいですわ」

「そ、そうですね」

一見マギルカとテュッテの会話は噛み合っていそうで、噛み合っていないような気がする。

あれから二人とも私にひっついて離れないときたものだ。両手に花とは正にこのことなのだろうが、私もいろいろと怖くなってきたのでぜひ怯える側につきたい。

(ま、まぁ、変に想像したり不意打ちさえなければどうってことないわよ。平常心、平常心)

「とはいえ、随分荒れた感じよね」

私は持っていたランタンで辺りを照らす。人通りが少ないせいか掃除も行き届いていない感じである。

私は通りに面したところに扉を見つけて中に入ると、人が少ない理由がちょっとだけ分かった。

その部屋は物置のようにいろんな備品が乱雑に置かれていた。よく見ると壊れているモノも見受けられる。処分を後回しにして、そのままになっているようだった。埃と蜘蛛の巣がひどい。

「なるほど、ここ一帯は不要物を置く場所に使われて授業に使われないから生徒も先生も通らなくなったのですね」

マギルカも私と同じ結論に至ったみたいである。

「う～ん、こんな雑多な中にあるとは思いたくないわね。神秘感ゼロだもん」

私はランタンをかざして部屋を見回す。幸か不幸か魔鏡が鎮座しているようには見えなかった。

「あの、お嬢様。あちらの奥、やたらと物が積み重なっていて違和感があるのですが。気のせいでしょうか？」

お片づけのエキスパート、メイドのテュッテらしい視点で私には気がつかないことを指摘してくれる。

「私にはどれも同じでそんな違和感ないんだけど、テュッテが言うならちょっとどけてみようか」

私はランタンをマギルカに預けて、そちらへ近づく。

「よいしょっと」

そして、埃まみれの木箱をひょいっと持ち上げ積み重なったものを退けようとする私。

「あの、お嬢様。その箱、重くないですか？」

「ん？　全然重く……ちょっと手伝ってくれるかしら、テュッテ」

「はい」

即座にテュッテが尋ねてきて、一瞬意図が分からなかったが、もし重い物だったらマギルカの前で平然と持ち上げていることになる。

マギルカが周りを片づけながら、ふとこちらを見てきたので慌ててテュッテに手伝ってもらった。

(危ない、危ない)

こうして、テュッテの指示の下、邪魔な物を退ける作業が始まり、十分も経たないうちに、その後ろから現れたのは大きな布に覆われたなにかであった。

「ね、ねぇ？　これって魔鏡かしら？」

「布に全部覆われていて分かりませんが、形からしてそれっぽいですね」

なんかいきなり当たりを引いてしまったっぽいのだが、こう神秘的な登場とかそういったモノがないので釈然としない。

もしこれが例の魔鏡なら、普通に物置に置かれて普通に発見されたことになる。不思議もなにもあったもんじゃない。

「布、取ってみる？」

「ど、どうなんでしょう。もしこれが本物なら鏡に映ってしまったら……」

私の案にマギルカが慎重になった。

「ちょ、ちょっとだけ。ちょっとめくってチラ見程度ならギリセーフじゃないかな？」

なおも食い下がる往生際の悪い私。

「う～ん、それなら大丈夫、でしょうか」

マギルカが若干疑問形ではあるが了承し、私は自分が鏡に映らないようにしながら、被せてある布をそぉ～っと少しだけめくる。

そして、ランタンの光にキラッと反射する部分が少し見えたので、慌てて布を戻した。

「どう思う？」

「鏡……でしたね」

「え？　これが例の魔鏡なのでしょうか？」

私の問いにマギルカが微妙な表情で答え、テュッテが驚く。

（ぐおぉぉぉ、見間違いじゃなかったか。えぇ〜、これが魔鏡なの？　なんか発見の仕方が普通すぎてやだ。もっと、こぉ〜、月の光に照らされてフワァ〜と出現するとかを期待してたのに）

などと、心の中で駄々をこねる私。

「いえ、まだ決まったわけではありませんわ。これはただの姿見で、たまたまここに保管されてあっただけかもしれませんし」

マギルカもこれがそうだというのがお気に召さないらしく、ごもっともな可能性を示唆してきた。

「そ、それじゃあ……か、鏡……覗いちゃう？」

私の悪魔の囁きに、一同ゴクリと唾を飲み込む。

「で、でも……」

「大丈夫。私だけ映ってみるから」

（私なら、最悪なにか起こっても大丈夫な気がするし）

「そ、そんなことメアリィ様一人にさせられませんわ」

握っていた布を引っ張ろうとしたら、マギルカが慌てて私の手を掴んできた。

「ご一緒しますわ」

「……マギルカ」

「どうじゃっ、なにか見つかったかのう！」

「「わぁぁぁっ！」」

二人で心温まる静寂空間を醸し出していたら、扉の方から空気を読まぬ第三者の大声が入り込んで、私達はハモって驚く。

「お、お祖父様っ、驚かせないでください！」

扉の先にいたのは学園長だった。

「あぁ〜、びっくりした」

「……お、お嬢様、マギルカ様……」

ホッと胸を撫で下ろしていると、テュッテが青い顔で私の手を指さしてくる。なにごとかと思い、握ったままの布を持ち上げた。

（あれ？　布が落ちてる？）

私は驚いたときに、握っていた布を無意識にたぐり寄せてしまったのだ。

慌てて鏡を見ると、こちらを見る私がいる。

鏡には私とマギルカがしっかり映り込んでしまっていた。

「や、やばっ！　鏡に映っちゃっ……たぁ？」

条件反射で顔を隠すように防御の態勢をとってしまう私。うん、意味ないね。

そして、なにも起こらないことに気がつき、私は防御の態勢を解いていった。

「えっとぉ〜、もしかして、これってただの鏡？」

「……のようですわね」

肩すかしを食らった私とマギルカが呆然として立ち尽くす。

「ふむ、どうやらお目当ての物は見つからなかったようじゃな。まぁ、今夜はこのくらいにして戻ろうかのう」

「……そうですね。なんか疲れたわ」

学園長に言われて脱力する私はトボトボと扉の方へと歩いていく。私につられて二人まで疲れた感じで歩き始めた。

「まぁ、その前にお前さん方はシャワーを浴びてきた方が良いぞ。埃まみれじゃわい」

三人揃って部屋の外に出ると、学園長がそんなことを言ってくる。

そして、初めて私達は自分達が埃まみれだということに気がつくのであった。


「あぁぁぁ～ぁ、ここまで盛り上げといて不発とは……ないわぁ～」

私はシャワーを浴びながら壁に額をつけて項垂(うなだ)れる。

「まぁ、簡単に見つかるものなら噂話で終わらないですよね」

隣からマギルカの声が聞こえてくる。なんか私と同じ位置から聞こえてくるのでもしかしたら私と同じポーズを取っているかもしれない。

テュッテは私達の着替えを取りに、学園長と一緒に時計塔へと戻っている。だが、学園長もなにか用があるらしく、暗い中テュッテ一人でここへ来なくてはいけないと知った私は、三人で戻って三人で来れば良いんじゃないかと案を出したが、彼女は大丈夫だと言って戻っていった。

（暗くて怖いの苦手なのに、大丈夫かな～テュッテ）

「きゃぁぁあっ！」

心配している矢先に近くでテュッテの悲鳴が聞こえる。私は考えるより先に声のした所へ駆け出していた。

シャワー室から出たすぐの廊下にテュッテが尻餅をついて、扉ではなく廊下の先を見つめている。

「どうしたの、テュッテ！　大丈夫？」

私はテュッテに駆け寄り、声をかけた。

「……あ、あちらに……し、白い人影が……」

私の声に反応してフルフルと震えながら廊下の先を指さすテュッテ。

マギルカも駆けつけてきて、テュッテが指さす方を見る。私もそちらを見るが誰もいない。

「人影……ですか？」

「誰もいないわよ？」

とその時、テュッテが指さしていた廊下の角からひょこっと誰かが顔を出した。

「「っ！」」

「ど、どうしたのじゃ、悲鳴が聞こえたぞ」

それは学園長だった。

驚いた顔で近づいてくる学園長を見て、息を止め緊張していた私はハァ～と息を吐き、緊張を解く。

二人も同じだったのか深く息を吐いていた。

「お、驚かさないでください、お祖父様」

「ん？　なんじゃ」

「テュッテが学園長を幽霊かなにかと見間違えたんです」

安堵しながら私とマギルカが学園長に説明する。

「……そ、うなのでしょうか。髪が長かった、ような……」

小さな声でテュッテが呟く。

「テュッテ？」

「ふむ、驚かせてしまってすまんのう。まぁ、それはそれとして、ふむふむ、三人とも将来が期待できそうじゃなっ♪」

『え？』

テュッテの言葉が気になり聞こうとしたが、それ以上に学園長の言葉が気になって、私はマジマジと見ている彼の視線をたどる。

『『――――――ッ！』』

私とマギルカが同時に自分達が裸で飛び出したことを自覚した。テュッテも尻餅をつきスカートが盛大に捲れ上がって、あられもない姿になっているのに気がつく。

『『いぃやあぁぁぁぁぁぁっ！』』

静かな夜の学園に私達の悲鳴が響き渡っていった。思わず学園長をグーで殴るところだったが、踏みとどまって逃げたその時の自分だけは誉めてやりたい。

04 おや、メアリィの様子が……

ドタバタ騒ぎから一夜明け、マギルカは一度家に戻った後、昼過ぎには再び学園に戻っていた。

四年生になると受ける授業数は減り、一日授業がないときもある。

そういえば、今日はメアリィ様はお休みだったなとマギルカは少しつまらなそうに少ない授業を済ませると家に帰らず、そのまま調べ物をすることにする。

昨日の鏡が不発に終わったので、なにか代わりの良い情報がないかと考えたのだ。まぁ、自分のテーマの件もあるのでそのついででもある。

旧校舎のいつもの談話室へ顔を出してから、図書館へ行こうと思っていたマギルカは、ふと談話室の入り口近くに集まる女生徒達の会話にメアリィの名が出てきて足を止める。

会話の内容からすると先ほどまでメアリィとなにかしていたらしかった。

今日は授業がないはずだがと不思議に思うマギルカはついつい、その女生徒達に問いかけてしまう。

「ちょっと、宜しいかしら？」

「あ、マギルカ様。ごきげんよう」

「ごきげんよう」

そこでマギルカはその女生徒達の顔ぶれに一つの接点を思い出した。

「あなた方は確か被服創作研究会の方々……でしたかしら？」

「はい、私達は学科を超え、皆で知恵を出しあい、日夜新しいファッションを研究しております。マギルカ様達が創設なさった制度のおかげで、私達の創作の幅が広がりましたわ」

確かめるようにマギルカが聞くと、どうやら正解だったようで会の一人が目を輝かせて答えてくる。

「失礼ですが、先ほどメアリィ様がどうとか……」

「あっ、はい。朝早くから私達の会に来られて、なにやらまた新しいファッションをご教示いただき、先ほどお渡ししたところです」

「急拵えで作ったものでしたが、なかなか斬新でした。さすがはメアリィ様です」

「私達もあれを土台に更なる物を作りたいと思いますわ」

マギルカの質問に嬉しそうに答える女生徒達。

そういえば、自分が着ているこの服もクラスマスターの服もメアリィがデザインしたと聞くや、ちょくちょく彼女達が談話室を訪ねてくるので顔を覚えてしまったのだとマギルカは嘆息する。

メアリィが学園に来ていることを知り、マギルカはお礼を言ってその場を後にした。

とりあえず、当初の予定通り談話室に顔を出すと、予想に反して誰もおらず、マギルカはそのまま図書館へ行くことにする。

「メアリィ様……あまり新しい服を作るのに乗り気ではなかったのですが、今日はどうしたのでしょう？」

まさか先日の空気になるための衣装ではないのかと、マギルカが少し不安になりながら窓の外を見てみれば、白銀の髪が横切っていくのが見えた。

「メアリィ様？」

人気（ひとけ）のないあのような場所を駆けていったメアリィらしき人物にマギルカは疑問を感じ、そちらに足を運ぶ。

マギルカは校舎を出て小さな森へと入っていった。程なくして人影を発見すると、向こうはこちらに気づいておらず、背中を向けている。よく見ると、隠れているようにも見えるのだが、あの銀髪はメアリィだと確信し、マギルカはそっと近づく。

「メアリィ様」

「ふにゃぁぁぁぁぁぁっ！」

後ろからマギルカが声をかけると本当に気づいていなかったのか、目の前の少女が変な声を上げて飛び上がった。

「な、ななな、なんだマギルカか。びっくりしたぁ～」

慌ててこちらを見たメアリィにマギルカは小首を傾げる。

彼女を見た瞬間、なにか違和感を覚えたのだ。

そう、メアリィの頭上、そこにピョコンッと冠羽（かんう）のような一本の毛が立っていたのである。

「はて、あんなのあったかな？」とマギルカは記憶を辿ったが、まぁ寝癖か、メアリィなりのファッションなんだろうと、考えるのをやめた。

それよりも違和感があるのはメアリィの格好である。

首から下がマントで覆われていたのだ。

「こんなところで、なにをしてらしたんですか？」

出で立ちも疑問に思うが、それよりもメアリィがこんな人気のない森でなにをしているのか気になったマギルカは質問をする。

「ふぇ、あ～……うぅん、なにも聞かない方が良いわ。あなたは私を見なかったことにして、ここから立ち去りなさい」

とても真剣な表情で答えるメアリィに、マギルカは内心驚きでいっぱいだった。

いつもは頼ってくるメアリィが自分を遠ざけようとしている。それだけ、なにか重要なことなのか、それとも危険なことなのか、今の段階では計り知れないが、彼女の態度を見る限り冗談を言っているようには見えなかった。

「そ、そんなこと言われたら引き下がれませんわ」

「……これ以上は、あなたも闇の世界に足を踏み入れることになるわよ」

闇の世界。そのような言葉をメアリィから聞かされ、マギルカは息を呑む。

メアリィの話が突飛すぎて頭の中で整理が追いつかないマギルカだが、ここで立ち去ってはいけないと心が訴えかけていたのだ。

「……か、構いません。前にも言いましたが、私はあなたの力になりたいのです」

前に言ったときとはニュアンスが違うが、マギルカの気持ちは同じだ。それが伝わったのか、メアリィがこちらを見てくるのでマギルカも見返す。

数瞬の後、メアリィが折れたように溜め息を吐いた。

「仕方ないわね、不本意だけど……っ、伏せてっ！」

メアリィがマギルカに近づき苦笑を浮かべた次の瞬間、彼女はあさっての方向を見るや、マギルカの肩を掴んでしゃがませる。

「な、なに？」

「しっ、黙って。くっ、『機関』がここまで来ていたなんて迂闊だったわ」

苦虫を噛みつぶしたような表情で、メアリィがある方向を見つめる。マギルカもそちらを見るが誰かいるようには見えなかった。

マギルカはよく見えるように中腰になってそちらを凝視すると、サッと人影らしきモノが動いたのが微かに見え、慌ててしゃがみ込む。

メアリィの言っていたことは本当だったのだと理解すると、マギルカは先ほど彼女が零した言葉に引っかかりを感じた。

『機関』

闇の世界と機関、そのワードだけで物騒なものが想像できてしまうマギルカだった。だが、自分達は学生に過ぎない。そのような機関に目を付けられるようなことは……そう思い、マギルカはふと思い出す。

詳しくは知らされていないがエインホルス聖教国に潜む、闇の組織が確か『栄滅機関』と呼ばれていたはず。そして、この機関が暗躍する事件に自分達は遭遇していた。

まさか、かの機関とメアリィに結びつきがあるのだろうかとマギルカは考える。

「……メアリィ様。もしかして、『あの』機関が学園内に？」

「ん？　う、うん」

マギルカの問いに一瞬戸惑いを見せたメアリィだが、きっと正直に答えようか迷った結果だろうと彼女は解釈する。

「私は『その』機関の魔の手から逃げ、戦っているの」

「なぜメアリィ様が狙われるのですか」

「それは、私が『力』に目覚めたからよ。機関はその力を恐れているの」

「ち、力ですか？」

「そう、その力というのが『魔法少女』なのよっ！」

「まほっ、えっ？」

拳を握りしめ熱く語るメアリィとは対照的に、ポカーンとするマギルカ。

「ハッ、ここは仲間が増える展開というのも良いわね……」

メアリィはしたり顔でさらになにかを呟いているが、今のマギルカには彼女がなにを言っているのか理解が追いつかず、そのままスルーしてしまう。

「マギルカはここで隠れていてっ！」

「あっ、メアリィ様っ！」

頭の中で情報を整理していたマギルカを置いて、メアリィは隠れていた草むらから飛び出し、姿を晒す。

「私の心が力となる！」

虚空に向かってメアリィは叫ぶと、装飾に意匠を凝らした手の平サイズのハート形ブローチを取り出し、構えた。

「へっ？」

さらに理解の範疇を超えた展開が目の前で繰り広げられ、マギルカはただただ傍観するのみとなってしまう。

「フローム・マイ・ハートッ！」

メアリィは持っていたブローチを天に掲げると、光魔法を小声で発動させ、周囲が閃光で一瞬見えなくなった。

そして、視界が再びクリアになった時、メアリィの姿が変わる。

「孤高にっ、輝くっ、白銀の心ぉっ！　プラチナ・ハートッＳＲゥ！」

「ん――――っ？」

メアリィはその瞬間に髪型をサイドテイルに変えて、いや、よく見るとそれは地面に届きそうなほど長く、ボリュームがありすぎだ。彼女の髪色と似た色の毛束を装飾として頭に着けているのだとマギルカは推測する。

さらに、ババッとポーズを決めているメアリィのそのポーズもさることながら、台詞も突飛すぎてマギルカの脳に入ってこない。

極めつきはその衣装だった。

白を下地にフリルをふんだんに使った、ヘソ出しミニスカ衣装と無駄に大きく長いリボン。先ほど出していたブローチがリボンと一緒に胸に着けられ主張されている。

なんだろう、見てはいけないモノを見てしまったのではないかと、マギルカはチラリと考えてしまう。

「メ……メメメ、メアリィ、様？」

「違うわっ！　今の私は闇の世界で人知れず悪と戦い続ける光の使者、プラチナ・ハート、SR、よっ！」

台詞の合間合間にポーズを決めて堂々と答えるメアリィ、もとい、プラチナ・ハートSR。

そこへ、草むらをかき分け現れた者達がいた。

「え、ゴーレム？」

誰が召喚したのか土ゴーレムが数体、メアリィ達に向かって来たのだ。その造形は人の形をシンプルにし、顔には仮面のようなモノを着けているものだった。メアリィの前世的に言えば、全身タイツに仮面を着けたといった感じだ。まぁ、シンプルすぎて関節とかクニャッと曲がっていて、人と呼ぶのも微妙ではあるが……。

「くっ、機関の戦闘員ねっ！　でも、この程度プラチナ・ハートSRの敵じゃないわっ！　トォウッ！」

マギルカが現状を把握するのに精一杯の中、メアリィだけがその戦闘員とやらに突撃していく。

そして、『魔法』少女と言っている割にはグーパンチなど、物理攻撃でゴーレムを粉砕していくプラチナ・ハートSR。

そんなことを心の中で思うくらいには、現状を観察できるようになってきたマギルカであった。

これといって特筆すべき苦戦もなく、しばらくしてゴーレム達は全て土へと還る。

「……終わりましたの?」

怒濤の展開に、マギルカは自分が終始見ているだけの状態になってしまっていたことに気が付き、臨機応変に動けない自分を口惜しく思う。

次こそは……そう思い、メアリィを見るがその格好を見てちょっと尻込みしてしまうマギルカであった。

「どうやら機関も引いたみたいね。でも、戦いが終わったわけじゃないわ。また奴らは現れる」

「で、でしたら他の方々の助力を」

「それはできないわ。これは魔法少女である私の使命であり、宿命なの……だから、部外者を巻き込むことはできないわ」

「部外者……」

メアリィの言葉に自分も当てはまるのかとマギルカは意気消沈する。そんな彼女にメアリィは近づき両手を掴むと、自分の胸にまで引き寄せた。

「でもね、私はあなたは違うって思うの。ここで出会ってしまったのは偶然じゃないわ。きっと運命の糸が絡み合ったのよ。マギルカ、あなたの中に眠る心を解放すればきっとマジカルハートがあなたの前に現れるはずっ」

「マ、マジカル？」

手を握りやたら興奮気味に語るメアリィの話の半分も、マギルカは理解が追いつかなかった。

「……そうなると、本格的に小道具とか欲しいわね。新たな衣装の方は研究会の子達にまた頼むとして……」

「メ、メアリィ様？」

「ねぇ、マギルカって明日、授業ないよね？」

「へ、あ、はい」

「じゃあ、王都で買い物しましょう。正午に噴水前に集合よ」

「えっ、でも明日はっ」

「それじゃあね、マギルカ。トォウッ！」

怒濤の勢いでしゃべり終わるとメアリィはマギルカから離れ、一足飛びで高い木の枝に飛び乗る。

そして、静かな森の奥へと消えていくのであった。

残されたマギルカはしばらくの間、メアリィが去った先をただただ見つめ、立ち尽くす。

「……メアリィ様は明日、授業があると仰ってませんでしたか？」

そして、先ほど言おうとしたことを独り言のように呟くのであった。

ガサッ

「ひっ！」

突然、静寂に包まれたマギルカの下に、草をかき分け誰かが現れたことで、油断していた彼女は小さな悲鳴とともに身構える。

「おや？　マギルカじゃったか。こんな所でなにをしておるのじゃ？」

マギルカの前に現れたのは彼女の祖父にして、学園長のフォルトナであった。

「お、驚かせないでください、お祖父様」

驚き上がった心拍数を落ち着かせるように、マギルカは深く息を吐く。そんな彼女を見守りながら学園長は質問の答えを無言で待っていた。

「別に私もこんな所でなにかをしようと思っておりませんでした。ただ、メアリィ様を見かけたので声をかけただけです」

「メアリィちゃんが？」

「ええ、ここでぇ……」

そこでマギルカは言葉を切る。先ほどの出来事を他人に言っても良いものかと思ったからだ。

「いえ、なんでもありません。ただ、メアリィ様、今日は授業がなくて学園には来ないと聞いていましたのに、いらしていたので驚きました。しかも、明日は授業があるはずなのに王都で買い物しようと誘われて……なんだか、腑に落ちませんわ」

マギルカは当たり障りのない疑問を口にして、この場を誤魔化すことにする。学園長は彼女の発言を聞くと、少し考える素振りを見せた。

「ふむ……まぁ、先生の方でなにか都合があって変更されたんじゃろう。それよりも、マギルカに頼みたいことがあるんじゃが良いかのう」

「なんでしょう?」

「王都で儂が贔屓にしておる魔道具屋は知っておるのう?」

急な話の展開にマギルカは意図が分からず首を傾げるが、その後質問に答えるように頷く。

「明日王都に行くのなら、ついでに手紙を一通、届けてくれぬかのう」

「手紙ですか……ええ、まぁ、その程度なら」

祖父の頼みごとなので届けるのも吝かではないが、なぜそのようなものを自分に頼むのか些か疑問に思うマギルカであった。

「そうかそうか。では、学園長室に戻って手紙を渡すとしよう」

学園長がそう言って、ホッとするというよりもどこかニヤリと笑ったような気がして、マギルカは訝しがる。そんな彼女の視線から逃げるように学園長は踵を返して森を出ていき、マギルカも後ろから付いていくのであった。

05 おや、マギルカの様子が……

　魔鏡が不発に終わった翌日は、受ける授業がなく私はお休みだった。なのでさらに次の日に、私は学園に来ている。

（四年生になるとこういったことがあるからな～。あ、そういえば今日はマギルカ、お休みだっけ？）

　などと考えながら私は思いの外早く授業を終えてしまい、手持ち無沙汰に旧校舎の談話室へと向かう。誰かいないかな～と淡い期待を抱きながら私は扉の前に立ち、ノックをした。

「どうぞ」

　すると、中から意外にもマギルカの声が聞こえてくる。

（あれ？　マギルカお休みじゃなかったのかしら）

　私が首を傾げていると、テュッテが静かに扉を開けてくれたので私は考えるのをやめて中へと入った。

　中には予想通りマギルカが立っており、それ以外の人はいない。

「マギルカ、今日はおや――」

「あぁぁぁん、メアリィ様ぁ～ぁ」

私を確認するなりマギルカが駆け寄ってきて、事もあろうか私にハグしてきた。しかも、声質がとっても甘えん坊である。

「ど、どどど、どうしたの、マギルカ？」

「はい？　なにがですか」

私にスリスリしながらマギルカが聞いてきた。

（あっれ〜？　マギルカはこういうスキンシップは嫌がるというか、恥ずかしがる方だと思ってたんだけど。自分からするのは良いのかしら？）

マギルカが恥ずかしがるのを知っててくっつく私も私だが、とにかく、彼女が進んでくっついてくるのは珍しかった。

クラスマスターの責務から解放されたので、ちょっぴり自分に正直になったのだろうか、それなら私も協力しないこともない。

「……あぁ、メアリィ様の高貴な香り……はぁはぁ」

（きょ、協力……しないことも……な、い）

顔を赤らめ、くっついていたマギルカが鼻息を荒くしてス〜ハ〜ス〜ハ〜しながら呟いた言葉に私の考えが揺らぐ。

「マ、マギルカ、今日は学校お休みじゃなかったっけ？」

私はススッと後ずさりながらマギルカから離れて、話題を振る。

「お休み？」

私の問いになぜか疑問形で返してくるマギルカ。口に手を添え、小首を傾げる様は可愛らしい。

「そうでしたか？　メアリィ様のことで頭がいっぱいでしたから、忘れてしまいましたわ」

あっけらかんと言うマギルカに、私はなんかいつもと雰囲気が違うような気がしてきた。なんというか、賢そうないつものマギルカではなく、失礼ながらアホの子に見えなくもない。

と、私はマギルカの頭上でミョンミョンするモノに気が付いた。

(アホ毛だっ！　あれ？　マギルカってアホ毛なんてあったっけ？)

私は記憶を探るがそんなものがあった記憶はない。とはいえ、今後もないというわけではないので、偶然か、それとも意図的にマギルカがセットしたのだろうか。

(もしかして、お洒落か？　いや、寝癖とか……う～ん、マギルカ的に後者はないよね)

「メアリィ様とお話ししたくて、まだかまだかと待っておりましたの。ささ、お座りになってくださいまし♪」

私がアホ毛案件に思考を巡らせていると、そんなのお構いなしにマギルカが私の腕に自分の腕を絡ませて、歩き出す。

「え、あ、ちょっ、あれ？」

もう決定事項のようなその態度に、私はマギルカにしてはらしくないと戸惑いを隠せないでいた。いつもなら同意を得てから行動するはずだ。随分我が儘というかなんというか、予想外の行動に焦りながらも、私はちょっと可愛いかなと思ってしまう。

(フフフッ、このパターンだとこのまま断ったら意外にもマギルカ拗ねちゃうかも。ハハハッ、あのマギルカに限ってそんなこと……）

「ちょっとまって、マギルカ」

それはそれで見てみたいと思い行動に移す意地悪な私。私が足を止め、絡められた腕を解くと、マギルカがポカーンとした顔で私を見てきた。


そして、涙ぐむ。


それはもう、号泣寸前だった。

私に拒絶されたと思ったのか、この世の終わりみたいな絶望顔をしている。

「メ、メアリィ様が……私を拒絶、しま、しま……」

「わぁぁぁ、ごめん。別に嫌じゃないのよ。ただ、えっと、ほら、ね？　なんというか、そのぉ～、魔が差したというか」

予想をぶっちぎって斜め上の結果に私は慌てふためき、言い訳しようとしたが良い言葉が思い浮かばない。

「……つまり、メアリィ様は私に意地悪をしたのですか？」

「えっとぉ～、うん……ごめん」

「…………」

「……マギルカ？　怒ってる？」

「えへへ、良かったですわ。私、メアリィ様に嫌われてしまったのかと思いましたの」

普段はあまり見せたことのないような柔らかい笑顔を見せるマギルカに、不覚にも私は見惚れてしまう。

(可愛い……とはいえ、私に対するマギルカの想いが重いような気がするのは気のせいだろうか)

「メアリィ様に嫌われてしまったら、私もう生きていけません。自害するところでしたわ」

(重い、重い、重い、重い)

「ははは、またまたぁ〜、ご冗談を〜」

空気が重くなってきたので私は空笑いしながら場の空気を和らげる努力をし、この話はもう終わりと暗に示すようにマギルカから離れて席に着いた。

そんな私の態度にマギルカがどういった表情をしているのか、怖くて確認したくない自分がいたりする。

(う〜ん、なぁ〜んか今日のマギルカは変というかなんというか、おかしいような気がする。とはいえ「あなたおかしくない?」なんて失礼すぎて聞けないわよね)

席に着いて私は部屋を見つめながら考え込んでいると、いつもなら向かいに座るはずのマギルカが隣に座ってきた。

「え?」

「?」

思いがけない行動に私は驚きの声を小さく上げてマギルカを見ると、彼女はその行動がさも当然のような顔でこちらを見てくる。

(気にしないでいこう。気にしたら負けなような気がする)

「えっとぉ、あ、けっ、研究レポートどうしよっかなぁ～。別のを検討してみようかしら」

あれだけ盛り上げといて鏡が不発に終わったので、私はテーマを変えようかなと考えていたことを思い出し吐露してみる。

「なにかないかしら、マギルカ」

変えようと思いながらも、シレッとマギルカに別案を求める他力本願な私。

「さあ?」

「…………」

こちらをニコニコ顔で眺め、というかガン見でマギルカがあっけらかんと返してくるので、私は口ごもる。

(そ、そうだよね。自分のことなんだから他人に頼っちゃダメだよね)

他力本願な自分を反省しつつ、私はなにをしようか思案してみることにした。

「う～ん、どうしよっかな～。新しいものを発見するとかそういった大それたことは遠慮したいんで、なんかこう無難な奴を……」

私は思案しつつも考えが纏まらなかった。というのも、お隣のマギルカがさっきからなにも言わずひたすら私をガン見だからである。

「……そ、そうだわ。他の人になにをするのか聞いて参考にしてみるってのはどうかしら。ねぇ、マギルカ?」

「良いんじゃないですか?」

即答してくれるマギルカであるが、なんか考えてからの発言には聞こえなかった。普段の彼女なら、もうちょっと思案してから答えてくれるような気がする。

「お嬢様、他の方が赤の他人に研究中のことを話すとは思えませんが。最悪、盗作される可能性もありますし」

私がマギルカの態度に疑問を感じていると、後ろからテュッテが囁いてくる。

(なるほど、一理あるわね。だからマギルカもあまり話さなっ……あれ? じゃあこの前マギルカはなんで私に話していたんだろう。赤の他人じゃなかったから? 私のため? じゃあ、なんで今は?)

考えれば考えるほど、私の頭の上にはてなマークが浮かび上がる。

「そんなことよりも、メアリィ様はこの後授業はないですよね。でしたら、私とお買い物に行きませんか?」

「買い物? いきなりね。う〜ん、でもな〜、レポートとかあるし」

いきなり学業よりも遊びを提案してくるマギルカに驚きつつも、私が渋っているとあからさまにマギルカが不貞腐(ふてくさ)れていくのが分かった。

「マ、マギルカ?」

「ブウゥ〜、メアリィ様は先ほどからレポートレポートと、勉強のことばかり。私とお話しする気はないのですか？」

「いや、学生というのは勉強が仕事でしょ？　学園にいるうちはそれを重視しないと」

自分でも頭かったいこと言ってるなぁと思いつつも、普段はマギルカが言うような台詞を私が言っていることに違和感を覚えてしまう。

「もぉ〜、メアリィ様は私と仕事、どちらが大事なのですか？」

（うぉっとぉ、あの「どっちが大事なの」を問われる時がくるとは思いもしなかったわ。しかもマギルカに）

恨めしそうにこちらを見てくるマギルカに冷や汗を垂らしながら、私は返答に困る。

（これはマギルカ的なジョークかしら？　彼女がそんな選択肢を迫るわけないものね。ここで仕事とか答えたら、まさかまた泣かれるとか？）

それはそれで見てみた……くはない。先の発言通りほんとに自害されたり、もしくはヒステリックになられたら大変そうだから。

「お嬢様、もしかしたらマギルカ様は学園内だけではなく、王都という違った視点から模索してみてはどうかと仰っているのではないでしょうか？」

「なるほど、一理あるわね」

テュッテの指摘に思わずポンッと手を打つ私。なら、こんなまどろっこしいことをせずに直接言えば良いと思うのだが、マギルカにはマギルカの事情があるのだろうと勝手に解釈してみる。

というわけで、答えは決まった。

「仕事っ！」

「メ……メアリィ様……」

「え、あ、あれ？　で、でもでも、王都には行くわよ。さぁ、行きましょう、すぐ行きましょう。ねっ、マギルカ」

自信を持ってご提供した返答に、マギルカが絶望顔を披露してくるので、私は慌てて自分の考えを教えると、彼女の手を握って席を立たせる。

こうして、私達は王都へと向かうのであった。

まさか、あんなことが王都で待ち受けていようとは、このときの私には思いも寄らなかったが……。

06 機関の陰謀？

マギルカはソワソワしていた。

王都でメアリィと二人で買い物をするといっても、テュッテがいるので実質二人きりではない。そう思っていたのだが、いざメアリィが来たときテュッテはいなかったのだ。

メアリィがテュッテを連れてこないという予想外の出来事に驚きつつも、先の考えがマギルカに二人きりということを余計意識させてしまった結果である。

ついでに、相変わらずメアリィはマントで着ている服を隠した状態だった。それもソワソワというか、気になってしまう要因の一つでもある。

「め、珍しいですわね。メアリィ様がテュッテをお連れになっていないとは」

会話に困り、ついついそこを指摘してしまうマギルカ。

「うっ……ま、まぁ、彼女には私の裏の顔は秘密にしているから……」

痛い所を突かれ、戸惑うような素振りを見せた後、メアリィはどこか遠くを見るように語ってくる。

そのどことなく寂しげな表情に、マギルカは配慮が足りなかったと反省した。と同時に、テュッテにも話さない秘密を自分に話してくれたという嬉しさが入り交じって、マギルカは複雑な気持ちになる。

「……くっ、あの時一緒に映ってさえいれば、私にだってぇぇぇ」

「はい？」

寂しげな表情から一転して、メアリィが口惜しそうに親指の爪をギリギリと噛みながら呟くその内容を、マギルカは聞き取れず聞き返す。

「あ、気にしないで、只の独り言よ」

「はあ……あ、えっと、それで、メアリィ様はなにをご所望なのでしょうか？」

「そうね、私のソウルにビビッとくるモノが欲しいわ」

「ソウル？　ビビッと？」

「ん～と、魔法少女的なこう～、なんていうか～、アレよ、アレッ」

「は、はあ……」

一人盛り上がるメアリィを見ながら、マギルカは彼女の言うアレがなんなのかまったく理解できずに曖昧に答えるだけだった。

「と、とりあえず、メアリィ様がご存じなお店を回ってみましょうか」

「うっ、そ、それは危険だわっ」

「へっ、危険？」

なにはともあれ行動しようと、マギルカが提案し歩き出そうとすれば、メアリィが慌てて否定してきた。その言葉にマギルカは訝（いぶか）しがる。

「えっ、あ～ぁ、う～ぅ、え～ぇ……コホン。今の私は裏の顔で動いてるの。あまり大っぴらにできないわ」

「メアリィ様……」

メアリィが物憂げに返答するとマギルカは若干、いや、だいぶ釈然としない顔で彼女を見るが、メアリィには自分には理解できないなにか意図があるのだろうとこれ以上追及するのをやめた。

「では、私がいろいろご案内しましょうか。メアリィ様が知らないお店とかもありますよ」

「そ、それは良いわね。それで行きましょう」

ホッとした顔でメアリィが賛成してくるので、マギルカは頑張って彼女が喜びそうなお店を考えるのであった。


数時間後。

「ちょっと、マギルカ。いつまでカーテンの後ろに隠れてるのかしら？」

メアリィの指摘通り、今マギルカは自分が知っている服飾店の着替え用個室の前に引かれたカーテンで、その身を隠している状態だった。

現在、マギルカはなぜかメアリィの着せかえ人形状態である。

「で、でもぉ……これはちょっと派手というか恥ずかしいような……」

「大丈夫。私が見立てたんだから問題ないわよ。観念して出てきなさい」

「うぅぅ～」

メアリィに詰め寄られて、マギルカは観念したようにカーテンから離れる。

「ほうほう、思ってたより良いわね」

「……そ、そうでしょうか。ちょ、ちょっとスカートの丈を短くしすぎていませんか？　気になって仕方ありませんわ。あと、なんだか作為的に胸が強調されているような気が……」

「あ、その点は大丈夫大丈夫。私がそこ意識して選んだんだから問題ないわ」

「大丈夫じゃありませんわっ！」

「う〜ん、もう少しフリル感が欲しいところね。後、マギルカならイメージ的には黄色……いや、赤というのも有りかしら」

「…………」

マギルカの抗議も空しく、メアリィは恥ずかしがる彼女をジロジロと余すところなく観察して、なにやら思案してきた。

「ねぇ、赤をベースにしたモノはないかしら？」

これでもう何回目か、後ろに控えていた店の者にメアリィが言うと、探してきますと一旦離れていく。それを半分諦めた顔で見送るマギルカは、どうにもスカートの丈が気になって押さえたままで、自然と前屈みになってしまっていた。

「むふふ、そうしてるとなかなか色っぽいわよ、マギルカ。セクシー担当ってのも有りかもっ」

「な、なにを言っているのですかっ！　と言うより、私ばかりでメアリィ様の買い物はどうなされたのです？」

「ん？　今日はとりあえずマギルカの衣装とか小物を探しにきたんだけど？」

耳まで真っ赤になって抗議するマギルカに対して、メアリィはシレッと買い物理由を吐露してきた。機関との戦いに関係しているのだろうかと一瞬考えたが、現状とそれが上手く結びつかず、マギルカは深く考えるのを止めたくなってくる。

それよりも、現在の状況から逃げ出すことを考える方が良いのではないかとさえ考え始める始末であった。

「え、え〜と、あ、そうですわ。小物、小物も探すとメアリィ様は仰ってましたよね。そちらも探しに行きませんか？」

「小物……う〜ん、良い感じのマジックアイテムとかあるかしら？」

「例えばなんでしょう？」

「……う〜ん、変身アイテム……とか？」

「……変身？　え、えっとぉ……そ、それでしたら、ちょうどお祖父様が贔屓にしている魔道具屋に用がございましたので、そちらへ行きませんか？」

「へぇ〜、あの学園長が贔屓にね。それはなにかありそうね、行ってみようかしら」

「そうですか、それでは案内しますわ。少々お待ちくださいね、すぐに着替えますので」

メアリィがなにを求めているのかいまいち理解できていないマギルカであったが、現状の着せかえ状態から逃げられるのならばと、強引に話を進めていく。

「え？　そのままで――」

「す・ぐ・に、着替えますのでっ！」

メアリィの言葉を遮り、カーテンを閉めるとマギルカは急いで着替え、その後メアリィを引っ張るように、実際は彼女のマントをちょこっと摘んだ程度という控えめな動作で店を後にするのであった。

程なくして、その魔道具屋に到着した二人。メアリィはさっそく店内にある品々を見学し、マギルカは用事を済ませようと店主を呼んでもらった。

「お待たせしました、フトゥルリカ侯爵令嬢」

さほど待つこともなく、一人の紳士がマギルカの前に現れると、彼女はさっさと用件を済ませようと手紙を差し出した。

「祖父の手紙を届けに参りました」

「これはこれは、わざわざすみません」

「祖父の話では、すぐに読んで欲しいとのことです」

「えっ、今すぐにですか？」

よほどの緊急性があるのかと店主は驚きつつも、マギルカから少し離れて手紙を開封した。

マギルカはメアリィの下へと戻ろうと踵（きびす）を返すが、その時彼の表情が驚愕に変わったのを見て、思わず足を止めた。

「ま、さか、そんな……いや、でも、あの冠羽（かんう）……」

「どうかしましたか？」

「へっ、あっ、いえ、な、ななな、なんでもございません」

マギルカに声をかけられ、メアリィを見ていた店主がしどろもどろに答えてきた。なんだか釈然としないが、問いつめるような立場でもないのでマギルカはそのままメアリィの元に戻ろうとする。

「あ、お、お待ちください、フトゥルリカ侯爵令嬢」

「はい？」

「え、えっと、その……あっ、そうだ。あの、お渡しする魔道具がございますので、少々お時間を頂けませんでしょうか？」

「？　それは手紙と関係あるのでしょうか？」

「え？　え〜、あ〜、は、はい」

「そうですか、では問題ございませんわ」

「そ、それではお連れの方とお部屋でお待ちください。案内します」

「……メアリィ様、よろしいでしょうか？」

「ええ、問題ないわっ」

恐縮する店主にマギルカは笑顔で答え、メアリィにも聞くと彼女も承諾し、店主はホッとした表情で二人を奥の部屋へと案内するのであった。

「それでは、少々お待ちください。す、すぐ戻りますので」

部屋に案内すると店主は慌てるように部屋を出ていく。そんなに慌てて、それほどまでに緊急な案件だったのだろうかと、マギルカは疑問に思った。そもそも、そんな大事なものなら自分に託すなどしないだろう。

考えても答えが出てこないし、これといってすることもないので、マギルカは大人しくソファーに座り店主が戻ってくるのを待つことにした。

だが、メアリィはソファに腰を下ろすどころか、なにかを警戒するようにそっとドアの方へと忍び寄っていく。

「…………分かってるわ、フェアリーツー。問題ない」

そして、急にボソボソと独り言のようにしゃべり出すメアリィを見ていながら、マギルカはなんの疑問も持たなかった。

なぜなら、メアリィは去年からスノーと名付けた神獣とあんな感じで独り言のように会話していたのだから。

そのせいで、マギルカはこのメアリィの奇行に耐性がついてしまい、スルーしてしまっている。

「ええ、そうね。おそらく機関が絡んでいるわ。私の方は自分で何とかする。心配しないで」

メアリィの独り言が続き、マギルカはその中の機関という単語を耳にして、スルーすることができなくなった。

「メアリィ様、今の言葉はどういう意味ですか？　機関って……まさか」

「……ええ、機関の連中が迫っているの。私達はここに閉じこめられたのよ」

「え？　そ、そんな、まさかっ」

メアリィの言葉に驚き、立ち上がるマギルカ。そんな彼女を見ながら、メアリィは扉を軽く開けようとして開かないような素振りを見せた。

「……あ、あの店主が」

祖父が贔屓にしている店が機関と繋がりがあるかもしれないという衝撃に、マギルカは混乱していく。

知らない内に、かの機関は自分の身辺にまで忍び寄っていたのかと思うと、恐怖すら覚えるくらいだった。

「……もしかすると学園長が渡した手紙は、機関からすると面倒事だったのかもしれないわね。それを届けにきた私達をどうするか、店主は機関の指示を仰いでいるのよ」

「……さ、さすがメアリィ様。それにしてもどうやってそこまで知ったのですか？　調べているような素振りはなかったように見えましたが」

「ふえっ？　え、えっとぉ～…………ええ、分かってるわ、フェアリーツー。情報は引き続き入手しておいて」

マギルカの素朴な質問に驚いたかと思えば、メアリィは再びそっぽを向いて独り言を言い始める。

その台詞からマギルカはおそらくメアリィはスノー、もしくは同等の強力な味方をつけていて、その人は密かに彼女をサポートしているに違いないと解釈した。

「と、とりあえず、ここから脱出しないといけませんわね」

「……そうね。見つからないように脱出しましょう。段ボールがあれば良かったんだけどねっ」

「だんぼーるとはなんですか？」

「フッ、スニーキングのお約束アイテムよ。あ、木箱でもいけるかしら？」

「は、はあ……」

機関が絡んでいると言っていたわりになぜかウキウキしているメアリィに、マギルカの頭に疑問符が浮かび上がる。

メアリィはそっと扉を少し開けると、その隙間から廊下を見渡した。

「……あれ？　開かないのでは？」

「えっ、あぁ〜、うん、私の魔法で開くようにしたのよ」

「そ、そうですか。それにしても、なんだかメアリィ様、コソコソする動作が手慣れてませんか？」

「うっ、ま、まぁ、逃げ回ってるからね」

メアリィの扉への言い訳に、マギルカは若干モヤッとするところがあったが、それは置いておくことにする。それよりも、逃げ回るとは機関から逃げているのかと思ったが、そもそも魔法少女とかいう力で撃退しているのだから、逃げ回るという言葉はおかしいのではないかと気がつく。

ではなにから逃げ回っているのか。

単純に考えると撃退できない相手がいるということだろうか。

あのメアリィですら撃退不可能な敵が機関にいるというのは、あり得ないことではない。同時に、それは自分にとっても脅威以外のナニモノでもなかった。

背筋がゾッとするマギルカは頭を振って、見もしない相手のことを考えるのはやめ、今は脱出することに集中する。

と、すぐそこでメアリィがなにやらゴソゴソとしていた。

何事かと覗き見ると、メアリィはいつの間にやら大きな木箱を持ち出して来ており、蓋を取り除き中身をなくしていたのだ。

「あの、メアリィ様。それをどうするのですか？」

「もちろん、被るのよっ！」

そう言って、メアリィは開けた部分を下にして、そのまま中へと入り込んでしまう。

まさかあの状態で移動する気ではないのだろうかと、マギルカは一抹の不安を隠せないでいた。

「よし、完璧。なかなか良い感じね」

「あの……メアリィ様。普通に歩くのではダメなのでしょうか？」

「やだ、そんなのつまらないわよ。スニーキングゲームと言えばこれでしょう。ほら、マギルカも早く入ってっ」

メアリィの「これでしょう」が全く理解できないマギルカは、大丈夫なのだろうかと思いながらも、メアリィの指示に従い、しゃがみながらスゴスゴと箱の中へと潜り込んでいくのであった。

そして、廊下をモゾモゾと動く木箱が完成する。

端から見たら、皆ギョッとするだろうが、幸いなことに今のところ誰にも遭遇していなかった。

だが、それも終わりに近づく。

「ねぇ、あの木箱動いてない？」

そんな声が聞こえて、マギルカの鼓動が高鳴った。

と同時に、その声が聞いたことのある声だと気がつき、「あれ？」と思うマギルカであった。

「ねぇ、どう思う？」

「はい？　私、今は貴女様しか見ておりませんので、分かりませんわぁ」

さらに大変聞き慣れた声がマギルカの耳に届いて「あれあれぇ？」と頭の中がパニックになっていく。

そんな中、メアリィだけが移動したため、ガンッとマギルカが箱の中でぶつかってしまう。

「きゃっ！」

「ほら、やっぱり動いた。しかも声がしたわよ。誰か入ってるんじゃない？」

こちらに近づいてくる足音にマギルカは咄嗟に息を殺し、さらに手で口を覆い隠す。自分のせいで見つかってしまったことに罪悪感が募っていった。

「致し方ないわね。マギルカ、私が立ち向かうからあなたはその隙に逃げるのよ」

「そ、そんなことできませんっ」

覚悟を決めたというかなんというか、メアリィがニヤリと笑いながらそう言うと、マギルカの言葉を聞かず、箱を持ち上げ立ち上がった。

「ふははは、さすが機関の人間。私の隠密技術を見破るとはたいしたものね」

「メアリィさ、ま？」

視界が一気に明るくなり、マギルカは立ち上がった「メアリィ」を見、そして、ちょうど対峙する形になった相手を確認する。

そこには「メアリイ」が立っていた。

「えぇ————ッ??」

マギルカの思考がパニックを超え、フリーズしたのは言うまでもない。

07 運命は交差するのです

時を少し戻して話しましょう。

私は今までにないくらいスキンシップをとってくるマギルカと一緒に、学園から王都に来ていた。

その間、彼女の頭の上でミョンミョンするアホ毛が気になり、沸々と沸き上がる触りたい、掴みたい衝動を抑えるのが大変だった。まぁ、それはどうでも良い話だが。

王都に来るとマギルカは、テーマ探しとは関係ないようなショッピングをし始める。いや、私が気がつかないだけで、もしかしたらなにかあるのかなといろいろ見て考えていたが、今のところ単にショッピングを楽しんでいるとしか私には思えない。マギルカの思惑ハードルが高すぎて、私には彼女の期待に応えられそうになかった。

「ね、ねぇ、マギルカ。もうちょっとハードルを低くしてくれないかしら？」

「はい？　はーどる、ですか？」

コテンと首を傾げて、私が言った意味が分からないといった感じになるマギルカ。

「こうですか、メアリィ様？」

そう言って、なにを思ったかマギルカはその場でしゃがみ込み私を見上げてきた。ハードルの意味が分からず、低くしてという言葉に従って屈んだのだろう。

（うん、可愛い可愛い。マギルカがこんなに可愛い仕草をするのは貴重よね～）

ついつい可愛らしいマギルカを見て、ほんわかしてしまうダメな私。

「……お嬢様」

「ハッ！　あ、ううん、マギルカ。違うの、屈まなくても良いのよ。私がさっき言ったことは忘れて」

後ろに控えていたテュッテの指摘に、私は道端で屈ませるという状態のマギルカに気がつき、慌てて立ち上がらせる。

「はぁ～い、忘れますわ～」

ニコニコしながらマギルカは私に手を差しだし、立ち上がらせて欲しいとアピールしてくる。その口調がどうにも軽く感じ、いつもの賢明な彼女のイメージから離れていく。

「う～ん、王都に来てなにか刺激になるかと思ったけど、漠然とし過ぎてどこ見ていいのか分からなくなってきたわね。やっぱり、魔法関係に絞ってみようかしら」

「それでしたら、お祖父様が贔屓になさっている魔道具屋なんてどうですか？　大きなお店でいろいろとありますわよ」

「へ～、それは一見の価値ありそうね。見に行きましょう」

さすがはマギルカ、頼りになるなと眺めていたら、彼女がニコニコしながらこちらに寄ってくる。

心なしか頭を低くしていた。

「ん？　どうしたの、マギルカ」

「メアリィ様、私、役に立ちましたか？」

「うん、立ってるわよ。ありがとう」

私がお礼を言っても、マギルカは私から離れず頭を低くしたままだった。

（……もしかして、ナデナデして欲しいのかしら？　いや、そんな、サフィナじゃないんだから。だってあのマギルカに限って、ねぇ～）

「メアリィ様、私、役に立ちましたか？」

そして、もう一度同じ質問をしてくるマギルカ。どうやら言葉以外のお礼がご所望らしい。

私は半信半疑のまま、控えめに差し出されていた頭をナデナデする。

「うふふふっ♪」

なでられた途端、マギルカが猫のようにスリスリしながら喜びだした。本当に猫ならゴロゴロと喉を鳴らしていたに違いない。

（サフィナがワンコなら、マギルカはニャンコね）

そんなマギルカの案内で、私達は件の魔道具屋へと到着した。

思っていた以上にその店は大きく、なにか興味を引く物がありそうな雰囲気に、私の期待は膨らんだ。

「いらっしゃいまっ、えぇぇっ！」

私達が入ると、すぐにお店の人が来て対応してくれたのだが、なぜか盛大に驚かれてしまった。

私のような令嬢がお店に来るのが珍しいのかと思ったが、その程度のことでこんなに驚くものかと疑問である。

「なにか？」

「い、いいえ、なんでもありません。失礼いたしました、レガリヤ公爵令嬢……と、フトゥルリカ侯爵令嬢」

深々とお辞儀をし、その人は自分がここの店主であることを私達に教えてくれた。なぜかチラチラとマギルカを見ているのが気になるが。

「……あの冠羽。ま、まさか……」

ボソッと零した店主の言葉も気になるところだが、『かんう』ってなんだっけと私は彼の言葉の意味が理解できなかったのでスルーすることにする。

「少し、お店の品々を見て回っても宜しいですか？」

いつもならマギルカが店主に説明してくれるところだが、今日のマギルカは私にくっついたままでなにもしない。

（いや、マギルカにばかり頼っている私がいけないのよ。彼女がいるとついつい頼るというか、先に動いてくれるから任せっきりになっちゃうのよね、しっかりしなければ）

「あ、あの……それでしたら私がお品物をお持ちしますので、奥のお部屋でくつろいでお待ち願いますか？　先ほどの失礼もありますので」

私が用件を言うと店主は恐縮そうに提案してくる。

（さっきのことを気にしての対応かしら？　まぁ、無下にする理由もないからお言葉に甘えようかし

ら）

「……分かりました。マギルカも良いかしら？」

「御身の御心のままに」

「いや、そんな仰々しく言わなくて良いから」

恭しく礼をして答えるマギルカに、とりあえずツッコミをいれてみる。

「あぁっ、メアリィ様に叱られてしまいましたわ」

私のツッコミにマギルカは大げさに座り込み、ヨヨヨと泣き真似……いや、マジで泣いていたので
「あ、ごめん。怒っているわけじゃないのよ、ボケとツッコミだから気にしないで」

私は慌てて謝った。

（う〜ん、今日のマギルカはなんだか調子狂うのよね〜。どういった心境の変化なのかしら？）

「あ、あの〜……案内しても宜しいでしょうか？」

「あ、はい、お願いします」

私達の掛け合いを困った顔で眺めていた店主が恐縮そうに聞いてくるので、私は彼に付いていくことにする。

マギルカはというと、さっきまで座って泣いてたのに、そんなことなかったかのようにパッと立ち上がり、ニコニコしながら私にくっついてきた。

（ほんと……今日のマギルカはなんか調子狂うなぁ〜）

店主に案内されつつ、視線を彷徨わせていると、私は違和感があるものをとらえた。

（んっ？　なにあれ。木箱が廊下の隅に置いてある。置かれかたがなんか不自然だわ）

私はどうでも良い違和感が気になって、木箱を眺めてみた。

すると、その木箱がスッと動いたではないか。

（う、動いたよね？　もしかして、私は今リアルスニーキングゲームを目撃しているのかしら。マジで潜入する時って箱を被るのねっ。でも、まったく場に溶け込んでなくて、違和感ありまくりなんですけど。なに？　あの中にいる人はアホなの？）

「……メアリィ様？」

私が驚いて足を止めてしまったからか、くっついていたマギルカが不思議そうに声をかけてくる。

「ねぇ、あの木箱動いてない？」

私は例の木箱を指さし、マギルカ達にも見るように促すと、後ろにいたテュッテは首を傾げて、分からないとアピールしてきた。

「ねぇ、どう思う？」

ここはひとつ、頼りになる僕らの味方マギルカに聞いてみる。

「はい？　私、今は貴女様しか見ておりませんので、分かりませんわぁ」

頼りにならなかったでござる。

「きゃっ！」

私がガックリと肩を落としていると、箱の方からガタッという音と共に女の子の声が聞こえてきた。

「ほら、やっぱり動いた。しかも声がしたわよ。誰か入ってるんじゃない？」

私は確信して件の箱へと近づいていく。何故こんな所でこんな隠れかたをしたのか、そんなアホ……もとい、人物がちょっと見てみたい気分であったのだ。

その好奇心が私にとっての悪夢の始まりだと知る由もなく……。

「ふははは、さすが機関の人間。私の隠密技術を見破るとはたいしたものね」

私が箱の前に来ると、観念したのか中の人間が姿を現した。

私はその思い切った行動に驚き、そして、こんなアホ……もとい、おかしな方法で移動している元凶の顔を拝んでフリーズする。

（えっ？　私ぃ？？？）

まるで鏡を見ているかのようにそっくりな自分に、私は目の前で起こっていることが理解できなくなっていた。

「敵が怯んでいるわ。今よ、マギルカ、あなただけでも逃げてっ！」

「えっ？」

「はぁ〜い♪」

目の前の銀髪少女がそう言うと、彼女の足下で座っていたマギルカが驚いた声をあげ、私にくっついていたマギルカがほのぼのと返事をする。が、二人とも逃げる素振りはなかった。

そこでやっと私の思考が再起動し始める。

「私がいるぅっ！」

再起動して開口一番の言葉はありふれた言葉だった。驚きのあまり失礼ながらも、指さしのおまけ

付きで。

「うん、そうね。私は魔鏡より生まれし、もう一人の私だもの」

「えっ⁉」

私の驚きを吹っ飛ばすかのような衝撃の事実を、シレッと素のテンションで暴露する空気の読めない私に、私のテンションが一気にクールダウンしていった。

(いやいやいや、なんていうかさ。もうちょっとその事実は引き延ばして話を盛り上げるべきじゃないかしら。それをサラッとなんでもない世間話のように暴露するってどうなの、私)

「汝は我、的なアレよ、アレッ」

そんな私の心情などお構いなしにバッと妙なポーズをとりながら、ものすんごいドヤ顔で語り始めるもう一人の私。そのポーズの取り方が、某吸血鬼のお嬢様にそっくりなのは気のせいだろうか。

「……あの若干ズレてて、場を台無しにする感じ。しかも、作為的ではなく素でやらかした感じは、まさしくお嬢様……」

「……テュッテは時折容赦なく私のハートを抉ってくるよね」

後ろで呟く辛辣なメイドに、がっくりしながら返す私。

「そんなことより、お嬢様。あちらのお嬢様がお嬢様に仰ったお話だと、例の魔鏡の影響でお嬢様がお嬢様になってお嬢様が……」

「よぉし、テュッテ。一回深呼吸しましょうか」

普段通り落ち着いていていて、痛いツッコミもしてきたので気がつかなかったが、テュッテも軽く混乱しているようだった。

「はい、吸ってぇ〜……吐いてぇ〜」

私の合図にテュッテが合わせて深呼吸していると、目の前の私もダイナミックに深呼吸しているではないか。

「あなたもするんかぁ〜い！」

「フッ、なにを隠そう、こう見えて私も心臓バクバクだったのよ」

「威張ることかぁぁあっ！」

髪をファサッと一回かきあげ、ドヤ顔で言い放つ向こうの私。

「魔鏡……ということは、やっぱりあの時の鏡は本物だったのね。でも、私達がいた時はなにも起こらなかったわよ。タイムラグがあったのかしら」

「ああ、それはね。単に私がどうやって登場しようか思案していたら、出そびれただけよっ」

私の疑問に再び髪をファサッとかきあげ、ドヤる向こうの私。

「そんなしょうもない理由聞きたくなかったわっ！　なんか私がアホの子みたいじゃないのよぉぉっ！」

「私とあなたはコインの表と裏、一蓮托生(いちれんたくしょう)なのよ」

「なんかその言葉の使い方、微妙に間違っているような気がするんだけど」

「それっぽく言おうとして、パッと浮かんだのを言ってみたまでよ。気にしないで」

「気にするわぁぁぁあっ！」

「……あの、お嬢様方。お二人とも話が逸れ始めておりますよ」

「「あっ、ごめん、テュッテ」」

私と私のボケッツッコミに後ろのテュッテが軌道修正してくれ、素直にハモって謝る私達。

「コホン……話を戻して、ということはマギルカもどっちかが偽者なのね」

私はそばにいるマギルカと向こうにいるマギルカを見る。パッと見ではそっくりなのでどちらが本物か分からない。

だが、私は一つだけ違いを見つけることができた。

「アホ毛だっ！　アホ毛があるっ！」

「「あほげ？」」

私の言葉にマギルカ二人が揃って首を傾げる。片方のマギルカの頭にあるアホ毛がクエスチョンマークみたいになっていた。

ついでに目の前の私も首を傾げて、同じくアホ毛がクエスチョン。

「あなたの頭の上の毛のことよっ」

私はお間抜けな顔を晒す私を指さし、教えてやる。

「……ほんとだっ！　なんかミョンミョンするっ！」

頭の毛を触りながら驚愕する私は放っておいて、私は同じく頭の上を確認しているマギルカ達、アホ毛のある方の子を見た。こっちのマギルカが偽物なのだろうか。

「あなたが、魔鏡から生まれたマギルカなのかしら？」

「はい、そうですわ」

向こうの私と違って頭の良いマギルカなら、上手くはぐらかせてくるかと思いきや、これまたあっさりと認めてくるではないか。

「……いやにあっさりね」

「だぁってぇ、メアリィ様に嘘なんてつけませんものっ」

甘えた声でそう言うと、ソソソと寄り添ってくる偽者のマギルカであった。

私にくっついてきた偽マギルカを見て、マギルカが顔を真っ赤にしながら抗議してくる。

「ちょぉぉぉっ！　なにをしてますの、そちらの私ぃぃぃっ！」

「なにって、愛するメアリィ様をことあるごとにスキンシップして堪能しているだけですわ。あぁあ、メアリィ様の柔肌……美しい手……」

シレッと怖いことを言う偽マギルカに、私はスリスリされてる手をサッと解き、若干距離をとる。

「あ、あ、あ、あい、あい、あいっ」

頭から煙が上っているのではないかと思うくらい、マギルカの顔が耳まで真っ赤になって、言葉を詰まらせ続けていた。

「ね、ねぇ、大丈夫マギルカ？　深呼吸しとく？」

「メ、メメメ、メアリィ様っ！　そんな破廉恥極まりない私と私が区別できなかったのですかっ！」

なぜかとばっちりを受けたでござる。

「いや～、なんていうか心情の変化なのかなぁ～と」

「どんな心情の変化ですかっ！」

「それを言うなら、マギルカだって私と向こうの私……」

私は誤魔化す、もとい抗議するようにもう一人の自分を見たが、そこに彼女はいなかった。

「ううぅぅぅ、テュッテ～。あの人達私を無視するよ～」

「お嬢様は常日頃空気になりたいと仰られていましたよ。良かったじゃないですか」

「空気なんて私はイヤよ。ちやほやして欲しい」

「あらあら、こちらのお嬢様はあちらのお嬢様と真逆なのですね」

いつのまに移動したのか、あっちの私はテュッテに抱きつき、頭をナデナデされて慰めてもらっているではないか。

「ちょっとぉぉぉっ！　私のテュッテにシレッと甘えてるんじゃないわよっ！」

「べぇ～、私の物は私の物、よっ！」

べぇ～と舌を出し、どっかのジャイアニズムみたいなことを言う向こうの私。その態度、そしてテュッテを我が物にしようとする行為に私は我慢ならなかった。事、テュッテに関しては心が狭いのだ、私は。

「今すぐ、離れなさい。さもなくば……」

「わ、私にすごまれたって怖くないわよ。こっちも確信したわ。やっぱり私にはテュッテが必要なのよ。主に精神面でっ！」

「……もう一度言うわよ。テュッテから離れなさい」

「……フフフッ、やはり私達は争わなくてはいけない宿命のようね」

やっとテュッテから離れる不埒な偽私。そして、私と偽私が対峙した。

「見せてあげましょう。私の力を」

そう言って、向こうの私はバッとなんかブローチみたいな物を取り出す。

「ん？」

「私の心が力となる！」

続いて、そのブローチを天に掲げて叫び出した。

「フローム・マイ・ハートッ！」

「んん？」

なにをするのかと思えば、光魔法で目眩ましをしてきたではないか。そんなもので怯む私ではないくらい向こうも分かっているはずなのに。私は相手の意図が分からず静観した。

数瞬後、再び偽私の姿が見えてくる。どうやら、先ほどまで被っていたマントを脱ぎ捨てたみたいだった。

「孤高にっ、輝くっ、白銀の心ぉっ！　プラチナ・ハートッSRゥ！」

「ん――――――――ッ？？」

そして、私の目の前で悪夢の舞台が開幕していくのであった。

08 人は、それを黒歴史と呼ぶ

「なによぉぉぉっ、その格好はぁぁぁっ！」

「なにって、私の隠された力よ」

「か、かかか、隠された力？」

私の猛抗議に偽私は当たり前だろみたいな顔で答えてくるが、私には身に覚えがない。

「え？　メアリィ様は魔法少女なのではないのですか？」

私が混乱していると、マギルカがまさかの回答をよこしてきた。

「ま、まほ、魔法少女……え、どゆこと？」

「え？　メアリィ様は魔法少女という秘められた力に目覚めて、日夜機関と戦っているのではなかったのですか？」

「え？　マギルカはそんな話を信じたの？」

「…………」

私の質問に気まずそうにプイッと顔を背けるマギルカ。

目眩がする思いで私は頭を抱える。いや、まぁ、そんなモノに憧れた時期が私にもありましたよ。

だが、それはあくまで前世であって今世ではない。そもそも魔法が使えるこの世界で魔法少女って……。失笑案件である。

「ふふふっ、そのとぉ～り！　日夜、機関と戦う孤高の魔法少女プラチナ・ハートSRが天に代わぁってぇ～」

「それはやめてぇぇぇぇぇぇぇっ！」

私が一人頭の中で話を整理していると、偽私がまたぞろ恥ずかしげもなく、羞恥レベルMAXな台詞とポーズをぶっこんできたので、思わず絶叫して我を忘れそうになる。

「お嬢様、落ち着いてください」

「テュ、テュッテ」

私が錯乱していると、テュッテが駆け寄り優しく手を握ってくれた。その温もりに私の精神は……。

「え～、じゃあ……悪あるところ即参上っ、プラチナ・ハートSRぅ☆」

（みぎゃあぁぁぁぁぁぁぁぁぁぁっ！）

落ち着かなかったでござる。

目の前で再び偽私が恥ずかしい格好で、これまたキラッ的な恥ずかしいポーズを惜しみなく繰り出してくるのだから仕方ないだろう。

私は膝から頽（くずお）れ、ワナワナと震える自分の手のひらを見つめる。

「お、お嬢様、大丈夫ですか？」

「……こ、これが、ダメージというものなのね」

「あっ、良いわよねその台詞。うんうん、カッコいいよねぇ～、一度は言ってみたいよねぇ～。分かってるじゃない、私」

「ごふぁっ！」

ふと零した台詞が認められたくない人に高評価をいただき、私にもその気がある疑惑が浮上して、ショックのあまり、血は出てないが私は喀血するかのような素振りをしてしまった。

「お、お嬢様、しっかりしてください」

そのまま倒れそうになったところを、テュッテに支えてもらう。

「テュ、テュッテ……私は……違っ……」

「お嬢様、大丈夫ですよ。あちらのお嬢様も、お嬢様も大して変わりませんからっ、気にしないでください」

「がはぁっ！」

フォローのつもりで言ったテュッテの言葉がまさかのトドメとなり、私は再び喀血風に言葉を濁し、ガクッと項垂(うなだ)れた。

「あれ？　お嬢様、お嬢様ぁっ」

心を失い、テュッテに揺すられるままの状態がしばし続いた後、私の中である決断がくだされた。

「……よし、滅ぼそう。ここにあるもの一切合切消滅させて、皆の記憶を消去してなかったことにしよう」

「お、おおお、お嬢様、いけません。冷静に、そう、冷静になりましょう。はい、深呼吸ぅ〜」

ゆらりと起きあがった私が、半笑いのまま決断を口にすると、後ろから慌ててテュッテが抱きついてくる。羽交い締めと言っても過言ではなかったりするが、テュッテが後ろでス〜ハ〜と深呼吸してくるので釣られて私も深呼吸する。

ちょっと冷静になった気がす……。

「フッ、ついに闇へと落ちたわね、悲しいことだわ。しかし、私は負けないっ！　私には守らなければならない世界があるのっ！　え〜と、あ、プラチナ・ハート・ブラックRよっ！」

「もしかしなくてもそれは私のことかっ！　白か黒かどっちなのよっ！　後、Rってなに？」

なけなしの冷静をツッコミに注ぐ私。

「レアに決まってるでしょう」

「おのれはスーパーレアで私はレアかぁぁぁっ！　闇落ちは希少だからSSRくらいにしなさいよぉっ！」

「やだっ、私よりレア度高いのは」

「ぬわんですってぇ〜」

そして、しょうもない言い争いを始めるしょうもない私達。

「まぁまぁお二人とも。そろそろ冷静になってお話ししてみてはどうですか？」

私達のせいで話がどんどん脱線していくので、マギルカがやんわりと軌道修正に入ってきた。

「フッ、それは無理ね。所詮私達は水と油。決して混ざることのできない悲しい宿命なのよ」

「……一蓮托生とか言ってなかったっけ？」

「忘れたわ」

「こぉらぁぁぁっ！」

「あ、あのぉ……」

　マギルカの助言むなしく、私達が再びキャンキャン言い争い始めると、恐縮そうに間に入ってくる者がいた。言わずもがな、ここの店主である。

「こんな所で立ち話もなんですから、部屋へ行きませんか？　案内しますよ」

　彼の台詞で私はようやく人様の店の廊下で大騒ぎしていたことに気がつき、恥ずかしくなる。

「大騒ぎして申し訳ございません」

「だが、断るっ！」

「うぉい！」

　店主に謝る私の後ろで、なぜかドヤる偽私。

「機関と内通している人間の言うことなんて聞けないわ。あなたの企みはお見通しよっ」

「え、機関？　も〜、なに言って、えぇぇぇぇっ！」

　おかしなことをのたまう偽私を失笑し、私が店主の方を見ると彼は笑顔のままますっごい量の汗が滴り落ちているではないか。

「そ、そそそ、そんな、たたた、企むだ、ななな、なんて」

（めっちゃ動揺してるんですけどぉっ。そんな態度とられたら偽私の言うことが本当に思えちゃうじゃない）

「ま、まさか……あなた、本当に機関の」

「は？　機関ってなんですか？」

恐る恐る聞いてみると、店主は先ほどとは打って変わって冷静、というか素に戻って普通に答えてきた。良くも悪くも嘘がつけないタイプに見える。そんなんで商人やっていけるのかと心配にはなってくるが、まぁ、余計なお世話だろう。

「で〜すよね〜。すみません、あやつが変なことを口走ったもので」

「むっ、そう、分かったわ、フェアリーツー。彼は機関に上手く操られていて自覚がないのね。くっ、なんて周到な奴らなの」

耳に指を当て急に独り言をしゃべり出す偽私。だが、マギルカ達はその異変に気がつかないのかスルーしていた。偽マギルカに至ってはうっとりと眺めている始末。

「ぷぷっ、急にどうしたのかしらね？　変なものでも食べたのかしら？」

「え？　どなたかとお話しなさってるのではありませんか？　よく見る光景ですわよね、テュッテ」

「そうですね。お嬢様がスノー様と話されているときと変わりませんよ？」

おかしな奴だと失笑半分でそばにいたマギルカとテュッテに聞いてみた。が、まさかここでスノーと会話している自分の異質な光景を目の当たりにすることになろうとは思いもよらず、恥ずかしさのあまりクラクラしてくる。

「…………」

「お、お嬢様、急にどうしたのですか？」

倒れそうになって再びテュッテに支えられる私。

分かっていた。スノーとしゃべる自分が痛い子みたいだということは自覚しているつもりだったが、客観的に見ることができなかったので、いまいち自覚にかける部分があった。

だが、まさかここでその光景を客観的に見せつけられるとは……。

（ぐおぉぉぉぉぉ、恥ずかしいぃぃぃぃぃっ！）

両手で顔を覆い、私は羞恥に身を震わせテュッテに支え続けられる。

「あなたとの決着は後回しよ、プラチナ・ハート・ブラックR。私は再び宿命の戦いに身を投じなければいけないわ。だから、テュッテ、マギルカ、私にあなた達の力を貸して。私にはあなた達が必要なのよ」

なんか偽私が言ってるが恥ずかしさのあまり、私は今彼女の全てを遮断して、テュッテの腕の中で悶えまくっていた。

「申し訳ございませんが、現在私はこちらのお嬢様の看病をしておりますので」

「え、え〜と……」

「もちろん、どこまでも付いていきますわ、メアリィ様ぁ〜」

サラッとお断りするテュッテと言い淀むマギルカ。代わりに嬉々として承諾する偽マギルカの声が聞こえる。が、私は恥ずかしさのあまり現実から逃避中なので、聞こえているだけだ。

「うぅ〜、テュッテのぶぁかぁぁぁぁぁっ！　でも、諦めないからねぇぇぇっ！」

なんか偽私が涙声で叫び遠のいていくような気がする。そして、次のマギルカの台詞で私は現実に戻された。

「あれ？　これって逃げられた、のでしょうか？」

「……なんですってぇぇぇっ！」

勢いよくテュッテから離れて辺りを見渡す私。

そこにアホ毛をつけた二人の姿は見あたらなかった。

「どうして止めてくれなかったの、マギルカ」

「え、でも、機関と戦う使命がメアリィ様にはございましたので、邪魔してはいけないのかなぁ～と……」

「そんなもの妄言に決まってるでしょう。なんで私が機関とか言うものと戦わなくちゃいけないのよっ」

「え、えっとぉ、メアリィ様なら……ありなのかな～と思いまして」

「マギルカ……あなたとは一度じっくり話し合う必要がありそうね」

「と、とにかく、追いかけましょう」

マギルカは私から逃げるように出口へと走り始め、私もそれに続く。

店を出て辺りを見渡すと、二人の姿はなかった。

「いない。逃げ足が速いわね」

「よくよく考えましたら、あのような恥ずかしい私が王都を歩いていると思うと不安で仕方ありませんわ。知人に会ったりしたら……」

「それもそうだけど、遠く離れた地域に逃げられたら、それこそ捜しようがないわよ」

あんなこっぱずかしい存在を野放しにするなど、あってはならないのだ。

しかも、向こうは私と違って目立ちたがり屋のかまってちゃんである。

私の能力をフルに使われたらどうなるのか、考えるだけで恐ろしい。私の能力が露呈されるのだけは断固として阻止しなくてはならない。

「それは大丈夫だと思いますよ。彼女達は自己幻視の魔鏡から、一定の距離以上離れられませんから」

店主が教えてくれるが、語るに落ちるとはこのことである。

「へ～、そうなんで……ん、よくあれが自己幻視の魔鏡の仕業だと分かりましたね」

「え、あ、そ、そそそ、それは、えっとた、たまたまですよ」

なにがどうたまたまなのか分からないが、うっかり口走ってしまった店主は、私の指摘にしどろもどろになっていた。

なにかを誤魔化そうとしているのがバレバレである。

(ほんと……この人商売人には向いてないような気がする)

「メアリィ様が機関と繋がりがあると仰ってましたが、もしかしてなにか隠しているのでは……」

「そ、そんな隠すだなんて。私はただ魔鏡を売ったのがこの店だったというのを知られ――あっ」

聞いてもいないのに、勝手に自爆していく店主であった。

(マジでこの人……まぁ、それよりも……)

「マギルカ……」

「……メアリィ様」

私は店主の自白よりも重要なことをマギルカに告げるべく近づく。マギルカも私の真剣な顔つきになにかを察したのか、緊張してこちらを見た。

「言ったのは私じゃなくて偽私ね。そこ重要だから間違えないように」

「「………」」

「お嬢様、今重要なのはそこではありませんよ」

私の訴えにテュッテがツッコんできて、マギルカと店主が半眼になりながらコクコクと頷いている。

「いやいやいや、私にとっては重要なのよ。アレと間違われたら大変なのよっ」

「そんなことよりも、店主は鏡の件でなにかをしようと、私達を部屋に閉じこめましたよね？」

「へっ？ と、閉じこめるだなんてとんでもない。私はただフォルトナ様に頼まれて、あっ」

私の意見がそんなこと呼ばわりでスルーされたのは納得いかないが、マギルカが店主を問いつめると、やはりと言って良いのか店主が自爆した。

「この件にお祖父様が関わっているのですね。つまり、あの魔鏡を売ったのがこの店で、それを買ったのはお祖父様といったところでしょうか」

「……な、なぜそこまで……」

呆れた顔でマギルカが推理すると店主は驚愕した顔で後ずさる。

(学園長、マジックアイテム集めるの大好きだからね〜。それを知ってる人なら行き着く結論だわ)

「詳しく、お聞かせいただけますか？」

マギルカがにっこり顔で店主に詰め寄った。まぁ、目は笑っていないのが誰の目にも分かるが……。

その後、程なくしてこっそりやってきた学園長が私達の待ち受ける部屋に案内されて、ご対面したのは言うまでもなかった。

09 噂話の真相とは

「マギルカや。なぜ儂は正座とか言うモノをさせられておるのかのう」

現在、私達が待ち構えていた部屋に学園長が案内され、彼はマギルカにソファーの上で正座させられるという珍妙な状態になっていた。ちなみにこの正座は私が彼女に教えたものである。

「ご自分の胸に聞いてみてください」

にっこり笑いながら答えるマギルカは相変わらず、目が笑っていない。その迫力に圧されて学園長も反射的に従ってしまっているみたいだ。

「はて、思い当たる節が……」

「自己幻視の魔鏡ですわ」

すっとぼけようとした学園長は、マギルカの台詞で言葉を詰まらせ、あさっての方を見始める。

（密室で私達と学園長だけ。なんだか取り調べみたいだわね。これはカツ丼を用意しないといけないかしら）

「な、ななな、なんのことやら……」

「ここの店主が自供しましたわ、お祖父様」

「す、すみません、フォルトナ様。魔鏡の件でいただいた手紙の通りにしゃべり行動せよとの指示がありましたが、うっかり指示以外の、あっ」

学園長が言い逃れできないようにと、自爆製造機である店主も部屋に残ってもらったが、さっそくその力を発揮してくれたみたいだ。

「な、な、なんのぉ、ことやらぁ」

それでもしらを切ろうとする学園長。

「やはりカツ丼が必要かしら？」

「メアリィ様、かつどんとは？」

私の案にマギルカが首を傾げて聞いてくる。残念ながらこの世界には取り調べの最終兵器であるカツ丼はないので、別の方法で学園長を自白させなくてはならない。

私はふと、もぞもぞする学園長の足を見、そして、悪魔のようにニタァ～と笑うのであった。

「致し方ないわね。少々心苦しいけどこれも、学園長が正直に話さないからいけないのよ」

そう言って私は、ワキワキと指を動かしながら学園長に近づいていった。

「な、なにをするのじゃ、メアリィちゃん？　老人は労るものじゃぞ」

私の怪しい動きに学園長が戦慄し、正座を解いて逃げようとしたが足が痺れたようで上手く動けないでいる。

「あ、足が、しび、痺れっ」

「学園長、今ならまだ間に合いますよ。正直に話してください」

「じゃから、なんのことや、あぁぁぁぁぁぁぁぁぁっ！」

最後通牒をつきつけたが、学園長がまだしらを切ろうとしたので、私は痺れている彼の足を容赦なくツンツンする。そして、学園長の情けない悲鳴が部屋に響いていくのであった。

「それ、ツンツン♪」

「やめ、あぁぁぁ、やめぇぇぇっ！」

「さぁさぁ、学園長。正直にっ」

「あぁぁぁっ、話すぅぅぅ、話すからやめ、あぁぁぁっ！」

身動きとれないのを良いことに、だんだん楽しくなってきてツンツンしまくる外道な私。

「メ、メアリィ様……こうなると予想して正座なるモノを勧めたのですね。恐ろしい人……もしかして尋問に慣れてます？」

「慣れてない慣れてない。成り行きよ、成り行き。恐ろしいこと言わないでちょうだい」

私の所行に心底ドン引きするマギルカであった。

「あっ、もしかしたらあちらのメアリィ様が言う機関はないとしても、別のなにかと戦うために……一応あちらもメアリィ様ですから、話の全てが作り話というわけでは……」

「マ、マギルカ？」

ドン引きしてたかと思ったら、なにやらブツブツと呟き始めるマギルカ。その内容が些か看過できない内容だったりするのだが。

「あ、いえ、なんでもございませんわ」

「その察したような笑顔で、サラッと流さないでくれる。違うから、なんかよく分かんないけど違うからねっ」

私が必死に訴えると、マギルカは分かっていますと言わんばかりに、ニッコリ笑顔で答えてきた。

「さて、話を戻しましょう。お祖父様、自己幻視の魔鏡について教えていただけますか？」

「……ちょ、ちょっと待っておくれ。あ、足が……」

マギルカの詰問に、大の大人である学園長が情けない声で懇願してくる。

少し時間を空けてから話を聞くと、事件は十年ほど前――つまりは例の噂話が起き始めた頃に戻るようだ。

どうやらあの魔鏡はこの店の売り物ではなくコレクションとして保管されていたらしい。それを店主がうっかり口を滑らせ学園長に話してしまったことが、事の発端だった。

まぁ、学園長が喰いつくのも無理はない。あの魔鏡は妖精が作ったとされており、伝説級のマジックアイテムなのだそうな。

そういうことで学園長の執拗なお願いに根負けして、店主が魔鏡を売ってしまったらしい。

「ちょっと待ってください」

「ん？　どしたの、マギルカ」

「その時期は確か、お祖母様に叱られてお祖父様はアイテムの購入を禁止されていたと聞きましたが？」

マギルカの指摘に、学園長が汗だくになってあさっての方を向く。

話を聞くと、当時アイテム収集癖が今よりひどく、行き着くとこまで行って、領内の貴重な資金にまで手を出そうとしていたらしい。本人的には後で返すつもりだったと供述しているのだが。

（アウトだよ、アウト。要するに自分の趣味に皆の血税使おうとしたってことでしょ、しかも多額の……）

こうしてマギルカのお祖母様にお灸をすえられ、今後一切のアイテム購入を禁止させられたのだという。

なのに、魔鏡を持っているとはこれ如何に。

「学園長……」

私は話を聞いて、学園長をまるでダメ人間を見るような目でドン引きしながら見た。

「し、仕方なかったんじゃぁぁぁっ！　で、伝説級のアイテムじゃぞっ。仕方なかったんじゃぁぁぁっ！」

「……どうするマギルカ？」

「お祖母様に報告します」

仕方なかったと繰り返し弁明するダメなご老人を眺めながら私が聞くと、彼女は無慈悲にもバッサリ切り捨てた。

その言葉にかなりショックを受けたのか、学園長がフリーズしてしまう。

「それにしても、こうならないようにお祖母様はアイテムを一ヶ所に集めて管理させておられたはずなのですが」

フリーズしてしまった学園長を見るのを止め、マギルカはチラッと控えていた店主の方を見る。その視線に気がついて店主がギョッとして後ずさりした。

「わ、私は知りませんよ。家では監視されているから、学園に備品と偽ってこっそり持ってきてほしいと言われただなんて、あっ」

（この人はもう、なんかそういう呪いにでもかかっているんじゃないのかしらね。見事な自爆っぷりだわ）

「なるほど、学園に直接……確かに家よりは監視の目が緩くなりますわね。とはいえ、学園長室に置いてあればその内気づかれるのでは……」

「あっ、だから学園内の誰もいないところに置いて、隠していたんじゃない？」

未だフリーズし続ける学園長は放っておいて、私はマギルカと謎解きを続けた。

「なるほど……そこで運悪く生徒に見つかってしまったと……」

「もしかして、出現位置がコロコロ変わってたのは、誰かに見つかったら学園長がこっそり移動させていたとか？」

「あり得ますわね。運悪く魔鏡の被害に遭ってしまった方達はどうしていたのでしょう？」

私達は謎解きを一旦ストップして、二人で店主の方を見る。

「な、なんですか、わ、私は関係ありませんよ。魔鏡で作り出された人達を、鏡に戻す手伝いをしていたなんて、あっ」

もはや期待して振っていたので、それに見事応えてくれる店主を称賛してしまいそうになるほどの見事な自爆っぷりであった。

「なるほど、お祖父様の手伝いをしていたのですね。では、戻す方法を教えてください」

「え〜、あ〜、私はただ魔鏡で作り出された人達を預かっていただけですので、詳細はちょっと……」

ここにきて店主が言葉を濁すが、彼の場合、それは本当のことなのだろう。今日会ったばかりなのにそう思えるほど、彼には絶大な信頼感が私にはある。

(ある意味、客としては良い関係を築けそうよね、この人となら……あれ？　じゃあ、商売人としては良いのかな？)

「……そうですか。では、お祖父様に聞くしかありませんね」

マギルカも私と同じことを考えていたのか、すんなりと彼の言い分を受け入れ、詰問先を変える。

「お祖父様、いつまで呆けているのですか？　話は聞いていたのでしょう？」

「……マギルカや、おじいちゃんショックを受けておるのじゃぞ。もうちょっとこう、労りの……いえ、なんでもありません」

やっと動き出したかと思ったら、このおじいちゃん、拗ねたことを言い始めた。が、マギルカの顔色を窺った瞬間、それも引っ込めた。

私はマギルカを見ていなかったので、どんな表情をしていたのか分からなかったが、学園長の反応を見た限りでは労りの表情ではなかったのだろう。

「それで、この後どうなさるおつもりだったのですか？」

「……次の満月に魔鏡を起動させ、鏡に押し込めるのじゃ」

「押し込める？」

私は学園長の「戻す」のではなく「押し込める」というワードに反応して、思わず話に割って入り聞き返してしまった。

「ふむ、聞き分けが良ければ自分から戻っていくのじゃが、まぁ大抵の場合、嫌がるのでな。その時は力ずくじゃ」

「……随分と物騒な話ですね」

「まぁ、儂としては魔鏡の能力を研究・観察できる貴重な時間なので、穏便に事を済ませたいのじゃが、本人的には早々に片づけたいのじゃろうなぁ。結局、当人達のガチバトルとなる。ハハハ」

「……もしかして、噂話の本人が鏡の中に押し込まれるって話、あれ、これのことを目撃した人の話じゃ……」

噂話の真相が紐解かれていけばいくほど、なんだかな～とメルヘンやらオカルトやら神秘といったモノから遠ざかっていく真相に、げんなりな気分であった。

「……おそらく、そうでしょうね。まぁ、私としましても、あのような破廉恥極まりない私を、のんびりと放置しておく気にはなれませんわ」

マギルカは偽マギルカの所行を思い出したのか、顔を赤らめて俯いてしまう。

かくいう私もあのような黒歴史たっぷりの私を放置する気はなかった。なにせ私の精神に悪すぎる。

「それにしても、なんであんな感じの性格になったのかしら？　コピーしたんじゃないの？」

「ふむ、良いところに気がついたのう。儂がいろいろ研究・観察してきた結果なのじゃが、あの魔鏡から生み出された者は、見ての通り姿はもちろんのこと、その能力と知識をもコピーするという優れモノじゃった。さすがは、伝説級！　どういう理論なのかさっぱりじゃが、さすがは妖精といったところじゃろうっ」

私の疑問に学園長が興奮気味に説明し始め、その急な熱気と早口に私は若干引いてしまう。

「しかも、そこが摩訶不思議な妖精といったところか、ただコピーするのでは飽きたらず、すごいことにその性格構成に手を加えよったのじゃ。それが……」

ここで一旦言葉を切って変な間も持たせる学園長。それに釣られて私もゴクリと唾を飲み込み、話を聞く。

「映し出された本人が偽者を見た時、とてつもなく恥ずかしがる、もしくは嫌がる性格を、コピーした知識からチョイスするようにしたらしいのじゃよ」

「…………ど、どうしてそんなことを？」

「ふむ、そこら辺は諸説あるのじゃが、今のところ有力なモノは……」

再び言葉を切ってもったいぶる学園長だが、私はイヤな予感しかしなくてこれ以上聞きたくない衝動に駆られた。

「……その方が面白そうと思った、じゃ」

（こんちくしょうめぇぇぇっ！　そんなこったろうと思ったわよぉぉぉっ！　こぉの愉快犯めぇぇぇっ！）

「……とにかく、私達がすべきことは、これ以上騒ぎが大きくなる前に、粛々と偽者を鏡の中に戻すことですわね」

学園長の説明に私は表向き冷静を装いながら、心の中でそんなふざけた発想をしよった作り手を罵っていた。そんな中、マギルカは怖いくらいに冷静な態度で、今後についての話を進めてくる。

あの偽者を早急に鏡の国へとお帰り願うのは賛成だ。だが、現状逃げられてしまっているし、もう一つ気になる点があった。

「でも、帰すには次の満月がどうのこうのと言ってなかったっけ？」

「……確かに。魔鏡の力が発動するのが満月の日というのなら、その日以外では只の鏡ということなのでしょうか？」

「残念ながらその通りじゃ。よって、今の段階では彼女達を鏡へは戻せぬ。じゃから、儂はこっそり彼女達を匿（かくま）い、魔鏡の能力観察をっゲフン、ゲフン」

「「…………」」

最後に余計なことを言ってしまったと気がつき、学園長が咳払いして誤魔化してくるが、しっかり聞いていた私達は、冷ややかな目で彼を見つめることで非難を浴びせることにした。

「なるほど、つまりあの子達の面倒をお祖父様がみていたのですね。今思えば私達が魔鏡を見つけたあの日、テュッテが見たという人影は、お祖父様ではなく偽の私達で、そばにお祖父様がいたのですね」

「……う、うむ……」

「では、私が遭遇したあの機関の戦闘員なるモノはなんなのですか？」

「あ、あれは……なんかよく分からん設定とやらをメアリィちゃんに聞かされ、実行するようせがまれてのう。あの時は離れたところで見ていたので――」

「学園長、そこは私ではなく偽――」

「お嬢様、今は流しましょう」

マギルカと学園長の会話に看過できない点があったので、私は反射的に訂正を求めるが、後ろからテュッテに窘められた。私は口をん〜と引き結び、ごもっともだとそれに従う。

話の腰を折ってしまったが、とにかく、現状私のすべきことはあのこっぱずかしい偽私を捕まえ、騒ぎを起こさせないよう監視し、来る日にお帰りいただくということだ。

(まずは逃げたあの子達を確保しなければ。歩いてどこまで行ったのやら。私ならもしかして全力で走るととんでもないことになりそうだけど、偽マギルカがいるからそんな無茶なことはしないよね……し、しないよね?)

一抹の不安を抱きながら、一通り話を聞き終えた私達はお店を後にするのであった。

そして、すぐに私は一つの事件に巻き込まれた。

なんと、私の馬車がなくなっていたのだ。

考えるまでもない。

あの偽私がシレッと利用したのだろう。事情を知らない御者に、私と偽私を見極めろというのは酷な話だ。

「ど、どどど、どうしよう」

「落ち着いてくださいい、メアリィ様。馬車に乗ったからといって遠くへ行けるわけではありませんわ。彼女達は魔鏡から離れることができませんもの。それに偽とはいえメアリィ様と私が二人で移動して、御者が不思議に思わない場所は限定されます」

慌てる私とは反対に頼もしいマギルカの言葉。あぁ、マギルカがいてくれてほんと助かる。

「そ、それは？」

「学園ですわ。あそこは魔鏡もあり、隠れる場所もいっぱいあります。なにより、私達二人が向かっても御者が不審に思わない場所ですわ。メアリィ様ならそう判断なさると私は思いますけど、違いますか？」

マギルカの意見に私はどうだろうと首を傾げてしまう。だって私だぞ。そんな臨機応変に頭が回るだろうか。たぶん、勢いで突っ走って後でどうしようかとオロオロしているに違いない。

「あ、だからマギルカに頼るのか」

自分がその立場になった時どうするか、シミュレートした結果、私はポンと手を打って納得する。おそらくというか、断言しても良い。偽私は絶対この後どうしようかと偽マギルカに頼っている。

そして、偽マギルカが馬車を利用し、学園へ戻ると提案したのなら絶対それに従う。あんなデレデレの偽マギルカでもマギルカなのだから、こちらのマギルカと考えることは一緒のはずだ。ならば、学園に戻ったと考えても良さそうだ。

「なら、私達も学園へ戻りましょう。マギルカの馬車に乗せてくれるかしら？」

「構いませんが、今戻ったら日が暮れてしまいますよ」

「構わないわっ。その時はまた学園で一泊よっ！　良いですよね、学園長っ」

「ああ……大丈夫じゃぞ。あの子達を匿っていたから、そこら辺の準備は万全じゃゃ」

トホホといった感じで肩を竦めて答える学園長を尻目に、私達はさっそく学園へ戻ることにするのであった。

このままいけば、学園にはもう人はいないので、万が一見つけだした際に偽私がなにかしでかしたとしても、私への精神的被害のみで多くの人達に周知されることはないだろう。まぁ、できることならその精神的被害も受けたくはないのだが。

（頼むから、妙なことはしないでおくれよ、向こうの私ぃぃぃぃっ！）

10 オンとオフが酷いです

日が沈みかかった夕暮れの中、私達は学園に戻った。果たして、想像通り彼女達はここに戻っているのだろうか。

とりあえず、学園長室へ行き、今後のことを話し合うことにする。

「さて、私達にバレたのだから、あの子達はすでに身を隠しているかもしれないわね」

「そうですわね。そちらを捜すのも重要ですけど、魔鏡を確保することも考えておいた方が良いかと。彼女達が隠してしまう可能性がありますわ」

「……確かに。それをされると厄介よね」

私は話しながら学園長室へと入った。とりあえず、ちょっと休もうかとソファーに向かう。

「魔鏡の方は学園長に任せて、私達は偽者うぉ〜……」

「ん？」

今後の行動を模索しながら私は座ろうとしていたソファーに目を向け、先客と目が合った。

「「…………」」

そこにいたのは私だった。いや、正確には偽私だ。

しかも、あのこっぱずかしい衣装を脱ぎ、ラフな格好でこれまただらしなくソファーに寝転がっているではないか。

よく見ると、口がモゴモゴ動いている。たぶんお菓子を食べている最中なのだろう。完全に寛(くつろ)ぎモードであった。

向こうもいきなりの遭遇に理解が追いつかないのか、ソファーに寝転がったまま頭だけをこっちに向けて固まっていた。口はモゴモゴしているが……。

数瞬お見合いした後、偽私がゴクンと口に入れていたモノを飲み込んだことで時が動き出した。

「「なんでここにいるのぉっ！」」

綺麗なハモりを披露する私達。

「「それはこっちの台詞よっ！」」

また、ハモってしまったでござる。

まさかこうもあっさりエンカウントするとは予想外だったので、なにを言って良いのか分からなくなった私は、とりあえず目先の問題を指摘することにした。

「それは置いておいて。なんて格好してるのよぉぉぉっ！　後、だらけすぎぃぃぃっ！」

そう、目の前の偽私は薄着一枚でだらしなくソファーに寝転がっていたのだ。さらに、寝ながら本を読み、お菓子を食べているという体たらくっぷりである。

「私室にいるんだから、だらけても良いじゃない」

「ここは私室じゃなくて学園長室よぉぉぉっ！　人が来るところだからシャキッとしてぇぇぇっ！　いやもう、ほんとお願いしますっ」

怒っているのか懇願しているのか、もうどっちか分からないくらい私は焦っていた。それほどに今目の前の偽私はだらしないのだ。完全にオフモードである。

「なによ、家ではいつもこうしてるじゃない」

「こらぁぁぁっ！　誤解を招くようなこと言わないでっ。いつもじゃないわ、たまによっ」

自分の恥ずかしい一面を体現暴露されていって、もう私はパニックである。マギルカ達がいるというのに大声をあげて慌てふためいていた。

（ハッ！　それよりも見ているマギルカ達にも弁解をっ）

私はちょっと冷静になって状況を整理し横で見ていたマギルカを見た。すると、マギルカも顔真っ赤で唇をワナワナさせている。

「な、なにしてますのぉぉぉっ、そこの私ぃぃぃぃっ！」

珍しくマギルカが叫んだ。

どういうことかと彼女の目線を追うと、偽私が寝転がっているソファーの近くでこれまた薄着であられもない姿の偽マギルカが床に座り込んでいた。

「うふ、うふふふっ♪　メアリィ様の御御足（おみあし）ぃ。うふふふふっ♪」

周りが見えていないのか、マギルカの叫びも届いておらず偽マギルカは恍惚とした表情で、偽私のだらしない姿を座り込んでガン見していたのだ。

なんか、目がハートになって涎を垂らしそうな勢いの笑みである。

足を差し出したら頬ずりしそうな体勢なのは気のせいだろうか、うん、きっと気のせいだろう。

とにかく、マギルカはマギルカで魔鏡の嫌がらせ（？）を受けていて、偽私の姿をどうこういう余裕はないようだ。

（うん、良かった、良かった。いや、ホッとしている場合じゃないわよ）

「とにかく、シャキッとしてシャキッと」

「えぇ〜」

「えぇ〜じゃないっ！」

改めて私が偽者を叱りつけると、不貞腐れる偽私。

「……お嬢様」

後ろからテュッテの声が聞こえ、私はホッとしている場合ではないことに気がつく。

「あ、テュッテ、あれは私じゃないのよ。私はあんなだらしないことしない、わぁ……」

なんで私が弁明しているのか分からないが、とにかく私はテュッテに言い訳していた。だが、さっき自分でたまにだけだと言ってしまったことを思い出し、言葉が尻窄（すぼ）みになる。

というか、テュッテの前で散々だらしない自分を見せてきた私が、今更言う台詞ではないなと気がつく私であった。

諦めた私は、さらに後ろで待機していた学園長に気がつく。

「あ、学園長、これは、えっとぉ」

「ははは、大丈夫じゃよ、メアリィちゃん。ここ二日、あんな感じで過ごしているのを見てきたから今更驚かんよ」

私の慌てっぷりに気を利かしたのか、学園長が笑顔で爆弾を投下してきた。

(あぁぁぁぁぁっ！　穴があったら入りたぃぃぃぃっ！)

「ふっ、裏の裏をかいたつもりだったけど、ここにたどり着くとはなかなかやるわね」

私のせいじゃないのに、目の前の偽私のせいで恥ずかしさに悶えていると、よっこらせとソファーから立ち上がった偽私が、ほくそ笑みながら言ってくる。

裏の裏をかいたってそれは結局のところ表なのではというツッコミを入れたいところだが、それよりも先に言っておきたいことがあるのでそちらを優先する。

「ふんぞる前にちゃんと服着なさいよっ、恥ずかしいっ」

「私は気にしない」

「私が気にするのよぉぉぉっ！」

ほんとに私かと思うほどの厚顔っぷりな偽私に、私は思わず声を荒らげる。

見ている本人が嫌がる、もしくは恥ずかしがるという妖精の意図にしっかりマッチした偽私。もしかしたら私が恥ずかしいと思っている行為全てを、この子は何とも思わず実行するのではないかと思えてならない。

なんて恐ろしい魔鏡を作ってくれたのだと、作った本人捕まえて文句の一つも言いたくなってきた。

まぁ、映ったお前が悪いんだと言われたら、返す言葉もありませんが……。

「お嬢様、こちらのお嬢様も仰ってますし、あちらで着替えましょう。ささ、そちらのマギルカ様も」

「「はぁ～い」」

（ぐぬぬぬ、本人の言うことは聞かなくて、テュッテには素直に従うのね。これも嫌がらせの一環なのかしら……）

テュッテに連れられて、隣の部屋に引っ込んでいく二人を見送りながら、歯噛みする私なのであった。


しばらくして、着替え終わった二人があっさりと戻ってきた。どさくさに紛れて逃げるかと警戒していたのにちょっと拍子抜けである。

「今度は逃げ出さなかったようね」

あれだけ恥ずかしい思いをさせられたのだから、ちょっとくらい嫌みを言っても罰は当たらないだろう。

「ふふっ、たとえどんな敵でも臆さず、私は立ち向かうわ。え？　どうしてかって？　そ・れ・は・ねっ☆　私が魔法少女だからよっ」

私の嫌みなど粉砕するかのような、はっずかしい台詞と、かわいこぶった仕草を繰り出してお答えする偽私の破壊力というか、羞恥力は半端なかった。

（ぐおぉぉぉ、頼むからそれはやめてぇぇぇ）

両手で顔を覆い、私は羞恥を隠すのに精一杯で言い返す余裕もなく、正直な話、もうギブアップしたい気持ちで一杯だった。

とはいえ「ギブなので鏡に帰ってください」「はい、分かりました」とはならないのが厳しい現実であろう。

いやいや、希望を捨ててはいけないと偉い人も言っていたはずなので、諦めずに何事もチャレンジだ。

「お願いだから次の満月まで大人しくして、素直に鏡に帰って」

「やだ」

やはり、厳しい現実であった。

「オホン。さて、それについて私達はしっかり話し合わなければならないと思い、ます、がぁ～」

私はがっくりと項垂れながらソファーに座ると、隣に座ったマギルカが話を切り出してきた。が、なにか思うところがあるのかフルフルと震え出す。

「そこの偽私。メアリィ様にベタベタとくっつかないでくださいっ！」

マギルカが向かいに座った偽者に抗議する。彼女の言う通り、先ほどから話そっちのけで偽マギルカは偽私にベタベタくっついて離れないでいた。

「ふふん、あらあらぁ～、私がメアリィ様とくっついているのがそぉんなに羨ましいのかしら、ねぇ～？」

「んなぁっ！」

そんなマギルカになぜか勝ち誇ったような顔で返してくる偽マギルカに、彼女は絶句した。

「マギルカ？」

「はっ、あ、メ、メアリィ様。私は羨ましくなんて思っておりませんから。ええ、これっぽっちもぉっ！」

「う、うん、分かったから落ち着いて」

私の問いに顔を真っ赤にして答えるマギルカ。誤解を生むような言動をされて恥ずかしい気持ちなのは分かるけど、面と向かってそう言いきられると、私的にはちょっと寂しかったりもする。

「あ、でも、くっつくのが決してイヤというわけではないので……えっと、その」

私がショボ〜ンとしてしまったのに気がついたのか、マギルカは慌ててフォローを入れてくれた。

「……ひとまず、お茶でも飲んで落ち着いてください」

そこへ着替えついでに準備していたのか、お茶を差しだして勧めるテュッテであった。

「「「「…………」」」」

四人で一斉にお茶をいただき、一時和む。

「……さて、話を戻しましょう。私的には無駄な争いもなく、話し合いで決着させたいのですが」

一息ついて再びマギルカが話を切りだした。

「先ほどメアリィ様が仰ったように、私達はあなた方に大人しくしててもらい、鏡に帰って欲しいのですが」

「それはできないわ。私は鏡の国からこのマジカル・ハートを授かり、魔法少女となって闇の機関からこの国を守る使命があるのだからっ！」

などと、意味不明な使命とやらを力説する偽私であった。

なんか鏡の国とか新たな設定がプラスされたようだが、どうも設定がガバガバなような気がする。もしかして、彼女自身まだ設定が安定していないのだろうか。そもそも明確な設定がなく、現在絶賛模索中なのかもしれない。

（え？　なんでそう思うかって？　そんなの簡単よ。だって相手は「私」なのだからっ！　私がそんなしっかりした設定作れるわけないじゃんっ！　絶対周りに影響受けすぎてブレッブレになるわよっ！　はははっ、これが主体性のない私なのだぁっ……あぁ、涙出そう……）

私は心の中で自暴自棄になりながら、ふと偽私が見せたマジカル・ハート（？）なるアイテムを見る。

パッと見ただけだが、結構作りが本格的で、小道具というよりもなにかのマジックアイテムに見えるのは気のせいだろうか。あんなものどこから持ってきたのだろうかと思ったが、学園長に駄々こねてそれっぽいモノを貸してもらったと考えれば、ありなのかなとも思えてくる。

ここでふとマギルカと目が合った。向こうはどうしたものかと困った顔をしているので、私も話し合いに加わることにする。

「……要するにあなたは魔法少女としてその闇の機関とやらからこの国を守れれば、使命を終え、鏡の国に帰ると言うことよね？」

「ん？　えっと、あれ？　そうだっけ」

「そうよ。あなたは鏡の国からやってきた魔法少女。同じく鏡の国からやってきた闇の機関からこの国を救うべく、鏡の国の女王様が遣わした光の戦士なの」

「そして、使命が済んだら鏡の国に帰るというお別れ感動のシチュエーション付き。想像してみて、この世界で仲間になった大事な人との突然の別れ、涙涙に説得し、そして二人、笑いあってお別れするの」

「……ゴクリ、そ、それはとても魅力的……」

(よしよし、影響されてる影響されてる)

ここはあえて否定せず、相手の設定に乗ってこちらの要望をシレッとねじ込むという卑劣な手段に私は出る。

(これも全てガバガバ設定な私だからできるのよ。ははは っ、見たか、主体性のない私。あぁ、なんだろう、この空しさは)

「メアリィ様……お話の意図は分かりますが、その闇の機関とやらはどうするのですか?」

「ふふふ、それはもうこっちで用意するしかないでしょう」

私の話を聞いて驚いたマギルカが小声で聞いてきたので、私も小声で返す。

「なるほど。つまり、全てメアリィ様の手の上で動かす状態にするのですね。強引に相手を押さえつけるのではなく、あちらの考えを利用し、こちらの思惑へと誘導する。さすがです」

「……そ、そうなんだけど、そうじゃないというか、なんというか」

また有らぬ誤解が生じようとしているが、どう返して良いのか分からず、私は言葉を濁すだけに止まった。

（あれ？　ちょっと待って。こちらのマギルカが私の誘導に気がつくと言うことは、向こうのマギルカも当然気づいている、よね？）

ふとそんなことを考えた私はチラッと偽マギルカを見る。彼女は私の視線に気がついたのかこちらを見てにっこりと笑った。

（気づいてる。気づいてるけど、どうでも良いといったところかしら。彼女の今までの言動から考えると、私と一緒にいられるなら後はどうでも良いといった感じかしら）

「……そうなると、マギルカは私から離しちゃだめね。ずっとそばにいないと」

「メ、メアリィ様。それはど、どどど、どういう意味でしょうかあ？」

ポロッと零してしまった心の声に、隣にいたマギルカが反応し、挙動不審になっている。

「ん？　いや、あっちのマギルカは大人しく従ってるけど、私から離すとなにしでかすか分からないな、と思って」

「あ、あ～、あっちの……」

私の返答を聞いて頬を赤らめながらも、冷静になっていくマギルカ。

「……あれ？　もしかしてこっちの話の方が良かった？」

「べ、べべべ、別にそんなことありませんわ」

ムフッと小悪魔的な笑みを見せ、私が言うとマギルカはそっぽを向いて反論してきた。

デレデレのマギルカも可愛いが、ツンデレのマギルカも可愛い。これは、正義である。

とにかく、偽私がフラフラとあっちこっちで騒ぎを起こさないよう、こちらが手綱を握っていなくてはいけない。そのためにも、彼女の言う闇の機関をこしらえないと。

（これは……皆にも協力を仰いだ方が良いかもしれないわね。はぁ……気が重い）

　私は一人深い溜め息を吐いて、ひとまずこの話し合いは終了するのであった。


　夜。

　皆が寝静まった時間に私は部屋を出る。

（なぜかって？　偽私がこの時間にコソコソとなにかしないように見回りよ）

　案の定、部屋に偽私の姿は見あたらない。

「遅かったか……」

　魔鏡の方はさっき確認してきたので、持ち出したということはない。まぁ、あんな大きな鏡を一人で持ち出すのは至難の業だが。いや、私なら背負っていけるのかなとも思ったが、考えるのを止めることにする。

「まったく、どこへ行ったのやら。世話を焼かせるんじゃないわよ」

　私は時計塔から外に出る羽目になり、悪態をつきながら周りを見渡した。

　暗～い学園内。そこにポツンと一人佇む私。

（あ、やばっ。ちょっと怖くなってきた）

ブルッと一度身震いして、私は一人で来たことを後悔し始める。

(でも、誰かと一緒に行って、偽私がこっぱずかしい妄想を繰り広げているのを見られたら、私が羞恥で悶え死ぬ)

気持ちを切り替え、私は暗い学園を見渡し、歩き出す。

とその時、私の視界の隅でなにかが動いたのが見えた。

反射的にそちらを確認すると、そこは暗い路地だった。恐る恐る、私は路地へと向かう。

「お〜い、そこにいるのは分かってるのよ〜。観念して出ていらっしゃい」

暗い路地に向かって小さく声をかけながらも、暗いのが怖くてなかなか奥へと進まないヘタレな私。

マゴマゴしていると、暗い奥からゆらりと誰かが姿を現した。

(やっぱりいたのか。大人しく出てきてくれて良かった、わ?)

偽私が大人しく出てきてくれたと思ってホッとする私だったが、それは私の想像と違って身長が高く、大人の男性だった。

ついでに、全身黒ずくめで奇妙な仮面を着けているというおまけ付き。

「所詮小娘だと油断をしてしまったようだ」

くぐもった低い声が仮面の奥から聞こえてくる。その迫力はまさに闇の者であった。

(あちゃ〜、もしかして学園長が用意してくれたエキストラさんかしら？　私と偽私を間違えちゃったのかな？　これは悪いことしちゃったわね)

「え、えっとですね……」

「まぁ、良い。やることに変わりはないっ」

私がどう伝えようかと困っているとボソッと言い放った黒ずくめは短剣を抜いた。そして、闇に紛れ一瞬にして距離を詰めると私に向かって短剣を突き出してくる。


バキッ!


完全に油断していた私は呆けた顔でそれをまともに受け、胸に刺さったはずの短剣の刀身が無惨に折れる音が響いた。

「なぁっ!」

向こうもさすがにこれには驚いたのか、声をあげると慌てて距離を取る。

私は呆けた顔のままそれを確認すると、次に落ちた刀身を見た。見た感じでは、模造ではなく本物の剣のようだった。

それは、つまり……。

(あれ? もしかして、私今、殺されかけたの? Ｗｈｙ?)

お互い現状で起こったことが理解できず、静寂が広がっていくのであった。

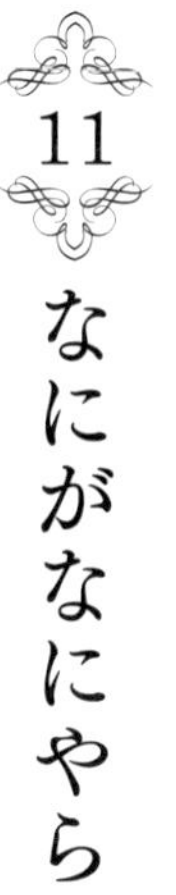

11 なにがなにやら

暗い路地で私は今、怪しい黒ずくめと対峙している。

(ど、どういうこと？　なんで攻撃されたの？　急展開過ぎてわけが分からないわ)

内心の動揺を必死に抑えながら、とにかく今は戦闘態勢をとってみた。それに反応したのか、向こうも構え直してくる。

「……なぜ剣が。胸に鉄板でも仕込んでいたのか……」

黒ずくめは私に言ったのではなく独り言のつもりだったのだろうけど、聞き捨てならない発言に私は思わず反応する。おかげで、動揺していた精神がスンッと沈静化していった。

「誰の胸が鉄板ですって？」

私は改めて相手を観察する。

(黒ずくめに変な仮面。う〜ん、まるでどっかに出てくる戦闘員みたいで、てっきりエキストラさんかと思ったんだけど、違うみたいね。一応確認してみようかしら)

「……あなた、闇の機関ね」

「！」

私の呟きにピクッと反応する黒ずくめ。

（え？　もしかして当たりなの？）

とりあえず確認しただけなのに、まさかの反応で私は驚いてしまう。

「なぜ……我々のことを……」

向こうも同じか驚きのあまり、黒ずくめはボソッと呟いてしまい、私の問いが正解だったことを伝えてくる。

（えっ、えっ？　どゆこと、どゆこと？　闇の機関は偽私の妄想でしょう？　やっぱりエキストラなの？　どゆことぉぉぉっ！）

どうせ違うだろうと高を括っていたのにまさかの正解で、再びパニックになっていく私。

「……チッ、新手か」

パニクってる私を置いといて、黒ずくめが別の方を向く。釣られてそちらを向けば、明かりが一つ、こちらに近づいてくるのが見えた。

「……今日は引く。だが、必ずやお前が持つ力を奪い、我らの目的を達成してみせるぞ」

そんなどっかの悪役みたいな台詞が聞こえてきたので、私はよそ見している場合かと慌てて相手の方を見た。だが、そこに黒ずくめの姿はなかった。

（逃げた……のかしら？）

辺りを見回し、人影がないことを確認して私は警戒を解く。

（ど、どういうことなの？　まさか偽私の妄想が本当に……いや、ああいった組織がこの世界に全くないなんてことはないよね。偶然接触してしまったのかしら？　ううん、あいつは私が持つ力って言ってたわ……）

　事態が呑み込めなく、思考がグルグルと迷走している中、一つの明かりが私に近づいてきた。

「お嬢様っ」

「あ、テュッテに学園長」

「やれやれ、メアリィちゃんがいなくなっていたので驚いたよ。キミもあっちのメアリィちゃんと一緒で、人気のない場所と時間を見つけては珍妙なことをする癖があるのかい？」

「ち、違いますっ！　私は只、偽私の姿が見当たらなかったからっ」

　二人の姿を確認してホッとするのも束の間、学園長が不本意極まりないことを言ってきたので、私は慌てて弁解する。

「あちらのお嬢様なら寝ておりますよ。先ほどトイレに行ってはいましたが」

「え？　それ、本当なの？」

「はい、ついて来て欲しいとお願いされたので」

「なぜに？」

「夜のトイレは怖いそうです」

「お子様かぁっ！」

（おにょれ、トイレに行っていたとは。くっ、その可能性を失念してたわ。っていうか、あの子、なに「私の」テュッテに甘えてるのよ。油断も隙もあったもんじゃないわね）

　今すぐにでも偽私の寝ている所へ行って、ボディプレスかまして、文句の一つでも言ってやろうかと本気で考える私。何度も言うが、私はテュッテに関しては心が狭いのだ。

「よし、実行しよう」

「なにがよしなのか分かりませんが、お嬢様はここでなにをしていらしたのです？」

私の決意に水をさすかのようにテュッテが質問してくる。

「なにって、偽私を捜してぇ〜……あ、そうだ、闇の機関っ」

「「？」」

偽私のせいで二の次になってしまった事件を、私は二人に伝えることにした。


「ふむ、確かに儂はそのような物騒な者を雇った覚えはないのう」

私の話を聞いて、学園長が思案しながら答える。

私達は学園長室へ戻り、そこで先の事件を話し合っているところだ。

「メアリィちゃんの話を聞く限り、相手は素人とは思えんのう。しかし、狙いが分からん。メアリィちゃんの持つ力とは？」

「な、なんでしょうね……」

（まさか、私のチート能力じゃないわよね。いや〜ぁ、バ、バレてないはず？　まぁ、私から奪えるなら是非とも奪って欲しいところだけど、この力を悪用されるわけにはいかないし、できれば奪うのではなく、消し去っていただけると嬉しいなぁ〜）

学園長の質問に曖昧に答えながら、私は心の中でどっかの誰かに無理難題をお願いしてみる。

「あの、お嬢様。もしかしたらあちらのお嬢様と関係があるのでは？　本人もそう言っておりまし」

「いや～、ないない。偽私のは只の妄想だから」

テュッテの質問に自分で言ってて、なぜだか無性に悲しくなってきた。

「誰が妄想よっ、失礼ねっ」

私がプチ打ちひしがれていると、その元凶である偽私がマギルカ達と一緒にやってきた。

そして、私にとっては大変不本意ではあるが、先の出来事を偽私に伝えることになった。

「おぉぉぉ、キタ、キタ、キタァァァッ！」

で、このテンションである。

(だから、教えたくなかったのよ。絶対はしゃぐから)

「ちょっと、お外行ってくりゅうぅぅっ！」

「ウェ～～～イト！　行ってくりゅじゃないわよっ」

ソファーに座ったかと思ったら、話を聞いてすぐに立ち上がり扉へ向かう偽私に、私は待ったをかけた。

「何人たりとも私は止められな～い」

「こらぁぁぁっ！」

私の制止も聞かず、テンション上げ上げの偽私は部屋を出ていった。たぶん、例の黒ずくめがまだいないか捜しに行ったに違いない。

（わざわざ危険地域に突っ込むような行為を、なぜに嬉々としてするのかしら。危険だわ、アレは苦労して私が隠している力を惜しみなく発揮しそうよ）

身の危険を感じて、私は慌てて後を追う。

と、思ったら偽私が帰ってきた。ものすんごくテンション下げ下げで……。

「ど、どうしたの？」

予想外の展開に私は素で聞いてしまった。

「よ、よよよ、夜の学園って想像以上に怖い」

「…………」

ほんと、予想外の展開に私はん〜と口を引き結んで、どう返して良いのか言葉に詰まる。

おそらく、魔鏡的には自分の怖い、苦手なモノを全力で怖がる自分を見せて、恥ずかしがらせようと思っていたのであろうが、今の私からはグッジョブと言わざるを得なかった。複雑な気分である。

「テュッテ〜、一緒に行こ〜」

「こらぁっ、テュッテに甘えるなぁっ！　しっ、しっ！」

と、私の後ろにいたテュッテに偽私がすがりつこうとしたので、私は慌ててテュッテに抱きつき、防御する。続いて追い払うようにしっしっと手を振るのも忘れない。

「なにがいけないのよ。テュッテは私のメイドよっ！」

「どさくさに紛れてなに言ってくれてるの。テュッテはわ・た・しのメイドよっ！」

偽私は隙をついて、自分の方へとテュッテを引き寄せようとするが、私は抱きついたまま、体を張って邪魔をする。

テュッテはそんな私達を困った顔で眺めながらされるがままでいるので、しばらくの間、私達はテュッテを中心にグルグルと回って攻防を続けていた。

こんなことしている場合ではないと言われようが、そんなにムキになることかと思われようが、私は譲らない。しつこいようだが、私はテュッテに関しては心が狭いのだ。

「「お可愛いことで……」」

そんな私達を眺めていたマギルカ達が、綺麗にハモって感想を述べてくる。片ややれやれといった感じで、片やうっとりとした感じではあったが。

さすがの私達もそれを聞いて、恥ずかしくなり奪い合いを止めるのであった。

「一応聞くのじゃが、そっちのメアリィちゃんには、なにか心当たりはないのかのう」

「あるわっ！」

話を切り替えるべく、学園長が偽私に聞いてくると、彼女は自信たっぷりに答えるので、皆お～と注目する。

「私が鏡の国から授かったこのマジカル・ハートの力、つまり魔法少女の力を求めて、闇の機関が襲ってきたのよっ！」

ドヤ顔で恥ずかしさマックスハートなことをのたまう偽私に、私は顔を覆う。

「いや、それはメアリィちゃんが半ば強奪した儂のマジックアイテムであって……」

「すみません、学園長ぉぉぉ」

予想通りな学園長のツッコミに、顔を覆ったまま私は自分のせいじゃないのに絞り出すような声で謝罪した。

話し合いの結果、学園長は闇の機関なるモノを調査することとなり、偽者達はここで匿われることとなった。

そして、安全というか、監視というか、私達は偽私達と一緒に寝ることにする。

ベッドが二つしかないので、私と偽私、マギルカと偽マギルカが一緒に寝ることとなった。

「ふっふっふっ、女の子達が一つの部屋に集まったら、ガールズトークよ、ガールズトーク」

寝る準備に勤しむ私達をそっちのけで、偽私がなんか言い出してきた。

「はいはい、寝るわよ」

「恋バナよ、恋バナっ！」

「話を聞けぇいっ！」

ベッドの上ではしゃぐ偽私の顔面を枕でボフッとする私。

「例えば、戦場でいつも危ないところを助けてくれる謎の紳士が、実は敵の王子様で、恋と使命に揺れているとかっ、そんな話はないの」

どうあっても話を続けるみたいで、偽私は私の制止も聞かずに話をどんどん進めていく。

「そ、そんなご経験があるのですか？」

うっかり乗っかってしまったマギルカが、なぜか私を見て聞いてきた。

「へっ？　それはこの子の妄想よ、妄想。頭の中お花畑の人の言うことなんて、スルーして……」

　自分のコピーに対して悪態をつく空しさというかなんというか、複雑な気分になってきて私は言葉尻が萎んでいく。

「そういうマギルカはないの？」

　自分で言って自分が打ちひしがれるという高度なテクニックで沈む私を置いて、偽私がマギルカにバトンを渡してきた。

「へ？　私ですか？　な、ないですわよ、そんなの」

「怪しいな～。ほんとのところはどうなのよ？　そっちのマギルカ」

　慌てて否定するマギルカをニマニマしながら見る偽私は、話を終わらせないように今度は偽マギルカに聞いてみる。

「男性とですか？　ありえませんね。私、男性の方に一切興味がありませんので」

「「へ、へぇ～、そ、そう」」

　笑顔でサラッとすんごいことを言ってくる偽マギルカに、私と偽私が若干引き気味でマギルカの方を見てしまった。

「わ、私じゃありませんわよっ！　こっちの私……も私で、あぁぁ、もう、違いますからぁぁぁっ！

絶対、違いますからねぇっ」

　マギルカらしくない取り乱した感じで、彼女は弁明する。

（やばいわね。本人が言ったわけじゃないけど、そのコピーの発言だから謎の信憑性を生んでしまう

わ。さらにマズいのが、この子達の思考が基本、私達を辱めるだからね～。平気で嘘つくかも）

マギルカの慌てっぷりを眺めながら、私は自分にも可能性のある身の危険に身震いしてしまう。

「メ、メメメ、メアリィ様はないのですかっ。先ほどは想像だと仰ってましたけどっ」

「あっ、こら、恥ずかしいのを誤魔化すために私に振らないでよっ」

マギルカは顔真っ赤にしてなんとか話題を変えようと、まさかの私にバトンをぶん投げてきた。

「ん？　私？」

そして、そのバトンをなぜか偽私が受け取ってしまう。

「ちょっ、まっ」

偽マギルカみたいに、とんでもないことを言ってくるのではないかと私は顔を青ざめ、偽私の発言を止めようとする。

「ん～～、記憶を辿ったけど。ないわね、そんな甘酢っぱいものは。ははは、枯れた私だこと」

ここにきて他人事のように暴露してくる偽私。これはこれで恥ずかしいことこの上ない。しかも、客観的なので、信憑性がありまくりだ。

（まぁ、仰る通りなのでなにも言えませんが……それでも）

「お前が言うなぁぁぁっ！」

同じ顔の私に言われて、私は屈辱に震えながら持っていた枕を相手の顔にめがけてぶん投げた。

「ま、まぁ、メアリィ様。出会いはまだまだこれからもありますから」

「そうですわよ、お相手がいないのなら私がいますわ」

そして、なぜかマギルカ二人に励まされる私がいる。

「はい、トークは終了！　寝るわよ、就寝っ！」

私はそう宣言し、有無も言わせず布団に潜り込むのであった。

(だめだわ、偽私。能力もさることながら、その言動も記憶も私にとっていろんな意味で危険極まりないわよ。助けてぇっ、神様ぁぁぁぁぁぁっ！)

12 古今東西のお約束です

翌日。

マギルカはトボトボと馬車に乗り込むメアリィを見送っていた。

どうやら、メアリィは仕事で王都に滞在していた父、フェルディッドに今回のことで呼び出されてしまったようだ。

我が子可愛さ故の行動なのだろうと、マギルカはちょっとばかり羨ましく思いながら見送る。

彼女も決して家族に愛されていないわけではない。ただ、父も母も、いや、家系的なものなのか全体的に仕事優先なところがあった。

かくいうマギルカ自身も、仕事を優先することに異を唱えるつもりはない。なので、不満はない……のだが、時折このようにふっと寂しいと思うときもあったりする。

まだまだ未熟だなと自嘲しながら、それでもこれから残った自分がしっかりと仕事をしなくてはと思ってしまい、また自嘲する。

「さて、まずは魔鏡についての情報をできる限り入手しなくては。後、検証とかもできると良いですわね」

これからのことを考えて、魔鏡に関する情報はなるべく得ておいた方が良いだろうとマギルカは考える。検証というところは、単に自分の研究心と好奇心からくるものではあるが……。

とりあえずの今後の方針を口にして振り返れば、当事者である偽者二人のうち、偽メアリィが口惜しそうに馬車を眺めていた。

「ぐぬぬぬ、テュッテは残って欲しかったのにぃ～。まぁ、お父様に会いに行った私の側に、彼女がいないというのはどうなの、と言われたらなにも言えないけどさぁ」

「まぁまぁ、メアリィ様。私が側におりますわ、いつでもどこでも、うふふ」

あえて視界から外していたが、偽マギルカが偽メアリィにくっついてくるので、どうしてもその存在を外すことができない無念さに、マギルカは深い溜め息を吐く。

とりあえず、アレは他人の空似、自分とは別人だと思い込むことでマギルカは心の安寧を保つことにしていた。

「気持ちを切り替えていこう。邪魔者がいなくなった今こそ、私達がとるべき行動は一つ」

マギルカがモヤモヤしている中、偽メアリィが高らかに宣言し、なにやら行動しようとしている。

「メアリィ様、大人しく時計塔に戻ってください」

「……はぁ～い」

最初、メアリィは父親に説明するためと、監視を込みで偽メアリィも連れて行こうとしていたが、魔鏡から離れられないと彼女はそれを拒否していた。

王都であれだけ歩き回っていて、なにを……と見ていたマギルカは思ったが、頑として譲らなかった偽メアリィのせいで時間がなくなり、結局メアリィは一人で王都に行くことになったというわけだ。

その時、メアリィから偽者を野放しにしないでとお願いされてしまった手前、彼女に好き勝手に動かれては困ると即座に注意してみれば、あっさりそれを受け入れ、時計塔に戻っていく偽者達。少々拍子抜けをしてしまったが、根本はメアリィなので聞き分けが良いのかと油断してしまうマギルカであった。

結果、ちょっと目を離した隙に、時計塔から偽者達がいなくなったことは言うまでもなかった。

「マズいです、マズいですわ。また学園内で騒がれたらどうしましょう。いえ、昨晩の様子だと、例の闇の機関とやらを捜そうと学園の外へ行った可能性もありますわ」

部屋に二人がいないことを確認し、さらに偽メアリィの例の衣装が見当たらないところを見ると、後者の可能性も否定できない。

ことメアリィの行動は、幼少期の頃から付き合っているマギルカでも把握できないほど、突拍子もない時があるのだ。

まさか、自分から危険に飛び込んでいくような人ではないと思いつつも、それを鵜呑みにできない自分がいることをマギルカは重々承知していた。

頼みの学園長はといえば、こういう時に限って仕事が重なって身動きのとれない状態である。

救いなのは偽者達が魔鏡から遠く離れることができないということだろう。だが、その正確な距離は分かっていないし、その領域を超過した場合どうなるのかは知らないようだった。

なぜ詳しく知らないのに、離れられないと思ったのだろうか。魔鏡による刷り込みでもあったのか。

ちょっと調べてみたいなと、知的好奇心を刺激されたマギルカだったが、不謹慎だとすぐにその考えを拭うように首を振る。

「学園内と外、どちらとも捜すには人手が足りないですわね」

ここでマギルカは心強い仲間のことを思い浮かべるが、あの破廉恥極まりない自分をその仲間に見せるのはとても恥ずかしく、逡巡してしまう。

「お～い、マギルカ。なにしてるんだ？」

マギルカの頭上からザッハの声が聞こえてきて、彼女はびっくりしたように上を見上げる。すると、そこではグリフォンに乗ったザッハが、こちらを見ながら高度を下げているところだった。

授業中に、自分がいたからといってザッハが授業を放棄して降りてきたとはマギルカは思えなかった。ザッハももう四年生だ。クラスマスターも経験している彼が大層な理由もなくそのような軽率な行動はとらないだろう。

「ザッハ、そのグリフォンは？」

「ん？　あぁ、ちょっとした散歩だよ。たまに飛ばさないと不貞腐れるからな、こいつは」

「空を散歩。では、どなたか空にいたとか、移動していたのを見てはいませんか？」

ザッハの話から彼が学園の空を遊泳していたと分かると、マギルカは一つの可能性を確認する。

「あ～、ん～、そういえば二人ばかりいたかな。遠かったけどあの銀髪はメアリィ様だろ？　なんだ、メアリィ様か～ってスルーしたけどマズかったのか？」

マギルカの質問にザッハは思い出しながら方向を指さす。

「やはり、時計塔から飛んで逃げましたのね。問題はその区域に降り留まったのか、そのまま外へ出てしまったか……ですわね」

走って行って確認するには時間が掛かり過ぎる。迅速に動くならばこちらも空から行くしかないと思いつつも、マギルカは尻込みしてしまう。なにせ彼女は高いところは不得手なのだから。

逡巡しているマギルカの横にバフンと風が巻き起こり、ザッハがグリフォンを一旦着陸させていた。

「乗れ、マギルカ。なんか知らないが問題発生なんだろう？」

グリフォンに乗ったまま手を差しだし、ザッハがマギルカの騎乗を促してくる。

「え、えっと……」

「付き合い長いんだから、様子を見れば分かるぜ。急いで移動したいんだろ？　グリフォンで空から行った方が早いぜ」

なにも言っていないのに察するこの男に、不覚にもマギルカはちょっぴりドキッとしてしまったが、そこまで察することができるなら、自分が高いのが苦手なことも察してくれたら良かったのにと、詰めの甘い彼に複雑な気分になる。

だが、この事態を招いたのは自分の油断である。そう考えたマギルカは意を決して、差し出されたザッハの手を握り、グリフォンに乗った。

「あなたが見たという区域まで行ってください。最悪、そのまま外に出ます。大丈夫でしょうか？」

「まぁ、大丈夫だろ。王都の上空を飛ばなきゃな」

マギルカの懸念を払拭するようにザッハが冗談混じりに笑って答える。そして、マギルカの指示通り、グリフォンは空に舞い上がり、目的地点へと飛んでいった。

下を見ればクラクラしそうになるので、マギルカは極力下を見ないようにする。だが、それでは捜し人が見つからないので、勇気を振り絞って下を見た。

「それで、なんでメアリィ様を追ってるんだ？」

「…………」

「マギルカ？」

どう説明して良いものか、そもそも彼に話して良いものかとマギルカは一瞬躊躇ってしまったが、ここまで巻き込んでしまったからには事情を説明し協力してもらった方が効率が良いのは確かだ。だが、その前にマギルカは彼に釘を刺しておかなくてはならない。

「……これから話すことは他言無用です。そして、これから見るだろうことは全て終わったら忘れてくださいい、良いですね？」

自分で言っておいて無茶苦茶だなと自嘲するマギルカ。

「なんだかよく分からんが、安心しろっ！　記憶力に関しては定評のない俺だぜ、物覚えが悪いのはお前も知ってるだろ？」

そこは誇って良いのかとマギルカはツッコミを入れたくなったが、彼なりの気遣いと解釈しておくことにする。

そして、マギルカはザッハに今回の事件を端的に説明するのであった。

「すげぇな、それ。自分が出てくるなんて、俺もその鏡に映りたい」

「あなた、私の話を聞いていましたの？」

「ああ、だって今の自分だろ？　じゃあ、そいつと戦って勝ったら文字通り今の自分に打ち勝ったってことでさらに強くなるじゃないか」

　マギルカが一通り説明した後のザッハの感想であった。なんともポジティブな意見ではあるが、あの羞恥地獄を知らないからそんな暢気（のんき）なことが言えるのだとマギルカは嘆息（たんそく）する。

「とにかく、私とメアリィ様の偽者に会っても他言無用、思うことがあっても表には出さないように」

「え〜、もし表に出したら？」

「聞きたいですか？」

「いえ、出さないように努力します」

　マギルカからの強烈なプレッシャーを感じてザッハはそれについての話題を即座に終わらせた。こういう危機察知というか察しが良いのも助かるところであるとマギルカは思った。まぁ、付き合いが長い分、彼の扱いに慣れたところもあるのだが。

「ところで、マギルカ。学園内を見下ろしていたけど、メアリィ様らしき人は見当たらないぜ。彼女は銀髪だから目立つはずなんだが。やっぱ、お前が言う通り外に出たんじゃないのか？」

　話をしながら気を紛らわせていたマギルカに代わって、意外と視力の良いザッハが目標を捜していたのだが、どうやら最悪の事態になりそうである。

「仕方がありません、このまま外へ出ましょう。そう遠くには行っていないはずですわ」

「よし、分かったっ」

なんだか楽しそうなザッハに若干非難の視線を浴びせながら、マギルカは学園の外まで捜索範囲を広げていった。

そのまま学園の外に出ると、王都とは逆方向で街道と平原が続いているのが見える。

上空を見回しても二人の姿が見えないところをみると、地上に降りたと考えて良かった。さらに、こんな開けた場所なら、上空からならすぐにその姿を捕捉できるだろう。

「あ、いた。街道に二人。あれじゃないのか？」

ザッハに言われて指さす方を見るが遠すぎてよく見えず、目を細めるマギルカ。というか、そのまま目を瞑ってしまう。なぜかって、こんな高度のパノラマ風景を凝視するなどマギルカにできるわけがないからだ。

「……と、とにかくそちらに向かってください」

「いや、ちゃんと確認しろよ。ほら、目を開けて」

「い、いいから、さっさと追ってくださいっ！」

この中途半端に察せない男は、マギルカに凝視するように強要してきて、彼女は思わず声を荒らげてしまう。

ザッハはグリフォンに指示して、目標との距離を一気に詰めていく。そして、彼が言う通りマント姿のメアリィ達が見えた。

向こうもこちらに気がついたのか、なぜかこちらを見て手を振っていたりする。

「あなた達も来たのね。私と一緒に闇の機関を叩き潰す旅に」

「いえ、連れ戻しに来たのです。だいたい、メアリィ様に鏡から離れられないと駄々を捏ねて、外へ出なかったのはどちらさまでしたっけ？」

「さあ？　そんな昔のこと、忘れたわ」

「ほんの少し前の話ですよ。さぁ、戻りましょう」

「それはできないわ。だって私は魔法少女なのだからっ！」

なにがだってなのか今一分からないが、自信を持って発言する偽メアリィにマギルカは返す言葉を失ってしまう。

そんなマギルカは置いておいて、ザッハがグリフォンを偽メアリィ達の側に着陸させると、彼女は興味津々といった顔で近づいてきた。

「……良いわね、グリフォン。私の愛馬として使えそうだわ」

偽メアリィに好奇な目を向けられて、グリフォンはゾワァッと身震いすると、背から降りたザッハの方へソソソッと近づき、彼女から離れる。

「お～、本当にメアリィ様とマギルカだ。こ、これが例の魔鏡の力ということか。すげぇな、ますますもって俺も映ってみたくなったぞ」

「よろしくね、アレイオン。私とともに機関と戦いましょう」

まったく会話が噛み合っていないザッハと偽メアリィに挟まれて、且つ勝手に名前までつけられて、どうして良いのか分からないのかグリフォンが、キョロキョロと味方……というか、常識人を探し始める。

なんだか可哀想に思えてきて、マギルカはグリフォンにこっちへ来いと手招きした。それに気がついたのか、グリフォンが喜び勇んでマギルカの後ろへと移動する。

「おお、なんか格好良い名前だな、それ。あっ、機関とやらと戦うのなら俺も協力するぜっ」

「ん～、これは魔法少女と機関との戦いだからね～。男の子は……」

「そうですわっ、男に用はございませんわよ、シッシッ！」

ザッハが嬉しそうに偽メアリィに近づけば、それを牽制するかのように偽マギルカが彼女に近づく。

「…………」

「な、なんですの？」

牽制する偽マギルカを見ながらザッハが考え込んでいるようで、彼女は怪訝な顔で聞いてきた。

「ああ、なんかこのパターン誰かに似てるなぁと思ったら、あのヴィクトリカにそっくりだな、マギルカは」

「あうっ！」

ザッハの容赦ない感想がマギルカの心を抉る。以前会った吸血鬼の当主様に対して、変態……もとい、かなり個性的だなとどん引きしていた自分が、偽者とはいえその人とそっくりだなどと言われたら、ショックのあまり頽(くずお)れても仕方ないことだろう。

「どうした、マギルカ？　急に座り込んで」

「……ザッハ、約束」

「あっ……」

座り込んだマギルカを不思議そうに眺めるザッハに、彼女は恨めしそうな視線で見上げながら低い声で呟くと、彼も気がついたのかサッと視線を逸らした。

と、その時、グリフォンがなにかを察知したのか声を上げる。

偽メアリィ達女子三人がなにごとかとグリフォンを見る中、ザッハだけグリフォンが見る方向を凝視していた。

「気をつけろっ！　なにか来るぞ」

ザッハの叫びを皮切りに、近くの森からガサッと飛び出してくるモノがいた。

「ん？　野犬か？」

ザッハが飛び出してきたモノをいち早く把握するのだが、どうも歯切れが悪い。

それもそのはず、向かってくるのはよく見る大型犬に似ていて、どこか違っていたのだ。

単純な感想で言うと、なにかが混ざっている……であった。

そんなどこか歪な野犬達が、まっすぐこちらに突進してきたのだ。

明らかにこちらを襲う気満々の形相だったので、ザッハは剣を抜き戦闘態勢をとる。

自分以外は魔術師なので後衛にまわってもらい、自分が前衛に出るのが無難だろうと判断して、ザッハは野犬達を迎え撃つことにした。

「フフッ、機関も本気で私を倒しに来たようね。だがしかぁ～し、この私に、いいえ、私達に勝てると思わないことねっ！　いくわよ、マギルカ」

「はい、メアリィ様っ！」

自分よりも前に飛び出す偽者達を唖然とした顔で眺めるザッハの前で、偽者達は意匠の凝ったアイテムを掲げた。

偽マギルカの持つ物は偽メアリィとは別物で、これもまた祖父から強奪……もとい、借りた物なんだろうなぁとマギルカは他人事のように思う。

『「私の心が力となる！」』

二人が揃って叫び、そして……。

「フロッ、危なっ！」

「きゃあっ！」

目測を誤ったのか、ここで野犬達が到着してしまい、前に出ていた二人に飛びかかってきてしまった。

「こぉらぁぁぁっ！　変身中に攻撃するとはどういう了見よぉぉぉっ！　空気読みなさいよねぇぇぇっ！」

そう言って、飛びかかってきた野犬達に、回し蹴りを喰らわせる偽メアリィ。

「メアリィ様はなにがしたかったんだ？　一瞬、なんかカッコいいと思ったんだが」

「質問も感想もなしっ！　偽者達のすること全てスルーして援護しなさいっ」

唖然としていたザッハが我に返り近くにいたマギルカに聞くと、彼女は無茶苦茶な要求をして、二人の援護に入る。

「フリーズ・アロー！」

マギルカの力ある言葉に、氷の矢が近くにいた野犬に刺さる。

だが、野犬は氷の矢が刺さったのに怯みもせず、マギルカの方へと駆け寄ってきた。

間にザッハが入り、野犬を盾で押し返すとそのまま一刀する。

「野犬のくせにすげぇ力だった。ほんとに犬なのか？」

ザッハの言う通り、マギルカもこれを犬と呼んで良いのか疑問に思っていた。近くで見て分かったのは、自分が知る犬種が土台だが、要所要所がなにか別の生物のパーツになっているように見える。

仮にこれらがモンスターとしても、犬型モンスターの中に当てはまるモノが見つからなかった。

幸いなのは、この野犬達の力が普通の犬とモンスターの中間くらいで、今のマギルカ達には勝てないというレベルではなかったということか。

おまけに、こちらにはグリフォンがいるので野犬達も苦戦している。

「……まさか、グリフォンまで用意してくるとはな」

野犬達の攻撃がピタッと止み、後ろへ下がり始めるとそこに黒ずくめに奇妙な仮面をつけた者達が現れた。

「来たわね、闇の機関」

どこか興奮気味の偽メアリィが皆の前に立ち、ビシッと相手を指さす。

「馬車に乗り込んだのを確認していたが、まさかあれがフェイクで逆方向から出てくるとは……我々が学園の外で襲撃することを読んでいたということか」

黒ずくめの言葉にマギルカは「ん？」となる。彼の言葉から、どうやら魔鏡の影響でメアリィが二人いることを知らないようだった。

「……そのとおぉ～りよっ！」

そして、偽メアリィがなぜか訂正することなく、向こうと話を合わせるようにドヤ顔で答えて胸を張った。

「そうか。だが、残念だったな。裏をかいたつもりだったろうが、見ての通り我々から逃げようなんて不可能なことだ。大人しく、お前の持つ力を渡してもらおうか」

「この力は世界を守るための力っ、あなた達悪党に渡すわけにはいかないわっ。いくわよ、マギルカ！」

「はい、メアリィ様」

二人の会話が噛み合ってしまったので、横から訂正を入れるタイミングを逸したマギルカは、なんだかさっき見たような展開に気が重くなってくる。

「「私の心が力となる！」」

予想通り、例のアイテムを再び掲げる偽者達。

「それだ、その力貰い受ける」

「フロッ、危なっ！」

案の定、なにかする前に距離を詰められ、偽メアリィが敵の攻撃を避けた。

「くぉらぁぁぁっ！　獣風情は知能がないから仕方なかったけど。あなた達っ！　古今東西、変身中と合体中は攻撃しちゃダメって、親に教わらなかったのかぁぁぁっ！」

偽メアリィが憤慨するポイントが全く分からないマギルカは、心の中でそんなこと親に教わったかなと記憶を探ってしまっていた。

「メアリィ様、加勢するぜ」

あまり物事を深く考えないザッハは、マギルカとは違って現状に流されるまま偽メアリィの加勢に向かい、他の黒ずくめに阻まれる。

と、その黒ずくめにグリフォンが攻撃を仕掛けた。

「くっ、さすがグリフォン。すばらしい、あの混じり具合が素敵だっ」

攻撃された黒ずくめの一人が下がりながらなんだか興奮したというか、うっとりしたというか、なんか嬉しそうな声を出す。

グリフォンはというと、ゾワァッと身震いし慌てて飛び離れ、マギルカの後ろへと着陸した。すっかり、そこが定位置になってしまったようだ。

「チッ、時間を掛けすぎたみたいだな」

偽メアリィと対峙していた黒ずくめが忌ま忌ましく舌打ちすると、遠くから馬の駆ける音が近づいてくる。おそらく、学園側も気がつき、イクス先生あたりがこちらに駆けつけているのだろう。

「退くぞ」

「あ、こら、逃げるなっ！　私に変身させなさいよっ！」

黒ずくめ達が後退し、それを援護するように殿として残された野犬達が再びマギルカ達を襲い始めた。

「えぇぇぇい、逃がすかぁぁぁっ！　来て、アレイオォ～～～ンッ！」

交戦中だというのに偽メアリィは例のアイテムを天に掲げて叫んだ。

その言葉に皆が「誰？」と固まる。なぜか、野犬達までもが……。

そして、マギルカは自分の後ろにいるグリフォンの方を見ると、釣られて皆がそちらを見る始末。

視線を浴びるグリフォンは「？」と首を傾げていた。

「あなたを呼んでいるようですよ、メアリィ様は」

マギルカに言われて、グリフォンが偽メアリィの方を見てみれば、彼女は涙目にふくれっ面で自分を見ているではないか。

グリフォンは慌てたように一鳴きして、バタバタと偽メアリィに駆け寄っていくのであった。

「よしよし、良い子ね」

グリフォンが来てくれたことで機嫌が良くなったのか、偽メアリィはふくれっ面から笑顔に変わると、グリフォンの背に颯爽と乗る。

「あいつらを追うわよ、マギルカ」

「はい、メアリィ様」

呼ばれて偽マギルカもグリフォンの背に乗った。自分同様、高いところは苦手ではないのかとマギルカは思ったが、全くそんな素振りがないことに、些か不満を感じてしまう。

「お待ち下さい、メアリィ様。深追いはいけません、ここは学園に戻って下さい」

「いいえ、ここであいつらを倒すわ。でなきゃ、次は学園の皆に被害が出てしまう可能性があるもの。そんなこと絶対にさせないわ、魔法少女の名にかけてっ！」

偽メアリィの意見にマギルカはハッとする。彼女の言う可能性は確かに高い。なんやかんや言っても、さすがはメアリィ。自分ではなく皆のことを考えて行動しているのだなぁとマギルカは素直に感心した。

実際は、偽メアリィの中にあるお決まりの台詞、一度は言ってみたい台詞集を口にして悦に入っているだけなのだが。

「ザッハさん、ここは任せたわ」

偽メアリィは、一人で野犬達を牽制しているザッハに声をかける。

「えぇ～、俺もついて行きたいんだけど。こいつらはもうすぐ来る先生達に任せても良いんじゃね？」

「おばかぁぁぁっ。ここは、俺に構わず先にいけってところでしょうがっ」

「いや、それ、死亡フラグとかなんとか言ってなかったっけ、メアリィ様？」

「そんなフラグ、叩き折ってしまいなさい」

「えぇ～～～っ」

「えぇ～～～じゃないっ！」

交戦中だというのに暢気に口喧嘩している二人を見て、まぁ大丈夫だろうとマギルカは判断すると、残ることを強制的に決められたザッハと伝達魔法を発動させ、連絡を取れるようにする。これで、ここを片づけた先生達がザッハの案内で自分達に合流できる寸法だ。

「マギルカ、急ぐわよ」

「へ？　わきゃあぁぁぁぁぁぁっ！」

マギルカの後ろから偽メアリィの声が聞こえたかと思うと、クイッと襟をグリフォンに摘み上げられ、空中に放り投げられる。

偽メアリィが座ったままそれを上手くキャッチして、グリフォンが飛び立つのであった。

「ちょ、ちょちょちょ、ちょっとメアリィ様あ～ぁ」

空中に放り投げられて心拍数が上昇したところに、まさかのお姫様だっこ状態での飛行で、マギルカの思考はパニック寸前だった。

「うぉのれぇぇぇ～、私の分際で、なぁんて羨ましいことうぉ～ぉ」

だが、偽メアリィの肩越しから聞こえる自分から自分への恨み節に、パニックになっていた思考がスゥ～と沈静化していく。

「待ってなさい、闇の機関。今度こそしっかり変身してやるんだからねぇぇぇっ！」

決意を新たにする偽メアリィに「もしもし、目的が変わっていますよ」と心の中でツッコミを入れるマギルカであった。

13 突入ですっ

すっかり日が落ちた頃、暗い森の中でマギルカ達が木々に隠れて様子を窺っている。

あれから闇の機関とやらは、途中に待機させていた馬に乗り、移動していた。そのせいで、かなりの距離を追うことになってしまったと、マギルカは暗い森を見回す。

追いついたところで偽メアリィが、このまま彼らのアジトまで案内してもらおうと提案し、まさか本当にアジトまでたどり着いてしまうとは思いもせずマギルカは困惑していた。

余談ではあるが、偽マギルカは今もまだ青い顔をして座り込んでいる。別に暗いところが怖いとかではなく、先ほどまで気絶していたからだ。

そう、偽マギルカはマギルカ以上に高いところが苦手で、上空に上がって、下を見た瞬間に気絶していた。

なら、なんでついてきたと意識を取り戻した彼女にマギルカが問いつめれば「そこにメアリィ様がいるからです」と答えて、まだ自分が上空にいることを知るとまた気絶した。

グリフォンは目立つということで、少し離れた場所で待機している。

伝達魔法を使ってザッハに場所は知らせてあるので、待っていれば援軍がくる手はずだ。

「よし、突入するわよ」

偽メアリィが先に見える砦、昔に遺棄され朽ち果てた砦跡を見ながらそんなことを言ってくる。

「メアリィ様、これは罠です。彼らはきっと私達が追っていることを承知で、ここへ案内したのですって。援軍が来るまで待ちましょう」

「招待されたのならば、伺わなくちゃいけないわね。よし、行こう」

マギルカの忠告も空しく、偽メアリィは敵のアジトに突っ込む気満々であった。

「なぜ、そんなに好戦的なのですか」

「なぜかって？　フフッ、愚問だわ。そこに悪があるからよ」

偽マギルカと似たようなことを理由にする偽メアリィに、マギルカは思わず嘆息してしまう。

「怖いのでしたら、あなたはここに残っていればよろしいのでは？　メアリィ様には私が付いていきますので」

やっと復活した偽マギルカが、偽メアリィとマギルカの間に割り込んでくる。

「ささっ、メアリィ様。行きましょ、行きましょ」

「よぉし、行くわよ、マギルカ」

一人ならいざ知らず、二人となるとさすがのマギルカも止められず、二人は暗闇に紛れて砦跡へと向かっていくのであった。

このままここで援軍が来るのを一人待っていても良かったのだが、二人が心配なあまりマギルカは慌てて二人を追う。

そして、マギルカは驚愕の光景を目にした。

なんと、偽メアリィはこっそりどころか、正面の入り口から堂々と中に入ろうとしていたのだ。

「ちょっ、メアリィ様ぁっ！」

「闇の機関に告ぐっ！　そこにいるのは分かっているのよ、武器を捨てて大人しく投降しなさい。さもなくば、この魔法少女があなた達に正義の鉄槌を喰らわせることになるわよっ！」

正門で大声をあげて警告するというまさかの所業に及んだ偽メアリィ。奇襲を自ら捨てた方法にマギルカは唖然としてしまった。

さらに唖然とさせたのが、ここまでしたのに向こうからの反応がないということだった。

不意打ちを狙って隠れ潜んでいるのだろうかとマギルカは警戒する。

「あれ？　聞こえなかったのかしら。誰も出てこないわね」

「単に隠れて様子をうかがっているのでは」

「じゃあ、ちょっと様子を見てくるから、マギルカはここで待っててね」

そう言って、偽メアリィだけスタスタと砦跡へと入っていってしまった。

取り残されたマギルカ達は、ポカンとした顔でお互いを見合い、慌てて彼女の後を追いかける。

「お待ち下さい、メアリィ様。危険です、戻りましょう」

「いえ、戻ることはありませんわ。メアリィ様のお好きなようになさってくださいませ」

「ちょっとあなたは黙っててください」

「なんですって。あなたこそ黙ってて下さい」

「こらこら、二人とも喧嘩しない」

同一人物のはずなのに、性格が変わるだけでこうも違うのかと、マギルカは目の前の自分に文句を言いながら思う。

「よぉ～こそ、我らがアジトへっ！」

突然男の大きな声が辺りに響き渡り、それを合図に黒ずくめの男達がマギルカ達を大きく取り囲むように姿を現した。

そして、開けた場所を一望できる場所に、今までの黒ずくめとは違う豪奢な仮面の男が姿を見せる。

「所詮は子供か。我々がここまでおびき出したことに気づかず、まんまと罠にはまりよって、バカな奴らめ」

「失敬なっ！　これが罠だってマギルカは分かってたわよ。単に私が言うこと聞かなかっただけなんだからねっ。彼女に謝ってっ」

「はあ？」

「謝ってっ！」

「え、いや……」

「謝ってっ！」

「……すみま、っじゃなくてっ！」

偽メアリィの物言いに気圧されたのか男は謝りそうになるが、慌てて訂正するのであった。

「ええい、調子狂うわっ！　もう良い、子供といえど容赦はしない。アレを出せぇぇぇっ！」

一人憤慨する男はそう指示すると、砦内の広場の奥から、ズシ～ンズシ～ンとなにか大きなモノが接近してくる足音が聞こえてきた。

「な、なんですの、アレは」

砦の奥から現れたモノを見て、マギルカは驚愕する。

それはマギルカ達の背丈を余裕で超える巨大な兎であった。

その頭上には大きな角が屹立（きつりつ）している。

マギルカは即座にこれが最弱モンスターに分類される、ボーンラビットだと判断した。だが、これほどまでに大きな体格だったかと疑問が残る。象徴の一本角も三本生えており、その愛くるしい瞳が兎の目ではなく、爬虫類独特の瞳に変わっていた。

極めつきはその尻尾だ。

ズルズルと引きずられて動かないが、蛇型モンスターがくっついている。あのような不完全で歪なモンスターがいるはずがない。いるとしたらそれは人為的……マギルカはある一つの結論に至った。

「……もしかして、合成獣（キメラ）」

「ホウ、なかなか博識ではないか。その通り、我らが機関の目的は正にそれだ」

「合成獣の研究は命の冒涜として、この国では古くに禁忌の部類になっているはずです。資料や技術も破棄されて、この国ではその研究は困難なはず」

「くっくっくっ、よく勉強しているな。確かにこの国では研究資料を集めたり、施設を作るのは困難だよ。この国ではな」

男がこの国ではと繰り返すと、マギルカは相手が他国の者ではないのかと勘ぐる。合成獣（キメラ）もまた魔法技術の一環であり、その存在だけは学習していたマギルカは、その技術を認可している国はどこかと思い出す。

最初に浮かんだのはエインホルス聖教国だ。

彼らはこの生命の冒涜を『新たな存在を生み出す』神に等しい技術として認可していた。

かの国の印象が悪いため、どうしてもそちらと結びつけてしまうが、それは早計だとマギルカは考えを保留する。

そして、新たな疑問がこの機関とメアリィの関係だった。

魔鏡から生み出された偽メアリィが、合成獣（キメラ）を作る機関とどう関係するのか、それがいまいち分からないとマギルカは首を傾げる。

その疑問をポロッと口にしてみれば、偽メアリィがさも当然のように自信を持って答えてきた。

「そんなの決まってるじゃない。この魔法少女の力、つまりは新たな存在を生み出すこの力が欲しかったのよ」

そう言って、例のアイテムを掲げる偽メアリィ。

「……なにを言ってるのですか、そんなわけ――」

「そのとぉ～りだっ！」

「ええぇぇぇぇぇっ！」

偽メアリィの言葉に嘆息してみれば、なんと向こうがそれを肯定してきて、マギルカは驚きのあまり叫んでしまった。

メアリィの話によれば、偽メアリィのいう魔法少女というのは妄想の領域でそんなものは存在しないと釘を刺されていた。

その妄想の存在を必要としている機関があるということなのかと、マギルカは混乱してくる。

「ふっふっふっ、やはりこの力が欲しかったのね。私が魔法少女として授かったこのマジカル・ハートがっ」

意気揚々と偽メアリィは例の祖父から強奪、もとい借りたマジックアイテムを男に見せつける。

メアリィの言い分では、単に変身アイテムとしてハート形だしちょうど良かったから使っているだけで、そのアイテムに魔法少女とやらの変身効果はないだろうとのことだった。祖父に聞いてもそんな効果はないはずと言質は取れている。

では、あのアイテムはなんだというのだとマギルカはふと思った。

今更なのだが偽メアリィのインパクトが強すぎて、アイテムはお飾りとなり、影が薄くなってしまっていたので深く考えてこれなかった。

確か祖父の話によると、用途不明で名前すら分からない超レアアイテムとの触れ込みに、思わず買ってしまった代物らしい。他国から流れてきた物らしく、こっそり調べようと学園に持ち込んで研究していたのを、偽メアリィに持っていかれたそうだった。

「メアリィ様、そのアイテムって……」

「え？　マジカル・ハートだけど」

「いいえ、勝手につけた名前ではなく――」

「そのとぉ～りだぁっ！　そのマジカル・ハートが必要なのだっ！」

「えええぇぇぇぇぇぇぇっ！」

　まさかの肯定にマギルカはまた驚きの声を上げてしまった。

「渡さないわ。あなた達は私が倒すっ、魔法少女の名にかけてっ！」

「くっくっくっ、大人しく渡せば良いものを……よかろう、ならば我らが作りし合成獣『モッコモコン三世』が相手をしてやる」

　益々混乱してくるマギルカを余所に、奇跡的に話が嚙み合った二人だけが盛り上がるこの始末。ツッコミどころ満載な場面なのに、ツッコミ役のマギルカは混乱していてスルーしてしまっていた。

「ふっふっふっ、キタキタキタ。この最高の盛り上がりの中で、私の真の力が発揮されるのよ。いくわよ、マギルカッ」

「あ、はい、メアリィ様」

　偽メアリィが瞳をキラキラ輝かせながら、話に付いていけずにポカンとしていた偽マギルカを呼び寄せる。

「「わたっ」」

「やれっ！　モッコモコン三世」

　偽メアリィ達がなにかを言う前に、男の指示で合成獣が動き出す。

「ちょっとぉぉぉっ！　ついには台詞すら言えないって、どういうことっ！　お約束を守るのが暗黙のルールでしょうがぁぁぁっ！　ラスボスとして恥ずかしくないのっ！」

半ギレ気味に偽メアリィは叫びながら、合成獣(キメラ)から離れた。

「メアリィ様、そんなに変身とやらがしたいのなら、どこかで隠れてしたらよろしいのでは」

「ダメよっ！　それじゃあ、誰が変身したか分からないじゃないっ！　私が変身したってところを見せたいのっ、見～せたぁいのぉっ」

「メアリィ様……どうしてそんな面倒くさい人になってしまったのですか……」

合成獣(キメラ)との距離をとりながら、マギルカは偽メアリィの拘りというか、我が儘に思わず本音が漏れ出てしまう。

「では、私が相手を牽制しますので、そのうちにパパッとお願いしますね」

マギルカは慎重に合成獣(キメラ)を観察する。

いくら最弱モンスターの角兎を素体にしていると言っても、もはやその面影は兎ということくらいだけだ。大きさもその凶悪さも全然違う。

幸いなのは周りで距離をとっている黒ずくめ達が、なぜか合成獣(キメラ)の活躍を観戦しているところだろうか。と、合成獣(キメラ)は痺れを切らしたのか、マギルカ達に向かって突進してくる。

「アース・ウォール」

マギルカの土魔法が発動し、突進してくる合成獣(キメラ)の前に土壁が屹立した。あれだけ図体がでかいのだから粉砕されるのは分かっている。が、それでも時間稼ぎにはなるだろう。

ゴンッ！　ゴロゴロゴロ……ポテッ。

「えっ」

マギルカは目の前の光景に驚き硬直した。まさか合成獣(キメラ)が、土壁も破壊できずにぶつかって後ろにコロコロと転がっていったなどと、あの見た目で想像できるだろうか、いやできない。

「あぁぁっ！　モッコモコン三世、大丈夫かぁっ！　無理して突っ込んじゃダメっていつも言ってるだろっ。お前は見かけ倒しのパワーしかないのだから」

悲痛な男の叫びに、なぜそのようなモノを連れてきたのかと思うマギルカであったが、これで時間は稼げたはずだ。それは二人も分かっていたようで、マギルカの前に立ち、すでにアイテムを掲げていた。

「「私の心が力になるっ！　フローム・マイ・ハートッ！」」

多少早口になっていたのは、また邪魔が入らないように焦っていたのだろうかとマギルカは思いながら、以前見た時のように光魔法で一帯が閃光に包み込まれていった。

そして、視界が再びクリアになった時、メアリィ達の姿が変わる。というか、マントを脱いでいた。

そこで、マギルカは事の重大さに今更ながら気づかされる。

「孤高にっ、輝くっ、白銀の心ぉっ！　プラチナ・ハートッSRゥ！」

「魅惑にっ、煌めくっ、黄金の心ぉっ！　ゴールド・ハートッSRですわっ！」

「あああぁぁぁぁぁっ！」

偽者達の名乗りと、マギルカの羞恥に染まる悲鳴が辺りに木霊していくのであった。

14 魔法少女とは？

「「「ええぇぇぇぇぇぇっ！」」」

マギルカの悲鳴をかき消すかのように、辺りから驚きの声が上がった。

「バ、バカなぁ。へ、変身した……だとぉ」

「そんな……あれは我々が知るマジカル・ハートなのか？」

「あの学園に流れたという情報を掴み、強奪のチャンスを窺っていたら、この間王都まで銀髪の少女が持ち出していたのだ。間違いない、はず」

「本人もアレをマジカル・ハートだと言っているし……」

黒ずくめ達が焦ったようにヒソヒソと話し合い始めた。どうやら、自分達が想像していたものと違う効力を発揮したと勘違いしたらしい。

そして、ここにもう一人パニックになっている人間がいた。

「な、ななな、なんて格好をしてますのぉぉっ！」

マギルカは偽マギルカ、改めゴールド・ハートSRに向かって絶叫する。目の前の自分の姿が見てられなく、手で顔を覆いながらも、指の間から彼女の姿を確認してしまう。

ピッチリして体のラインがしっかり出ているその服は、いろいろ肌が露出してしまって扇情的(せんじょうてき)だった。

「なんてって、これはメアリィ様、もといプラチナ・ハートSR様にデザインしていただいた服ですのよ。つまり、今私はプラチナ・ハートSR様の想いに包まれて、うふふ」

マギルカとは対照的に、ゴールド・ハートSRは恍惚とした表情で衣装を眺めていた。

「お、落ち着け皆の者。あれは、単に服装を変えただけでアイテムの力ではない。あのマジカル・ハートはどんな合成獣(キメラ)でも作り上げる心臓部、いわゆる合成コアの役目を果たすだけのアイテム……のはずだっ！」

動揺するマギルカと黒ずくめ達とは違って、男は少々焦った感はあるが、状況をしっかり把握しているみたいだった。

「面妖な格好をしよって、なにが魔法少女だっ！　やってしまえ、モッコモコン三世」

男の指示で、場の空気に呑み込まれていない合成獣(キメラ)が魔法少女達に向かって攻撃を仕掛ける。

見かけ倒しだということは分かっているので、マギルカも大して心配はしていなかった。

「ふふふっ、魔法少女を侮らないことねっ！　この力を味わわせてあげるわっ」

「モッコモコン三世、魔法がくるぞ。警戒しろ」

「くらえ、ギャラクティカ・エキセントリック・キィィィックッ！」

「魔法じゃないんかぁぁぁぁぁいっ！」

男のツッコミと同時に、プラチナ・ハートSRはメアリィの前世で言うところのドロップキックなるモノを、魔法を警戒して動きを止めた合成獣(キメラ)に喰らわせる。

ドゴォォォォオン！

「「えっ！」」

可憐な少女の両足蹴りなどいくら見かけ倒しの合成獣(キメラ)でも耐えるだろうと思っていた男達を裏切るように、合成獣(キメラ)はものすごい勢いで後方へと吹っ飛んでいった。

さらに、登場した砦奥まで吹っ飛んでいき、暗い室内の奥からブチャッとイヤな音がしたような気がしたが、マギルカは深く考えないようにする。

「モッコモコン三せぇぇぇぇぇいっ！」

「い、一撃で……合成獣(キメラ)を」

「見たかっ、これが魔法少女の力よっ！」

男が絶叫し黒ずくめ達が騒然となる中、プラチナ・ハートSRだけが勝ち誇ったように胸を張る。

そして、皆、同時に思っただろう。

魔法少女なのに魔法使ってないじゃん、と。

そんな中、一人だけ別ベクトルで驚愕している者がいた。

マギルカだ。

プラチナ・ハートSRは強化魔法を使った形跡がなかったし、もちろんあのような蹴りを繰り出す魔法は聞いたことがない。魔法めいた効果もみられなかった。

あれは紛れもなくただの蹴りだった。だからこそ、あの威力には疑問が残る。

メアリィがあのような威力の蹴りを繰り出したのを見たことがない。いや、彼女は見せなかっただけかもしれない。

なぜなら、今目の前で勝ち誇っている彼女もまたメアリィなのだから。

「さぁ、次はあなたよ、ワルダー大帝！　覚悟しなさい」

「え？　誰？　もしかして私のことか？」

マギルカが考え事をしている中、プラチナ・ハートSRのテンションがグングンと上昇していく。

妙な名前を勝手に付けられ、指さされた男は、思わず自分を指さしてしまう。

「とぉっ！」

「「飛んだぁぁぁっ！」」

またまた周りを驚愕させる事象をプラチナ・ハートSRは行う。彼女は助走もなく、その場で飛び上がると、男がいる砦の高い場所よりもさらに上空へと飛び上がったのだ。

そしてクルリと一回転すると、男に向かって蹴りの体勢で落ちてくるプラチナ・ハートSR。

「アトミック・サンダーボルト・キィィィックゥッ！」

「魔法じゃないんかぁぁぁぁぁぁいっ！」

蹴りの体勢で向かってきたプラチナ・ハートSRに対して、ツッコミを忘れない男は叫びながら、逃げる。

ゴガァァァァァンッ！

「「「…………」」」

皆、目の前の光景を唖然と見ていた。

面妖な格好の少女の蹴り一つで、男がいた場所がひび割れ今にも崩れ落ちそうになっている。

「な、なんなんだお前は……」

「プラチナ・ハートＳＲ！　魔法少女よっ！」

驚愕しながら呟いた男に、プラチナ・ハートＳＲはポーズをとって答える。

「あ、あれが……魔法少女とかいうモノの力……」

「マジカル・ハートは合成獣（キメラ）以外のコアにもなるのか」

「もしかして、なにかと合成されているのでは……」

「なるほど、あれも合成獣（キメラ）ということか」

「……人との合成ってできたっけ？」

黒ずくめ達が呆然としながら言いたい放題言っていた。

「ちょっと、そこのあなた達。崇高なるプラチナ・ハートＳＲ様を、モンスター呼ばわりしないで下さるっ」

黒ずくめ達の話を聞いていたゴールド・ハートＳＲは相手を指さし、抗議する。

「あの方は、鏡の国から使命を託された孤高の戦士。そして、私が彼女の孤独を満たすため新たに加わった第二の戦士、ゴールド・ハッって、ちょっ、なんですの」

黒ずくめ達の前で堂々と立ち、プラチナ・ハートＳＲと同じような恥ずかしいポーズをとるゴールド・ハートＳＲを、マギルカがン～ッと口を引き結んで顔を真っ赤にしてマントで隠そうとする。

「……鏡の国ってなんだ？　異界か？」

「あっ、つまりこの世界のなにかを依り代に顕現した存在ということか？」

「ということは、なにかが混ざってるんじゃないのか？」

「なんだ、やはり合成獣（キメラ）か。なら、あの力も頷ける」

「つまり、魔法少女というのは我々が知らない新たな合成獣（キメラ）の可能性ということなのか」

「だぁ～からっ、あの方をモンスター呼ばわりしないで下さいましっ！　って、ちょっと、邪魔しないで下さる」

黒ずくめ達の勝手な解釈に憤慨し抗議するゴールド・ハートＳＲ。そんな彼女を隠そうと無言で奮闘するマギルカであった。

「えぇぇぇい、こうなったらアレを目覚めさせるまでだっ！」

マギルカ達が追いかけっこをしている中、プラチナ・ハートＳＲと対峙していた男が逆上して怒鳴る。

「ア、アレを目覚めさせる、だって」

「いや、あれはまだ早い。不安定だっ」

「そうだ、マジカル・ハートなしではっ」

男の言葉に黒ずくめ達が驚き、ざわめきだした。

「お前達はこいつらの足止めをしておけっ！　私はアレを起こすっ」

「「えっ！」」

「ふふふっ、良いわね良いわねっ、この展開っ！　ゴールド・ハートSR、ここは任せたわっ！」

「えっ！」

砦の奥へと逃げ込む男、それを追う魔法少女。そして、取り残されたその他の面々がどうしようかと顔を見合わせていた。

「ど、どうする？」

「プラチナなんとかというのと同じなんだろう、あのゴールドなんとかって」

幸いなことに、魔法少女とはどういうものかということを見せつけられた黒ずくめ達は、目の前にいる似たような姿の少女を警戒して、即行動に移せなかった。

「ここは任せますわよ。私は彼女を追います」

「ちょ、ちょちょちょ、ちょっと待って下さいまし。私にあのような者の相手ができるわけないですわ」

黒ずくめ達が動かないのを確認したマギルカは、小声でゴールド・ハートSRにそう言うと、砦の中へと向かう。が、彼女に止められ小声で抗議されてしまった。

「……なんかそれっぽい攻撃ポーズをとれば、相手は警戒して攻撃してこないと思いますわよ」

「え〜、私、格闘は不得手なのですが」

「そうですね、重々承知しておりますわ。とりあえず、やってみてください」

コソコソ話を一旦止め、ゴールド・ハートSRは一歩前に出ると、ハッと掛け声と共にポーズをとる。

「な、なんだあの体勢は？」

「分からん。滅茶苦茶隙だらけで意味不明だが、先のプラチナなんとかと同じ魔法少女とかいうのなら油断できないぞ」

「も、もう良いですわ……戻って下さい」

予想通り黒ずくめ達が警戒してくれたのは嬉しいが、片足と両手を上げ、まるで威嚇をするような奇妙なポーズっぷりに、マギルカは見てられないと顔を覆い隠しながら絞り出すような声でゴールド・ハートSRにお願いする。

「う～ん、プラチナ・ハートSR様に教わったようにはできませんわね。もう一度……」

「いいから、戻ってらっしゃい」

あれを続けていれば、相手も動けず時間稼ぎにはなるだろうとマギルカは思った。だが、自分で言っておいてなんだが、いざ目の当たりにしたら心がどうしてもそれを拒否してしまう。

ならば、別の戦力といきたいところだが、まだ援軍が到着する気配はない。

と、ここでマギルカはある戦力を思い出す。だが、その戦力をどうすれば手に入れられるか困ってしまった。

少し考え、一世一代の賭けにでる。

一度大きく深呼吸すると、天を仰ぎ見、マギルカは黒ずくめ達の前に立って右手を掲げた。

「来て下さいっ！　アレイオォォォォォォンッ！」

半ばやけくそ気味にマギルカが大声をあげる。

黒ずくめ達の「いきなりなにしてるの、この人」という視線と沈黙が痛い。そして、とてつもない恥ずかしさに、右手を掲げたままプルプル震えるマギルカであった。

「クエェェェェェッ！」

それほど時が経たない内に、羞恥地獄の沈黙を破るようなけたたましい鳴き声が空中に響き渡る。

なんと、グリフォンがマギルカの呼びかけに応えて舞い降りてきたのだ。

「ア、アレイオンッ」

感極まってマギルカは隣に舞い降りたグリフォンにハグする。道中、常識人としての変な結束感があったので、その喜びも一入（ひとしお）であった。

「クェッ」

グリフォンが首を動かし、マギルカのハグから離れると、二人と黒ずくめ達の間に立つ。そして、もう一度マギルカを見ると「ここは俺に任せて先に行け」と言わんがごとく、グリフォンが一鳴きした。

「アレイオッぐ――」

「なにしてますの、さっさと行きますわよ」

「ア、アレイオン。アレイオ～ン」

恥ずかしさの限界値を振り切っていたマギルカは、変なテンションになってしまい、ゴールド・ハートSRに連れられながら、後ろ髪を引かれる思いでグリフォンの名を叫ぶのであった。まぁ、本当の名前じゃないのだけど……。


砦内に入ると地下に続く大きな石階段を見つける。おそらく、プラチナ・ハートSR達はここを降りたに違いないと、マギルカ達は躊躇なく階段を下りていった。

階段の先は鉄格子が並ぶ通路だった。おそらく、ここに獣やモンスターを閉じこめ、研究材料として活用していたのだろう。

マギルカ達はおっかなびっくりしながら通路を横切り、さらに奥へと歩いていった。すると、プラチナ・ハートSRと男の声が聞こえてくる。

「そこまでよ、ワルダー大帝！　あなたの野望はこのプラチナ・ハートSRが終わりにしてあげるわ」

「えぇぇぇい、あいつら、足止めもできないのか。ちょ、ちょっとまてっ！　アレを出す準備がまだできてないのだっ」

「そんなこと知ったことではないわよっ」

「お、おまえは変身中と合体中は手を出してはいけないと豪語していたそうじゃないかっ！　準備中だって同じだろっ！」

「ん？　あれ？　そ、そうかしら？」

「そ、そうだとも。変身中というのは言い換えれば準備中ではないのか？」

「ん～、そ、そうかもしれない……」

通路に響いてくる会話を耳にして、マギルカは「マズい、早く行かなくては」と感じて、走り出す。

「プラチナ・ハートSR様っ、相手の口車にのっ――」

「分かったわ、さっさと準備しなさい。待ってるからっ」

マギルカが通路の先、開けた場所に走り込み、プラチナ・ハートSRに呼びかけてみれば、時すでに遅く彼女は戦闘を一時中断して、相手を待つと宣言してしまった。

「あれ？　ゴールドにマギルカも来たの」

ガックリと膝をつくマギルカを見ながら、プラチナ・ハートSRはそんな暢気なことを言ってくる。

「なっ、なにを暢気なことをおっしゃっているのですか。彼のやることを止めなくては」

「で、でもでも、それは古今東西の暗黙のルールに反するのでは……」

気を取り直し、マギルカはプラチナ・ハートSRの間違いを指摘するが、プラチナ・ハートSRはなにか思うところがあって葛藤している。

「……では、私がっ」

説得する時間も惜しいので、マギルカは自ら先陣を切ることにした。

「フリッ――」

「ちょっとなにしてますのっ！　プラチナ・ハートSR様が待つと言っているのですよ」

マギルカがせっせと準備をしている男に向かって魔法を放とうとすると、隣にいたゴールド・ハートSRに羽交い締めにされる。

「ちょっ、は、放しなさいっ！　今の状況が分かっているのですか！」

「ええ、重々承知しておりますわ。でも、そんなことどうでも良いのです。プラチナ・ハートSR様の意向が絶対なのですわっ！」

「こぉのおバカァァアッ！」

状況を把握しているのにもかかわらず、まさか自分に止められるとは思いもしなかったマギルカは、そのおバカな理屈に声を荒らげてしまった。ついには同じ顔の二人でキィーキィーと取っ組み合いになる始末。

「よく考えて下さい。悪事を見過ごすのがあなたの正義ですか？　悪事を未然に防ぐことも正義なのではありませんのって、もおっ、いい加減放しなさいっ」

「……確かに、マギルカの言うことはごもっともね。私、拘りすぎて肝心な部分を見落とすところだったわ」

プラチナ・ハートSRの言葉にマギルカ達も離れて彼女を見る。

「というわけで、悪は退治する」

「私もお手伝いします」

「ええ、ゴールド・ハートSR。私達の友情パワーを見せてあげましょう」

「二人の愛情パワーですわねっ♪」

「ん？　う、うん。まぁ、どっちでも良いわ」

二人だけで盛り上がり、仲良く男に向かって走り出す魔法少女達。

「ま、待てっ！　後、三分っ、いや、二分五十九秒で良いから待ってっ！」

男は悪足掻きのように二人に静止を呼びかけた。

「問答無用っ！　私達の正義のパンチを喰らうがいいっ！」


そして、それは突然の出来事だった。

マギルカがこれで終わったと思った矢先、男に向かって走っていった二人が彼の手前でフッと消えてなくなったのだ。

いや、正確に言うと二人が着ていた衣装だけが残って体が消えてなくなったというのが正しいだろう。

一瞬の出来事にマギルカはなにが起きたのか理解が追いつかず、二人がいた空間を眺め続ける。

辺りは静寂に包まれ、カランッとマジカル・ハートが落ちる音だけが響き渡るのであった。

15 ピンチです

「……き、消えた……」

マギルカは言葉にすることで、目の前で起こったことを把握していく。

「……まさか、鏡の影響範囲」

向こうの男がなにかをしたという形跡は見られず、なんの前触れもなく忽然と消えた二人を説明するには、それが一番妥当だとマギルカは結論づけた。

迂闊であった。

思えば、ここまでの道のりは遠かったのに、空から追いかけていたせいで学園からかなり離れている実感が薄かった。

おまけに正確な鏡の影響範囲も分かっておらず、彼女達に離れすぎているという自覚症状が現れなかったことでマギルカもそのことを考慮から外してしまっていたのだ。

「鏡の前から退いたら映らなくなる……みたいなものですね。影響範囲を超えると消えてしまうということですか」

「フフフッ、なにがなにやら分からないが、私はついてるぞ。ははは、なにもしてないのに魔法少女とかいう者はいなくなり、マジカル・ハートを手に入れたっ！　これで長年の研究がいよいよ完成するっ！」

マギルカが思考の渦に呑み込まれている間に、男は落ちたアイテムを拾い上げ、興奮しながらそれを掲げあげる。

「良いぞ良いぞっ、起こす準備も整ったところだし、このまま完成お披露目といこうっ！」

「さ、させませんっ！　フリーズ・アロー」

男の言葉に我に返ったマギルカはすぐさま、魔法を発動させて相手の行動に牽制を入れる。

「おっとぉ！　ん、まだ一人残っていたのか。だが、魔法を使ってくるということは、お前はあの魔法少女とかいう者ではなさそうだな」

魔法を使ったら『魔法』少女ではないとはこれ如何に……。

先の戦闘で魔法少女の攻撃を悉く躱してきただけに、男の回避性能は優秀らしく、マギルカの不意打ちもなんなく躱されてしまった。だが、回避性能だけが優秀のようで相手からの反撃はこないようだ。

と、男の後ろにある巨大な容器から大量の溶液が溢れ出し、なにかが外へと出てくる。

その大きさたるや、先の巨体な角兎の倍以上だった。

その巨大な物体がググッと鎌首をもたげる。

巨大な蛇の頭にマギルカは一瞬、ジャイアントスネークかと身構えたが、よく見ると頭が複数あり、体が存在していることに気がついた。

ならばヒュドラかと思ったが、その体は獣のように四足歩行型になっている。おまけにその背中には鳥の羽と蝙蝠の羽がついていた。尻尾も数本あり、これまたいろんな形状をしている。

それは正に合成獣。

いろいろなモンスターの各パーツが繋ぎ合わされた歪な存在が、そこに立っていたのだ。

「見たかっ！　これが我々の考えた最強にして超絶カッコいいモンスター、ドラドラ・コーンだぁっ！」

男がマギルカに向かってドヤると、今はそんなことを気にするところではないのだが、マギルカは先の角兎といい、今回といい、そのネーミングセンスに物申したくなってしまう。

「え、えっと……名前からして、もしかしてドラゴンを作りたかったとかでしょうか？」

余所様のセンスをどうこう言うのはグッと堪え、マギルカはその合成獣の容姿を見て、別の話題をぶつけてみた。

「そのとぉ～りっ！　ドラゴンは最強種とされ、その伝説は数知れず、夢の詰まったモンスターだっ！　それを我々が妄想アレンジし、さらに格好良く最強にしたのがこのドラドラ・コーンなのだぁっ！」

「……見たところ、ドラゴンの要素が見あたりませんよ。蛇やトカゲなどの爬虫類モンスターのパーツばかりのような気が」

「当たり前だっ！　本物のドラゴンなど会ったことも見たこともないし、その部位など手に入るわけないだろっ。全部なんちゃってだっ。だが、そんなことは些末なこと、我々はそのドラゴンを超える存在を生み出したのだからなっ！」

誇らしげに語る男にマギルカはなんと返して良いのか分からず、無言になる。そして、件の合成獣(キメラ)を見てみれば、その体は安定していないのか所々が動いておらず、体のバランスが悪いせいでフラフラしており、今にも倒れそうであった。

動くための機能性とか完全に無視して、なんのためにその形になっているのか分からない、却ってマイナスになっているとしか思えないそのフォルムに、マギルカはさらに無言になってしまう。

メアリィ的に言えば、格好良さと強さだけを重視し妄想した「僕が考えた最強の〇〇シリーズ」という黒歴史まっしぐらの所業であった。

「さぁ、ドラドラ・コーンよっ！　マジカル・ハートだぁぁぁっ！　受け取れぇぇぇっ！」

そう言って、なんと男は持っていたアイテムを合成獣(キメラ)に向かって放り投げる。


パクッ……ゴックン……


「えぇぇぇぇぇぇっ！」

蛇頭の一つがア～ンと大きく口を開けると、男が投げたアイテムをパクッと上手に受け止め、丸呑みしてしまうというまさかの光景にマギルカは驚愕し、思わず声を上げた。

その後、お腹の辺りがピカァ～と輝きだしたかと思うと、ガクガクガクと激しく痙攣し始める合成獣(キメラ)。

そして、異変が起きた。

ボコボコとまるで沸騰したお湯のように表面が隆起を繰り返し、原型が崩れ始めたのだ。

いや、崩れると言うより溶け込むと言った方が正解かもしれない。

合成獣（キメラ）は各パーツがしっかり区分されていたのに、それが侵食しあうように混ざっていく。その為、今まで全く動かなかった部位がしっかりと動き始めた。だが、その代償にその姿は前とは異なり、いろいろなモノが混ざった肉塊なる歪な存在となる。

おそらく、マジカル・ハートなるアイテムが全ての部位を動かし、一つの個体として成り立たせようと強引に行った結果なのだろう。

あの合成獣（キメラ）は多くのモンスターを使い、かなり無茶な合成をしていたに違いない。

「そ、そんなぁっ！　我々のドラドラ・コーンがぁっ、あの超絶格好良い我らの夢がぁぁぁっ！」

自分達の合成獣（キメラ）の変わり果てた姿に男が声を上げる。そして、その声をかき消すように合成獣（キメラ）が咆哮し、床を踏み鳴らした。

「きゃぁっ！」

床に亀裂が走り、その風圧にマギルカの体が後ろへ飛んで倒れる。先ほどまでの今にも倒れそうだった合成獣（キメラ）はどこへやら。その力強さに、歪な様相も相まって恐怖すら感じる。

「ち、違うっ！　これは我々が考えたドラドラ・コーンではなっごほっ！」

男が声を荒らげて目の前の存在を否定するが、最後まで言い切る前に合成獣（キメラ）の太い尻尾なのか触手なのか分からなくなったモノの横薙ぎを受け、壁に叩きつけられた。

制御できていないとマギルカはその光景を見て瞬時に判断し、ここにいてはいけないと起きあがる。

それがいけなかったのか、合成獣(キメラ)がすぐにマギルカの存在に気がつき、そちらを見た。

目が合ってしまった瞬間、マギルカの背中に悪寒が走る。

獰猛で飢えた瞳が複数、こちらを見ていた。明らかに男よりマギルカを標的に切り替えたみたいだ。

マギルカは知らなかったが、合成獣(キメラ)は目覚めたてで飢えていた。とくに魔力の豊富なモノを欲していたのだ。この時、合成獣(キメラ)にとってマギルカは柔らかそうな肉、豊富な魔力のご馳走に見えただろう。

それを知っていなくても、マギルカはその形相を見て身の危険を察知し本能的に防御態勢をとる。

「ボディ・プロテクトッ！」

マギルカの声とほぼ同時に重い衝撃が彼女を襲った。自分が大きく飛び、再び床に倒れていることが一瞬分からなくなる。

間一髪、合成獣(キメラ)の攻撃を防御魔法でなんとかダメージ軽減させたことを理解できるようにはなったが、その衝撃は彼女を行動不能にするには十分過ぎていた。

彼女はザッハやサフィナと違って、身体的強化訓練に乏しかったのだ。だからといってこのまま寝転がっていて良いわけではない。

軋む体を気力で動かし頭を上げて相手を確認すると、ちょうど合成獣(キメラ)がこちらに接近しているところだった。

「フリーズ・アローーッ！」

迎え撃つように氷矢を放つと、その歪な蛇の顔面に突き刺さる。

合成獣(キメラ)が初めての痛みに悲鳴を上げ仰け反り、その場でバタバタと暴れだした。

攻撃が有効だからといって深追いしてはいけない。逃げるなら今だ、とマギルカはよろめきながらも立ち上がり、出入り口へと向かおうとする。

とその時、マギルカの肩に激痛が走った。

なにが起こったのかとそちらを横目で見れば、拳大の蛇が一匹、マギルカの肩に牙を突き立てていたのだ。

よく見ると、この蛇は合成獣(キメラ)に繋がっていて、本体に更なる異変が起きていた。

マギルカが攻撃した頭の傷がどんどん塞がっていくと同時に、全体の形が溶け込み崩れて肉塊のようになっていく。

これがアイテムによる弊害か、それとも元から失敗していて崩壊し始めたのか分からないが、とにかく危険極まりなかった。

と、蛇は楔(くさび)のようにマギルカに食いつき、合成獣(キメラ)の方へと引きずり戻そうとする。

本当は痛みに叫びたいところをマギルカはグッと歯を食いしばり、引きずり戻されないように踏ん張って、肩の蛇と合成獣(キメラ)の間の空間を睨む。

「バッ、バーストォッ！」

爆裂魔法の空間把握に自信がなかったが運良くそれは上手くいき、蛇と合成獣(キメラ)を繋ぐ部分が弾け飛んだ。

更なる痛みに合成獣(キメラ)が悲鳴を上げ、解放されたマギルカは踏ん張った勢いでつんのめる。

肩の蛇を引き剥がして投げ捨てると、目標の出入り口を確認するため頭を上げたマギルカの視界がグニャアッと歪んだ。

毒だ。

蛇に噛まれたのだからと、咄嗟にその結論に至る。しかし、その即効性には驚愕しかなかった。肩から痛みと熱がジワジワと広がっていき、頭が朦朧としてくる。

倒れてはダメだ。あの出入り口にさえ入れば、狭い通路のせいであの巨体は入ってくるのが困難になる。せめて、あそこまで……そう自分に言い聞かせながら、マギルカは重い足を一歩、また一歩と踏み出す。

だが、天は彼女に更なる試練を与えた。

踏ん張った足下が不安定になるくらいに、床に亀裂が走ったのだ。

いや、亀裂などというものではない。床が崩壊し、崩れ落ち始めたのだ。

巨体の合成獣がのた打ち回ったせいで、古い石床がそれに耐えられず崩壊したのだ。さらに最悪なことに、その下には空間があり、落ちれば無事ではすまないことをマギルカに伝えてくる。

走らなければ間に合わない。

分かっていても体が言うことを聞いてくれない悔しさに、焦りが増大していく。

大きな振動が後ろからどんどんマギルカに近づいてきて、彼女は思わずそちらを見る。合成獣の原型がさらに崩壊し、数本生やした足がデタラメに動き、その肉塊を引きずりながらこちらに接近していたのだ。

そのせいで床の崩壊が加速する。

「……フ、フリーズ・ア、ロッ」

マギルカが呪文を唱えても、朦朧としている思考では魔法は成立せず、なにも起こらなかった。

接近してくる肉塊を避ける体力も魔法もなく、マギルカは迎え撃つしかない。

万事休すと思ったその時、マギルカの後ろからもの凄いスピードでなにかが通過していった。

それが迫る合成獣(キメラ)に突き刺さり、肉塊は勢いを失い元いた場所へと飛んでいく。


合成獣(キメラ)に突き刺さったのは一本の剣だった。


その装飾はかなり凝っており、端から見ると伝説の剣だと思えるほどの立派な剣だ。そして、マギルカがよく知る者の剣だった。

熱に朦朧としながらもマギルカは振り返る。

その視線の先、出入り口の向こう側、まだ遠くだがはっきりと分かるその白銀の髪にマギルカは我慢していた涙が零れ落ちてくる。

「マギルカァァァッ！」

遠くから自分を呼ぶその声を聞きながら、マギルカの視界は床の崩壊と一緒に落ちていった。

16 イヤな予感はしていた……

王都に向かう途中からイヤな予感はしていた。


心がざわつくというか落ち着かない感じだった。だから、私は学園に引き返したのだ。その途中でスノーが暇つぶしにこちらに来たのは僥倖だった。

学園に戻るとなんだか慌ただしく、王子に聞いたところ私と反対の方向、学園の外で争いがあったそうだ。その中に私とマギルカ、ザッハが確認されているとのこと。

それを聞いた瞬間、私はスノーの背中に乗っていた。


イヤな予感はしていたのだ。


スノーに空から追跡してもらい、ザッハ達と合流してマギルカ達が先行し砦跡にいることを知ると、スノーに無理を言って全速力でその場所に向かってもらった。

その間、心のざわつきは大きくなっていった。

砦跡に着くと黒ずくめ達とグリフォンが争っていて、私が降り立つとなぜか黒ずくめ達が「なぜ、魔法少女がここにいるのだ」と驚き、慌てふためいていた。

私は黒ずくめ達の驚きの声から、砦の中へマギルカ達が入っていったことを知り、その場はグリフォンとスノーに任せて内部へ走っていく。

内部では地響きが続き、下の方でなにか大きなモノが暴れているのが分かった。

私は迷わず地下を目指す。階段を下りた先、通路の向こうで小さくだが金髪縦ロールの少女を見た時、私はホッとするよりも心のざわつきの正体を知った気分だった。

マギルカは魔法が使えないくらいに傷つき、ボロボロだった。

そんな彼女に歪なモンスターが接近しているのを確認した瞬間、私はそのモンスターに向かって剣を投げつけていた。

「マギルカァァァッ！」

私が叫ぶと彼女は柔らかな笑顔を見せ、そのまま床の崩壊とともに落ちていく。


落ちていく？


目の前の光景が許容できず頭の中で処理できない。私は無意識に走るスピードを上げていた。およそ人とは呼べないくらいのスピードが出ていたと思うが、そんなこと気にする余裕など今の私にはなかった。

偶然なのか意図的な設計なのか、そんなものはどっちでも構わないが、崩れた床の下には大きな穴が存在していた。そこに見た感じ魔法が使えないくらい弱っているマギルカが落ちたのだ。浮遊魔法も使えずに……。

「マギルカァァァッ！」

私は迷うことなく、そのままマギルカが落ちた穴へとダイブする。彼女が消えてすぐに飛び込んだので、そんなに差がついていなかったのは幸いだった。

「……メ、アリィ……様」

うっすら開く瞳と目が合い、私はホッとする。

（大丈夫だ、このまま彼女を掴み浮遊魔法で……）

「ガァァァァアッ！」

その時、私の横から咆哮と共に巨大な物体が襲いかかってきた。驚くことにこのモンスターは背中の羽らしきもので空中でも多少思うように動けるようで、私が投げた剣を突き刺したまま平然と動いていた。

私の横腹から牙を突き立て噛みつこうとするが、全く歯が通らず砕け散る。だが、勢いは止まらず私は横から咥（くわ）えられて壁の方へと追いやられてしまった。そのせいで落ちていくマギルカとの距離が広がっていく。

「邪魔をするなぁぁぁっ！」

焦りと苛立ちで私は乱暴に巨大な蛇の口を掴むと、強引に引きちぎる。もはや、人の所業とは思えない光景だが、そんなこと気にしている余裕などない。

マギルカに見られていようがそんなことは今の私にはどうでも良かった。彼女が救えるのなら私は何だってする。

私はそのままこのモンスターを足場にして、落ちるマギルカに向かって飛んだ。と同時に、マギルカの背に地表が見えてくる。

「間に合えぇぇぇっ！」

私は限界までグッと手を伸ばし、マギルカの体を掴む。一気に自分の方へ引き寄せ、抱き包むとその瞬間、地表が目の前に迫った。

暗い空間にドォォンと轟音が響く。

間一髪、私はマギルカを抱き抱えながら地面に立っていた。

結構な高さから落ちたのに、私はなんの魔法の補助もなくマギルカを抱えながら立って着地してしまったのだ。

「……メ、アリィ様……」

うっすらと開き続けていたマギルカの瞳が私を見てくる。おそらく、今までの出来事を彼女はぼんやりとした意識の中で見ていたに違いない。

「大丈夫、マギルカ？」

私は努めて平静を装い、彼女の状態を確かめる。

やはり気になるのは肩の傷だった。

なにか大きなモノに刺された、もしくは噛まれたような痕があり、その周りが紫色に変色している。

（この傷のせいでマギルカはひどい熱を出しているのかしら。もしかして毒？　そういえば、あの変なモンスター、蛇みたいな頭だったわね。こ、これは、あの伝説の傷口を吸って応急処置する時ではっ！　わ、私が、マギルカの肩をカプッと……あ、でもあれって噛まれてすぐじゃないとダメかしら？）

今はそんな場合ではないのだけど、マギルカの露わになった肩を見てなぜかゴクリと唾を飲み込んでしまう変な私。

やるかやらないか、そんな葛藤に苛まれていると、轟音と共に大きな肉塊が私達の近くに飛来してきた。

「気をつけ、て、ください……あの合成獣（キメラ）は、再生……しま、す」

熱で苦しそうなマギルカはそれでも状況を見て、私に助言してくれた。

彼女の言う通り、私が引き裂いたはずの頭が歪な肉塊となって蠢（うごめ）いている。いろんなモノが混ざり合って、もうなんのモンスターなのか分からないくらい醜悪だった。

「ちょっとだけ待っててね、マギルカ。すぐに終わるから」

抱え上げていた手をマギルカからソッと離して、彼女を隅の床に寝かせる。相手に背を見せた状態になり、もちろんと言っていいのか合成獣（キメラ）（？）らしきモノが大きな頭をこちらに伸ばして襲ってきた。

私はそれを片手で掴み、止める。

「ファイヤー・ボール」

掴んだ私の手から火球が放たれ、合成獣（キメラ）は悲鳴なのかなんなのか分からない叫びをあげて後退する。見ると、その火は徐々に消えていき、当たって傷ついた部分はボコボコと隆起を繰り返して元に戻っていった。

（これでは焼き尽くせないか……それにしても、あの能力、なんかヒュドラに似ているわね。時間をかけたくないわ、速攻で片を付けよう）

私は一度深呼吸をし、相手を睨みつける。

「聞けぇっ、罪深き魂よっ！　ここに至る道は絶対であり、汝に与えるは慈悲である。今ここに神が与えし煉獄の扉を開こうっ」

私の言葉に呼応して魔力が収束していき、合成獣（キメラ）の床周りを取り囲むように魔法陣が四方に形成され、そこから炎の扉が出現した。

「その罪、その穢（けが）れ、そのことごとくを許し、全てを浄化の炎で焼き尽くさんっ」

さらに、炎の扉が開くと炎の鎖が飛び出し、合成獣（キメラ）をグルグルに拘束した。空中に吊し上げられ、鎖伝いにその身を十字の炎で焼かれる合成獣（キメラ）。その絶叫と炎の轟音が辺りを支配していく。

「フレイム・オブ・ピュリフィケーション・フロム・パーガトリーッ！」

私の力ある言葉に応え、炎の鎖で焼かれる合成獣（キメラ）の頭上に一際大きく豪奢な炎の扉が出現し、ゴゴゴゴッと重く開いていく。

轟音と共に開いた炎の扉から全てを焼き尽くす炎が飛来し、それと共に四方の鎖も扉も燃え広がって一つの炎の固まりと化す。

「終わりよッ」

私の言葉と共に、巨大な炎の固まりは天の炎扉へと昇っていき、扉がそれを呑み込むと再びゴゴゴゴゴッと重く閉まっていった。

ヒラヒラと残り火を落としながら炎の扉が消え、残されたのは降り注ぐ灰と私の剣、そして偽私が持っていたアイテムだけだった。

「マギルカッ！」

剣とアイテムを回収し安全を確認した後、私はマギルカの下へと駆け寄る。彼女は目を閉じてはいたが、呼吸を確認できてホッとした。

マギルカを抱え上げ、浮遊魔法で上へと戻ってみれば、程なくしてイクス先生率いる部隊が私達の下へ駆けつけてくる。

ついてきた治療魔法の先生に彼女を預けた後、私はプハ～と大きく息を吐き、緊張の糸を切って脱力した。

今更なのだが、なにがなんだか分かりもせずに無我夢中でマギルカを助けていた自分に気がつく。

（うんまぁ、マギルカが無事だったから良しとしましょう。あれ？　そういえば、あのお騒がせな二人はどこへ行ったのかしら？）

私は偽者が持っていたアイテムを見た。

（そもそも、なんでこのアイテムがあの合成獣（キメラ）の中から……ん？　ちょっと待って、もしかして丸飲みされたの？）

私は思いも寄らなかった考えに青くなる。

「いやいやいや、それはない、ない」

自分で自分の考えを否定しながら、私は砦を離れることにした。後のことは大人に任せ、詳しいことはマギルカに聞けば良い。

（私が合成獣（キメラ）と一緒に偽私を燃やし尽くしたなんてことは……ないよね、神様？）

17 私は……

「えっ？　ここで一泊ですか？」

バタバタとしている大人達を余所に、私はイクス先生に言われたことを復唱する。

深夜となった現在、私達は例の砦跡におり、野営の準備をしていた。

イクス先生の話によると、砦跡に向かう途中で砦の方から逃走を図る機関の人間らしき者達に遭遇したそうだ。砦跡に残っていた者達と違ってかなりの手練れ達だったようで、砦に到着するのを優先して逃がしてしまい、そいつらと夜間に再び遭遇するのを避けるという点が考慮されている。

おそらく最初に私を襲ったのもそいつらの一人なのだろう。捕まえた者達はどちらかというと研究者気質の者達ばかりで私が最初に会った黒ずくめと雰囲気が違っていたからだ。

彼らが再び砦に戻ってくるかというと、重要そうな研究資料などがないところを見るとその可能性は限りなく低いというのがイクス先生の見解だった。

マギルカの方は、治療と解毒のおかげで容態は安定したのだが、心身ともに衰弱（すいじゃく）しているため、砦跡の一室を利用して休ませている。彼女のためにもここは一泊するのが良いのかもしれない。

「そういうわけで、レガリヤはフトゥルリカと一緒に寝てくれ。使えそうなベッドが一つしかないが、まぁお前達ならサイズ的に問題ないだろう。テュッテ、二人の面倒を頼む」

「はい、かしこまりました」

イクス先生は一通り説明すると、後のことはテュッテに任せてまだ用事があるのか私達から離れていった。

「……一緒にって言われても……どうしよっか、テュッテ？」

私はテュッテに就寝用の身支度をしてもらうと、困ったように彼女を見る。すると、テュッテはいつのまに持ってきたのか、布団らしきモノを持って部屋を出ようとしていた。

「それではお嬢様、私は部屋の外で寝ておりますので、なにかご用があればお呼びくださいね」

「え？　別に外に出なくて良いよ。ここで一緒に寝ましょう。ベッドもあるし」

「一つのベッドにさすがに三人は無理です。私は床で寝させていただきますね」

そう言うと、テュッテは床に布団を敷いて寝る準備を始める。それを見ながら私は、一人ポツンとマギルカが眠るベッドの前で立っていた。

「え、えっとぉ……」

どうして良いのか分からず、私はマギルカの方を見る。そんな私の視線を感じたのか、彼女はうっすらと目を開け、頭だけでこちらを見てきた。

「……ご面倒をおかけして……申し訳ございません……」

衰弱しているせいか、マギルカの声がとても小さく弱々しくて、その遠慮した言葉が私の胸にチクッとくる。

（バカバカッ、なに怪我人に気を遣わせているのよ私）

フルフルと首を横に振り、私はマギルカが寝ているベッドに片膝を乗せた。

（ん～、一緒に寝るというのはヤブサカではないが、こう先に寝ている人の布団に潜り込むというのは、なんていうのか変に緊張するわね）

私は緊張を解きほぐすように一度深呼吸する。

「……お、お邪魔しまぁ～す」

なにを言っているのか自分でも分からないが、私はそう言ってマギルカの邪魔にならないよう静かに布団へと潜り込んでいった。

ノリと勢い、パーティ気分でならこんなこと容易いだろうと思っていたが、そんな空気が微塵もない空間ではいやに緊張してしまう。

私は静かな部屋の中で自分の逸る鼓動を聞きながら天井を見る。

「あはは、こうしているとなんか学園でお泊まりした時を思い出すよね」

緊張を紛らわせようとする余り、私は怪我人であるマギルカに話しかけてしまった。

「……あれから、まさかこんな事件に巻き込まれるとは思いませんでしたね」

隣に横たわるマギルカが静かな声で私の話に合わせてくる。

「だよね、まさか私達の偽者が出てくるなんてね。あっ、そう言えば彼女達はどうなったの？」

「……消えてしまいました。鏡の影響範囲を超えてしまったからというのが私の考えですが、本当に消えてしまったのかどうかは分かりません。ですが、ここにはもういないというのは確かです……」

「……そっか……」

騒がしい子達だったがいなくなったらなったで、ちょっと寂しく感じてしまう私であった。

「……メアリィ様……一つ、伺ってもよろしいですか？」

「え、なになに？」

「ギャラクティカ・エキセントリック・キックとはなんでしょうか？」

「ブふっ！」

ちょっとセンチになった私に、気を遣って話題を変えてくれたマギルカの質問に私は噴き出す。

「な、なにそれ？」

「いえ、あちらのメアリィ様が相手に向かって叫んで蹴りを入れておりましたので、なにかしらの技なのかなと……」

（あの子ったら、そんな頭の悪そうなこっぱずかしい技名、勝手に作って叫んでいたの……）

「あと、アトミック・サンダーボルト・キックとか」

「キックしかないいんかいっ。もぉ～、あの子ったら……ただのキックよ、キック。勝手にそう命名しただけだわ。そんな恥ずかしい技、私は知らないわよ」

あきれ果て、私は苦笑しながらマギルカに答える。

「……やはり。では、ただのキック一撃で合成された巨体の角兎を屠ったのですね」

「え？」

マギルカの静かな声、先ほどまでとは違ってその緊迫したトーンに思わず頭を動かし彼女を見てしまう。

マギルカもこちらを見ていたので目が合ってしまい、思わずドキッとする私だった。冗談とか場の空気を和ませようとした質問ではないと、私はマギルカの真剣な眼差しを見て悟る。

思えば、マギルカは救助され治療された後で、先生方になにがあったのかを詳細には語らなかった。私と二人きりで話し、確認したいことがあったからなのだろう。

そう思った瞬間、一つの言葉が頭を過る。


バレた……と。


汗が出て、私は無言になる。いきなりの展開になにを言って良いのか分からない私の頭の中は真っ白だった。

「私が知らないだけでご本人であるメアリィ様がご存じなら、そういったモノも存在するのかなと思いましたが……違うのですね」

蛇に睨まれた蛙のようにマギルカから視線を外すことができず、私は言い訳一つもできないまま彼女の次なる言葉を待つばかり。

「……メアリィ様ご自身も、あの合成獣(キメラ)の攻撃をモノともせず、自力で引き裂いていましたよね」

「…………」

「……そして、あの魔法。あれは人が扱える階級ではありませんよね」

全部、見られていた。

そう思うと、心臓が握りつぶされたように苦しくなり、マギルカを見るのが怖くなって、私は逃げるように寝返りを打ち、彼女に背を向けてしまう。それが、肯定と捉えてしまえる行動だったとしても……。

(覚悟はしていた……あの時は見られても良いと思っていたけど、いざその時が来たら……怖い、怖いよ。今までの関係全てが壊れてしまったらと思うと……拒絶されるかもと思うと……)

その時、マギルカとの今までのことが走馬燈のように思い出された。

初めて会った時のこと、一緒にお茶したり話したり、彼女の家に行って遊んだり、いろんな場所へ旅をしたり、学園に行っても、どこへ行っても彼女に頼ってばかりで、そして学園祭で本音をぶつけて戦ったり、傷つき倒れる彼女の姿を……子供の頃からたくさんの、そう、たくさんの思い出がそこにあった。

私は自分でも想像できないくらい、ガタガタと恐怖や不安に震える。

人知を超えた力を持つ私に、走馬燈で見た笑顔のマギルカが一転して恐怖の目を少しでも向けたらと思うと、想像以上に耐えられなかった。想像するのだって心が拒絶してしまう。

(いやだ、いやだ。そんなの絶対いやだよ……)

ギュッと目を閉じると、涙が零れ落ちるのを感じた。緊張と恐怖で溢れてきたのだろう。

とその時、コツと私の背中になにかが当たった。

「すみません……問いつめているみたいで……イヤな女ですわね、私は。ただ、あなたのことがもっと知りたかった……それだけなのに」

「……マ、マギルカ……」

ギュッと私に添えた手に力がこもる。マギルカの声がものすごく近いのでおそらく背中に当たったのは彼女の額だろうと推測できた。

「……ごめんなさい……ごめんなさい……」

すすり泣く声が聞こえて、私は慌てて体の向きを変えてマギルカを見る。

「どうしてマギルカが謝るの？　謝るのは私の方だよぉ……」

「だって、勇気を出して聞いてみたけど……怖くて、怖くて……もし、もし、踏み込みすぎて私のこと嫌いになっ……でも、でも、知りたかったの……」

何かの拍子にタガが外れてしまったのだろうか、いつもの大人びたマギルカはなりを潜め、子供のような彼女がそこにいる。

「そんなことないよ、嫌いになんかならない……絶対に……絶対に」

私はマギルカの手を握り、近くに迫っていた彼女の額に自分の額をコツンとさせた。

それだけで、心がスゥ～ッと落ち着いていく。

(彼女は勇気を出して私に聞いてきた。なら、私もそれに答えなくてはいけない)

「……ねぇ、マギルカ」

「……はい……」

「……私は、どんなモノにも負けない、完全無敵な体を神様からもらいました……」

静かな部屋で、私は大事な友達にそう告白するのであった。

どうやら私の身体は
完全無敵のようですね

第二章　学園編湯けむり温泉

01 そうだ、療養しよう

あの事件から数日過ぎていた。

最上級生になり、アレイオスだけがレポートとか大変な課題があるわけではないみたいで、別学科の王子やザッハ、サフィナもまたいろいろと忙しそうだった。特に王子やサフィナは学業以外に家の方の手伝いも視野に入れ始めており、王子は王都に、サフィナはいにしえの森へ実戦経験を積みに出掛けている。

そんなわけで皆で集まってのんびりとした時間を過ごすことが容易にならなくなり、ちょっと寂しい気もするが仕方のないことだと割り切ることにする。

王国や学園内でも、大人達は例の事件でここ数日バタバタしていたそうだ。

私はというと、この事件の当事者なのだが、じゃあ説明をと言われても事を大きくしたのが偽私な為、詳細を語れないという微妙な立ち位置にいた。唯一の当事者であるマギルカは体調を考慮し、今も学園を休んでいる。

病気や怪我の治療、療養。そういったワードに敏感な私としてはなんだか気が気でなく、日に日にネガティブな想像が膨れ上がってくるので、マギルカの姿を見て落ち着きたい。

そう思った私は……。

「……だからと言って、わざわざこちらに来られなくても……しかも、スノー様の背に乗ってまで」

「……だぁって、耐えられなくか、もとい、心配だったんだもん」

「メアリィ様……」

『なにが、だぁってよっ。可愛く言ってもダメだからねぇ〜、横暴よ、横暴っ、私こう見えて神獣なんだからねっ、待遇の改善を求めるわぁ〜』

目の前のマギルカにモジモジアピールしてみれば、後ろにいたスノーにテシテシと頭を叩かれ抗議される。

私は今、マギルカと共に庭先でお茶をしていた。彼女の体調は良くなっており、本人的にはすぐにでも学園へ行きたいらしいのだが、両親が心配して療養させているらしい。

そう話していた時のマギルカは、口では困ったように話しているのにちょっと嬉しそうだった。

(元気そうで良かったわ。そういえば、マギルカと面と向かって話すのってあの夜以来かな〜)

久しぶり（?）に見たマギルカにホッとした私は、ふとあの砦跡の夜のことを思い出す。


砦跡の暗くて狭い部屋の中、私の告白の後、静かな時が過ぎていた。

「……どんなモノにも負けない、力……」

「……うん……簡単に言えば人知を超えた力、かな」

マギルカがこちらを見つめてくるので、私も逃げずに見つめながら答える。

「…………」

「……怖い？」

沈黙するマギルカに私は耐えられなくなって、自虐的な笑みを零しながら聞いてしまった。すると、マギルカは小さくだが首を横に振る。

「いいえ。それはメアリィ様が神様から頂いた祝福ですから」

「祝福？」

「はい……私達は生まれた時に神様からなにかしらの才能という名の祝福を頂けると聞いております。それを活かすも殺すも私達の人生、私達の可能性なのだと。ほら、神託の儀を覚えておりますか？　メアリィ様が授かったモノがそれだった、ただそれだけです。驚きはしますが、忌避することは絶対にありません」

「……マギルカ」

神様との行き違いというか勘違いから過剰に頂いたチート能力。それを神様の祝福とか、生まれもっての才能として妥協するには私は小者過ぎた。

突然なにもしていないのに大金を頂いて、どうぞ好きなだけ使ってくださいと言われてオロオロする小市民、それが私なのだ。

それでもマギルカの言葉は、私の重荷を軽くしてくれた気がする。

「……あの、不躾ながら聞いても良いですか？」

「うん、何でも聞いて」

横になりながらもモジモジするマギルカが可愛らしくて、私は微笑みながら彼女を促す。

「あの合成獣（キメラ）を葬（ほうむ）ったメアリィ様の魔法は、何階級だったのでしょうか？」

「えっ…………えっとぉ〜……ろ、ろく……階級、だったような……」

どんと来いと構えていたにもかかわらず、尻込みしてしまうダメな私。視線を逸らして答えたので、マギルカがどう反応するのか怖くて見られない。

「……六階級……」

「……」

「すごいじゃないですか、メアリィ様。もしかして、メアリィ様はそれ以上の、いえ、すべての魔法を網羅（もうら）していらっしゃるのですか？」

「ふぇっ？　す、すべてって。いやいや、知らない知らない。学園で学んだモノ以外ではちょこっとくらいよ」

ずずいっと迫ってくるマギルカの、好奇の瞳に映る困った顔の自分の姿に苦笑しながら、私はモゾモゾと彼女から逃げた。

「そうなのですか。でも、可能性がないわけではないのでしょ？」

「う、うん……たぶん」

「なら、世界中を旅してあらゆる魔法を習得し、前人未踏であったあの八階級魔法の謎に迫ろうじゃありませんか。そしてその知識を王国に献上すれば、王国の魔法水準が上がるかもしれません。あぁ、伝説の賢者メアリィ＝レガリヤの誕生ですわ。ウフフッ、良いですわね、目指す相手が高ければ高いほど……」

「ならないからっ。伝説の勇者とか賢者とかそんな物騒なモノにはならないし、目指さなくて良いからっ。帰っておいで、マギルカ。私は平々凡々な生活を希望してるの」

なんだか夢見る乙女のような顔して物騒なことを言ってくるマギルカに、私は昔テュッテに言ったような台詞を投げかける。

「えぇ～っ」

「えぇ～って、あなた……」

私の意見がお気に召さなかったのかマギルカが抗議の声をあげ、プクッと頬を膨らませ不貞腐(ふてくさ)れる。

そんなマギルカが可愛らしくて、私は再び近づき彼女の頬をツンツンしてやった。

「とにかく、私は目立たず平凡な暮らしがしたいの。だから、このことは内緒にして欲しいんだけど……」

「え？　目立たず平凡……」

「う、うん……平凡」

私のお願いに違和感を覚えたのかマギルカが首を傾げてきたので、私は言い淀(よど)んでしまう。

「約束っ」

そう言って私は強引に事を進めるべく、自然と「指切り」のために小指を彼女の前に出した。

「？」

当然のごとく私の行動にマギルカが再び首を傾げる。

(可愛らしいなぁ、こんちくしょう……じゃなかった。指切りなんて風習、この世界にはないよね)

「メアリィ様、それは？」

「えっと、約束を守るという証としてする行為なんだけど、ごめんごめん、勝手なことして」

「証……良いですね、やりましょう。どうすればよろしいのですか」

「えっと、こうやってお互いの小指を絡ませるの」

私が言うとマギルカがスッと自分の小指を私の指に絡ませてきた。

「ゆ～びきりげ～んまん、嘘つ～いたら針千本飲～ます。ゆびきった」

私が一方的に事を進めていくのを、マギルカはなんだか楽しそうに眺めていた。

「……つまり、約束を破ったら針千本飲まされるのですね。う～ん」

さすがに一方的すぎてマギルカも難色を示したのだろうか、ちょっと考え込んでいる。

「あっ、ごめん。一度やってみたかったの、いやならなかったことに」

「いいえ、イヤじゃないのですが。針千本って……用意するのも大変じゃないですか？」

「え？　心配するとこそこなの？」

「はい。まぁ、破る気は更々ないのですが、気になってしまって。千本用意するくらいなら魔法の方が良いのではないでしょうか？　なにか針でなくてはいけないことがあるのでしょうか？　もしかして、これはなにかしらの魔術儀式なのでしょうか？」

「ちょ、ちょちょちょ、ちょっと待って。落ち着こうか、マギルカ。変なスイッチ入ってるわよ」

ちょっと憧れてた指切りに、まさかここまで喰いついてくるとは思いもよらず、私は慌てて彼女を落ち着かせる。

気がつけば、先ほどまでの緊張感はどこへやら。いつも通りのマギルカの雰囲気に私は感謝の気持ちで一杯であり、そんなことよりもっとあるだろとツッコミたくなるようなそのマギルカの好奇心に、クスッとしてしまうのであった。


「どうしましたの、メアリィ様」

「ううん、なんでもなぁ〜い」

思い出し笑いをする私に、マギルカが訝しげな顔で聞いてきたので、私は膝の上で丸くなっているリリィを撫でながらはぐらかす。

ポカポカ陽気に誘われて、リリィがフア〜と欠伸(あくび)をするので顎(あご)の方をウリウリと撫でてあげると、気持ち良さそうに目を細めていた。

(あぁ、和むわ〜。なんかの〜んびりした一時を過ごしたくなってきたわね)

「そうだ、療養に行こう」

私はのんびりしているリリィを眺めながら、ふとそんなことを口走る。

「いきなりどうしたのですか?」

「いや、リリィを見ていたらね。マギルカは療養中だし、この際療養しにどっか行こうかなっと思ったわけなのです、はい」

「療養のために……ですか。どこかございますの？」

「ん～、どこの街とかは答えられないけど。そうね～、あっ、温泉、こういう時は温泉と相場が決まってるものよっ」

マギルカの質問に、私はナイスアイデアとばかりにポンッと手を打って答えた。

「おんせん？」

そして、お約束かのようにマギルカはぴんときていない表情をする。

（はい、温泉ありませんでした。いや、このパターンは知らないだけで存在はするというパターンのはず。ないなんてことはないわよ、ねっ、神様）

「温泉っていうのはなんていうのか、こう、地熱で熱せられたお湯で作られた天然のお風呂って感じかしら」

「天然のお風呂ですか……私の周りでは聞きませんね……」

人というのはないと言われると欲しくなるものなのか、チラッと思っただけの提案だったのに、私の中で温泉に行きたい熱が沸々と沸き起こってくる。ちなみに私の周りでも聞かない。あったら、とっくの昔に私が入り浸り倒してるだろう。

（温泉といったら火山かな～。ここらで火山ってあったっけ？）

『ねぇねぇ～、メアリィ』

私がない知恵を振り絞って思案していると、暢気な声でスノーが話しかけながら私の頭をテシテシしてくる。

「なによ、スノー。今大事な相談中なの、おやつのおかわりなら後にして」

『失敬な、私はあなたみたいな食いしん坊キャラじゃないんだからねぇ～』

「ホホゥ、聞き捨てならないことを言ったわね。よぉし、戦争だ」

スノーの暴言に私は彼女を見ながらゆらりと立ち上がる。そんな私の笑顔を見てスノーが尻尾を垂らして後退りした。

『待って待って、暴力反対。私はただ温泉というモノに心当たりがあっただけよ』

「えっ、スノー、温泉の場所知ってるの？」

『う、うん、なんか泉から煙出てるなぁ～って興味本位に前足つっこんだら、お湯だったわ。びっくりしたから覚えてるのぉ～』

「マジでっ、えっ、どこどこ？」

『オッホン、では問題です。そこは一体どこでしょう～』

「はい？」

『ヒント、そこには一度行ったことがある～』

「え？　行ったことがある。はて、温泉があったならすでに入っているはずなんだけど？　え、もうちょっとヒントちょうだい」

『マギルカちゃんは行ってな～い』

「え？　マギルカは行ったことないの？　じゃあ、私が個人的に行ったのかな？　も、もうちょっとヒントを」

『ん～と、印象的には山というよりは渓谷～かな』

「渓谷……私が行ってマギルカが行っていないところ……あっ、はいはいっ！　分かった、ブラッドレイン城でしょう！」

『せ～いか～い。正解者には、私が貪り食ったお菓子の残りを差し上げます』

「いらんわっ！」

スノーとの問答を終え、ふとマギルカとテュッテを見ると微笑ましい表情でこちらを眺めていた。

「え、なに？」

「「いえいえ、お可愛いことで」」

二人がハモってそんなことを言うものだから、私は先ほどのやりとりを思い出して恥ずかしくなってしまう。端から見たら単なる独り言ではしゃいでいるみたいに見えたからだった。慣れというのは恐ろしいとつくづく思う今日この頃である。

「コホン……そ、それで、ブラッドレイン城に温泉があるっていうことなの？」

『城にあると言うよりは、その地域と言った方が正しいかしら～。ほら、あの城で待たされてたときに、ちょっと周辺をぶらついてたのよ～』

「なるほどね。確かにあそこは山々に囲まれてたものね～。でもな～、ブラッドレイン城か～、ヴィクトリカに会うことになるのかしら」

ん～と、私は悩ましげに天を仰ぎ見る。正直、あのお騒がせ吸血鬼には会いたくない。会ったが最後、妙なことに巻き込まれる気がしてならなかった。

「あの……無理に温泉とやらに行かなくてもよろしいのでは？」

私が渋っているせいで、マギルカが至極もっともな意見を言ってくる。

「いいえ、マギルカにはぜひとも温泉でゆっくりと療養して、温泉の良さを知ってもらいたいのよ。ついでに、私も温泉に入りたいぃっ！」

「ついでの方が、言葉に気持ちが籠もっていらしたのは気のせいでしょうか？」

「き、気のせいよ」

私の思惑を見透かすようなマギルカの言葉に、私は視線を泳がせながら誤魔化そうとする。

「そ、それに温泉回といったら水着回に並んで外せないイベントなのよっ！　だから、行かなきゃ」

焦ってなに言ってるのか、自分でも分からなくなっていくの図。

「なにがだからなのかよく分かりませんが、私のために無理をなさらないでください。どうしてもというなら個人的に……」

「分かってない、分かってないわよマギルカ……起伏に乏しい私だけが行っても撮れ高は足りないのよ。あなたじゃなきゃダメなんだからぁぁぁ」

もう自分でなに口走ってるのか分からなくなっていた私は、勢いのまま自虐に走ってしまい、拳を握って涙ながらに語った。

「……温泉に行きたいという情熱と、私に対してなにか失礼なことをおっしゃっているのだけは伝わりましたわ」

「…………」

私の熱弁空しく、マギルカは半眼になって私を見てくる。なんだか雲行きが怪しくなる一方で、私の焦りが絶賛上昇中である。

「行きたい、行きたい、温泉に行きたいぃっ！　マギルカと一緒に温泉い〜きた〜いぃっ！」

そして、私は最終奥義「駄々を捏ねる」を発動し、説得するのを放り投げる始末。

「分かりましたっ、分かりましたから落ち着いてくださいませっ」

「ほんと？　やったぁっ！　えへへ、だから、マギルカは好きよ」

予想通りマギルカが折れてくれ、私はパッと駄々を捏ねるのを止めて満面の笑みを浮かべながら喜んだ。

我ながらめんどくさい私だなと反省しつつも、なんだかんだ言っても優しいマギルカに感謝感激する私なのである。

「……もう、調子の良いお人ですね」

マギルカはほんのり頬を染めて、フンッとそっぽ向く。怒っているわけではなく照れているのだと、付き合いの長い私にはすぐに分かった。

「さてそうなると、いかにヴィクトリカに気づかれずにそこへ行くか、よね」

「いえいえ、そこは普通に挨拶しに行きましょうよ」

「えぇ〜〜」

「えぇ～～～ってあなた……」

　立場は変わったが、デジャヴを感じるやりとりに私は可笑しくなって思わず噴き出してしまう。

「そもそも、その場所はお城にあるのですか？　それとも近くの村とかにあるのでしょうか？　ただその温泉というのが、ちょこんとあるだけなのでしょうか？」

「そういえばそうよね。そこんところ、どうなのスノー？」

『うまうまっ♪　このお菓子美味しいわね～。私サイズに合わせてもっと大きなモノにしてくれないかしら～』

　私が話を振ると、振られた人というか神獣は、テュッテによって再び大量に装われたお菓子を貪り食っていた。

「おい、そこの食いしん坊。余所様のお菓子を貪ってるんじゃないわよ」

『モガガ……ングモグ……フガグガガ……』

「やぁね～、スノーったら。食べるかしゃべるかどっちかにしてちょうだい……って言うと思ったかぁぁぁっ！　あんた、口でしゃべってないでしょうがぁぁぁっ！」

　口をモゴモゴさせながら、私の頭の中に直接語りかけてくるスノーに、私は一人ノリツッコミをする。

『やぁねぇ～、あなたがよくやるのを真似しただけじゃなぁ～い』

「よぉし、良い度胸だ。表に出ろっ」

「あの、メアリィ様。お二人の会話は分かりませんが、話が逸れているということはなんとなく分かるので、話を戻してもらえますか？」

再びユラリと立ち上がる私に、マギルカがやれやれといった感じで私達の会話に割って入ってくる。

『え、えっとぉ、なんだっけ？　正確な場所だっけ？　そ、そうねぇ、お城からは離れるけどそんなに遠くはない～と思うけど、飛んでたから正確には分からないわね。見た感じ人気はなかったわよ』

「ふ～ん、近くに村がないのか～。くっ、残念。あったらお城すっ飛ばしてそこへ行ったのに～」

「まぁまぁ、そこは温泉へ行けると思って、妥協してくださいませ」

「う～ん、まぁ～、そうよね。うん、よぉし、温泉に行くわよぉ～っ！」

私一人だけオ～っと拳を掲げてテンションを上げていく。視界の端でテュッテがマギルカに頭を下げ、彼女が困ったような顔でなにか言っているのだが、気にしないでおこう。

（だって、温泉に行きたいからっ！　あると知った以上、もう私のこの想いは誰にも止められないわよっ！）

こうして、療養という建前で私達の温泉旅行が強引に決定したのであった。

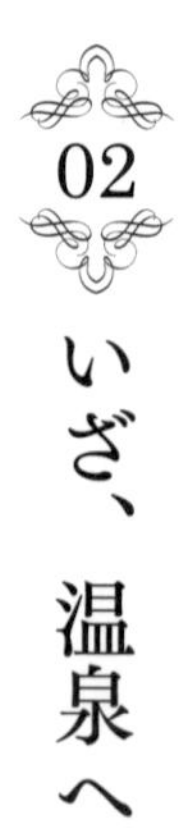

02 いざ、温泉へ

「というわけで、来ちゃった♪」

「なにがというわけなんですのぉぉぉっ！　変に愛嬌振りまかないでくれます、気持ち悪っ」

　翌日、私達はスノーに乗っけてもらってあっという間にブラッドレイン城へと到着し、例のショートカットを利用して中へ入った後の会話である。

「きもっ……な、なによ、せっかく遊びに来たのにその態度はっ」

「文一つもよこさずいきなり来るような人が、なにを偉そうに語っているんですのっ、おバカなのですか、おバカなのですねっ。やぁ～い、バ～カ、バ～カッ」

「バカっていう子がバカなんですぅ～っ」

「にゃにをぉぉぉっ！」

　はい、出会って二秒で私とヴィクトリカは詰め寄り言い争っていた。

「やはりこうなりましたか」

「こうなりましたね」

　私とヴィクトリカがいがみ合っていると、後ろでテュッテとマギルカの溜め息混じりな会話が聞こえてくるが、致し方ないのだ、だって自然とそういう流れになってしまうのだから。これが私と彼女のコミュニケーションなのだと、受け入れてもらうしかない。

「お嬢様、お客人にその態度ではブラッドレイン家当主の格が落ちますよ」

「そうですよ、お嬢様。レガリヤ公爵令嬢としての品位をお考えください」

「うぐ……」

各々の専属従者に同時に諭されて、同じように固まる私とヴィクトリカ。

「急に訪れたご一行にどうしようどうしよう、おもてなしの準備をしなきゃと先ほどまでウキウキわちゃわちゃしていた可愛らしいお嬢様だったくせに」

「うっわぁぁ、うっわぁぁぁぁっ！」

オルバスの暴露に、ヴィクトリカが真っ赤な顔して彼を隠すように両手をぶんぶんと振る。

（ホホウ、なんやかんや言って可愛らしい奴よのう。このツンデレちゃんめ）

「そうですよ。ここに来るまでに手紙出さなかったけど大丈夫かなっとか、お土産なにが良いかなっとか、ウキウキわちゃわちゃしていた可愛らしいお嬢様でしたのに」

「うっわぁぁ、うっわぁぁぁっ！」

私がヴィクトリカの可愛い一面にほくそ笑んでいると、後ろのテュッテからまさかの暴露話に、私まで恥ずかしくなって慌ててヴィクトリカと同じ行動をとってしまう。

「そうですね。いろいろ迷った挙げ句、私にしつこいくらいこれで良いかな、これで良いかな、喜んでくれるかなっと聞いてきた品ですわ」

「はきゃぁぁぁっ！　マギルカまでぇぇぇっ！」

私が羞恥にアワアワしている中、マギルカまでもが余計な一言を添えてきた。

ものすごく恥ずかしくなってヴィクトリカが見られなくなり、それでも彼女の反応が気になって私はチラチラ彼女を見てしまう。向こうも同じなのか、パッと視線が合ってパッと逸らすという行動を繰り返していた。

「……す〜は〜……す〜は〜……」

そんなむず痒い一時の中、ヴィクトリカが落ち着こうと深呼吸を始めるので私も釣られて深呼吸を繰り返し、動揺を落ち着かせていく。

「……って、なに用ですの？　まさか本当に遊びに来ただけとかじゃありませんよね」

「えっ、遊びに来ただけだけど？」

「は？」

「あっ、まぁ、厳密に言うと療養しに温泉に来たってところかしら」

私の物言いに一瞬ポカンとするヴィクトリカを見て、言葉足らずだったと私はすぐに話の補足をする。そして、部屋に案内されながらこれまでの経緯を彼女に語るのであった。

「……なるほど、マギルカさんも大変だったのですね、無事でなによりですわ。それにしても、温泉ですか……」

話を聞き終わったヴィクトリカがマギルカを気遣い、なにやら思案し始める。

「……オルバス」

「はい、お嬢様」

「……温泉ってなんですの？」

（あなたもかぁ〜いっ！）

もの凄く真剣な顔で後ろの執事に問うヴィクトリカに、間髪を容れず心の中でツッコミを入れてしまう私。

「う〜ん、どこかで聞いたことのある単語なんですけど、ピンときませんわね」

「自然に沸き立つお湯の泉ですね。城周辺にはありませんが、離れた山脈の一部に見られます。昔、一度だけ近くを視察したので聞いたことがあるのかと」

「あ〜、はいはい、あれですわね、思い出しましたわ。まぁでも、天然だろうと人工だろうと、お風呂はお風呂なのですから大して変わりはないでしょう」

「異議ありっ！」

二人の会話を聞いていた私は、聞き捨てならない温泉の評価に異議を申し立てる。

「温泉にはね、ただ水を沸かしたお湯とは違って、効能というものが大抵はあるらしいわよ」

「効能？　身体強化効果みたいなものですの」

「そんな魔法みたいな効果は……いや、どうなんだろう」

ヴィクトリカの質問に私は考え込んでしまう。というのも、ここは魔法が存在する世界だ。私の知っている効能とは違った不思議な効果があっても、不思議ではないだろう。

「まぁ、私が知っているところだと、お肌がツルツルの美肌になるとか」

「美肌っ」

私の説明にパッと反応するマギルカとヴィクトリカ。うん、乙女やのう。

「後は、血行が良くなって腰痛、肩こり、筋肉痛に効くとか」

「肩こりっ」

なぜかここでマギルカだけが反応する。うん、なぜかだ。理由は私には全然これっぽっちも分からない。分からないったら、分〜か〜ら〜な〜い。

「ふ、ふ〜ん、そうですの。ま、まぁ、せっかくだし、どうしてもというのなら皆様と一緒に見に行ってあげなくもないですわ。でもねぇ、人に物を頼むのならそれ相応の態度というものがありましてよ」

「よぉし、まずは温泉見に行きましょう、行きましょう」

ふんぞり返るヴィクトリカの戯言(たわごと)を無視して、私はさっそく温泉へと向かうべく、マギルカの手を取って外へと向かうのであった。で、取り残されたヴィクトリカがふんぞり返ったまま、固まっている。

「…………ちょ、ちょっと、お待ちになって。私も行きますのぉ〜」

ほんの少しだけ我慢していたが、限界が生じたのか慌てて立ち上がり、私達を追いかけるヴィクトリカであった。ちょっと涙目だったのが可愛かったりする。

私達はとりあえず、スノーが見つけたという温泉へと向かっていた。

お城からちょっと飛んだところにあるということで喜んでいたのだが、道中の景観を眺めていると、私の中にあるテレビやネットで観た日本の風情ある温泉風景というものが色あせていくのを感じた。

なぜなら、ヴィクトリカのお城周辺はおどろおどろしいのだ。こんなところに沸き立つ泉があったら私はやばい沼だと思って避けてしまう自信がある。

そして、私のイメージを裏切るものがまた一つ……。

『はぁ〜い、ここよぉ〜』

「ちっさっ！」

案内人のスノーがフンスッと鼻息荒く紹介したその温泉は……。


小さかった。


(これは私のイメージしていた温泉となんか違う。もっとこぉ〜、大きくてぇ〜、皆で入れるモノを想像していたのに。これじゃあ、子供が一人入れるかどうかくらいじゃない)

とはいえ、大きさまで確認しなかった私が悪いと言えば悪いので、もう頽(くずお)れるしか私にはできなかった。

「違うのよぉ〜、スノー……もっと大きいのを私は求めてたのぉ〜」

しかないとかいって、要望だけはとりあえず伝えとく私がいる。

「もっと大きいのですか。それでしたら、現地に住んでいる者に聞いてみましょう。なにか分かるかもしれませんわ」

「住んでいる者？　もぉ～、村があるなら先に言ってぇ、よ？」

ヴィクトリカの提案に現金な私は復活するかのようにスッと立ち上がる。と、彼女がなぜか大きく口を開けていたので訝しんだ。

「どしたの、ヴィクトリカ。バカみたいに大きな口開けて……欠伸？　眠いの？」

「はむっ……」

私はほとんど反射的に、目の前で大きく開けていたヴィクトリカの口に指を入れてしまう。彼女も反射的に口を閉じて、私の指を咥える状態になってしまった。

「バッ、ちょっ、ぺぺペッ、欠伸しているのではないですわよっ！　眷属を呼んでいるんですのっ！邪魔しないで下さるっ！」

一瞬の間の後、ヴィクトリカが文句を言いながら後ろに下がった。

「なるほど、蝙蝠みたいな超音波的なものね。これは失礼」

「ちょうおん……んまぁ、良いですわ。それより、お二方、腕をこう横に上げて下さいます？」

そう言ってヴィクトリカが案山子のようなポーズを取るので、私はマギルカの方を一度見て確認してから、釈然としないまま一緒に両手を上げる。

すると、バササバサッとなにかが近づいてくる音がしたかと思ったら、腕に重みを感じた。なにかと思って見てみたら……。

それは蝙蝠だった。

蝙蝠が二匹、私の上げた両腕に綺麗にぶら下がっている。

「あの……こちらが現地に住んでる……方達なのでしょうか？」

私が自分の腕にぶら下がっているモノを呆けて見ていると、マギルカが代わってヴィクトリカに質問してくれる。私はマギルカにもぶら下がっている蝙蝠と、自分の蝙蝠を交互に見続けた。

「ええ、ここら一帯を徘徊コースにしている現地の方々ですわ」

それを果たして住んでいると言うのだろうかと思うところはあるのだが、それよりもとりあえず聞いておきたいことを私は優先することにする。

「あのさ、なんで私達にぶら下がってるわけ？」

「そんなの決まってますわ。近くにぶら下がるものがないからですの」

「……百歩譲って止まり木扱いは許すとして、せめて腕の上に乗っかってくれない？　そっちならまだ許せそうなんだけど」

差し出した腕の上に動物が乗るというシチュエーションなら、まだ絵面的にも許せそうなのだが、逆さまにぶら下がっているとなると、間抜けそうでなんかやだ。というわけで、リテイクをお願いしてみる。

「フッ、これだから素人は……蝙蝠は逆さまの方が映えるのですわよっ！」

なんかカッコつけて変なポーズ取りながら、なんかわけの分からないことを主張するこのポンコツ吸血鬼。

「だっ……」

「あの、重いので早く話を進めて下さい」

私が言い返そうと口を開けると、それを遮るようにマギルカが催促してくる。それもそうかと私は色々言いたいことがあるのをグッと堪えて、ヴィクトリカに向かって「さぁ、やれ」とぶら下がる蝙蝠を軽く揺らしてみた。

ヴィクトリカはなんか釈然としない表情のまま蝙蝠達に話しかけ、蝙蝠達がそれに答えるようにキイキィと鳴く。

（へ～、これってもしかして会話しているのかしら？　さすが吸血鬼、アンデッドの頂点っ）

「ふむふむ、なるほど、なるほど……分かりませんわ」

「なるほどじゃないわよっ！　会話できないのか、このポンコツ吸血鬼。私の感心を返せっ」

「なっ、誰がポンコツですってっ！　会話ならできますわよ、ただ意味が分からなかっただけですわ。早とちりしないでください、このポンコツ聖女っ」

「あぁ～、そうなの、ごめんね。でも、誰が聖女ですってぇ、訂正しなさい」

「怒るところがズレてますわよ。ポンコツの方を指摘しなさいな、このポンコツ」

「にゃにを～。私にとってはそっちの方が問題なのよっ」

「ポンコツより聖女の方が問題っておかしいでしょっ、バカなの？　あぁ、バカなのですね、やぁ～い、バ～カ、バ～カ」

「バカって言う子がバカなんですぅ〜」

「きぃぃぃ〜っ、その言い方むかつくぅぅぅっ」

私とヴィクトリカがヒートアップし、お互い詰め寄って再び低レベルな争いを勃発させる。蝙蝠ぶら下げているので端から見ると間抜けに見えそうだが……。

「二人ともそこまでですっ！　喧嘩しないようにって、テュッテ達にも言われたでしょうっ」

横からマギルカが割って入り、いきなり怒られた私達はヒートアップから一転してシュンとなってしまった。びっくりしたのは私達だけではないみたいで、蝙蝠達も慌てて私達から飛び立つ。

「……だって、ヴィクトリカがぁ……」

「……だって、メアリィがぁ……」

そして、解放された腕でお互い指さしあって言い訳し始める同レベルな私達。

ちなみにテュッテとオルバス、リリィはお城に残っている。

今回は温泉を確認するだけなので、そんなに時間はかからないだろうからお留守番だ。

普段なら私のフォロー、主にやらかしを防ぐためについてきてくれるテュッテなのだが、彼女には城に残ってもらっている。なぜなら、ヴィクトリカが私達の歓迎準備をするようにオルバスに伝えていたからだ。

テュッテにはアンデッド視点の歓迎会ではなく、人視点の歓迎会になるように監視してもらうため、断腸の思いで残ってもらっている。でないと、ヴィクトリカ達の感性ではなにをしでかすか分かったものじゃない。

しかし、解せないのはそうと決まったら、即座にテュッテとオルバスがマギルカに、私とヴィクトリカについてなにやら注意点というかアドバイス的なものを私達に聞こえないところでレクチャーしていたことだ。

(私達って、そんなに問題児なのかしら？)

「はいはい、二人ともごめんなさいして。それで終わりです」

「「…………」」

「……お二人とも、ご・め・ん・なさいはぁ～」

話が逸れたがお互い意地を張っていると、マギルカが笑顔で私達に詰め寄ってくる。その笑顔とは裏腹にえも言われぬ圧が私達を襲ってきた。

「「……ご、ごめんなさい」」

そして、私達は揃ってマギルカに向かって謝っていた。

「はぁ～……それで、ヴィクトリカ様はなにが分からなかったのですか？」

一回大きな溜め息を吐き、マギルカが話を進めてくる。

「……彼ら曰く、オンセンナイ、イセキアル、ですの」

「なぜに片言……」

ヴィクトリカの翻訳についついツッコミを入れてしまう私。

「う～ん……単純に考えますと温泉はない、遺跡ならあるってことでしょうか。でも、遺跡の有無を教える意味が分かりませんから、おそらく求めるような大きな温泉はここにはないけど、遺跡になら大きな温泉があるということでしょう」

「「おぉ〜〜〜っ」」

マギルカの考察に、私とヴィクトリカが揃って感嘆し拍手する。

「いえ、ちょっと考えれば分かることかと思いますが」

「「……………」」

ジト目で見てくるマギルカに、おっしゃる通りだと、考えることすら放棄していた私とヴィクトリカはん〜と口を引き結んで視線を逸らす。

こういった考察時は後ろからさりげなく助言してくれる存在がいたので、無意識に頼りきっていたのだなぁと私は自覚する。

おそらくヴィクトリカも同じことを考えていただろうから、なにも言えないのだろう。なので、私は早々に話を進めることにした。

「い、遺跡なんてあるの、ここら辺？」

「ん〜……あっ！　ありますわよ。お父様が当主の時代にアンデッドが映える場所といったら古代遺跡だろうということで、遺跡をお作りになったそうですの。そういえば、その遺跡周辺の視察に一度行ったとき、温泉の話を小耳に挟んだのですわ」

「ふ〜ん、そうだったの。でもさ、遺跡って作るもんだっけ？　なんか違うような気がするんだけど、気のせいかしら？」

ヴィクトリカがふんぞり返って答えたその内容に、私は疑問を抱く。それではなんか、そういう催しをするためのアトラクション施設に見えてしまうではないか。

「遺跡なんて都合良くあるわけないのですから、作るのが当然でしょう。まぁ、作っているところを見られたくなかったから秘匿してしまって、結局完成してもだ〜れも知らなくて、だ〜れも来なかったらしいですわよ。で、お父様は不貞腐れてそのまま遺跡を放置してしまったらしいですわ」

「完全にアトラクション感覚じゃないのよ。ダメよ、ちゃんと宣伝しなきゃ。黙ってても人は来るなんて都市伝説よ」

「トシデンセツ？　まぁ、それは置いといて、そこら辺詳しく」

「へ？　そこら辺ってどこら辺？」

「宣伝ですわよ、宣伝。あからさまにありますよ〜ではなくて、こう、知る人ぞ知るみたいにするにはどうすれば宜しいんですの？」

「それはぁ〜、え〜……ん〜……分かりません」

「チッ……使えない聖女ですわね」

「だぁ〜から、聖女って言うなって言ってるでしょうがぁっ！」

「あだだだだだだっ！」

ヴィクトリカに舌打ちされて使えないとか言われた腹いせに、私は彼女にアイアンクローをお見舞いする。

「はぁ〜……はいはい、じゃれ合ってないで、その遺跡とやらに行ってみませんか？」

私達のやりとりを最後まで見守っていたマギルカが、深い溜め息と共に私達を促してきた。

「じゃ、じゃれてるわけじゃないわよ」

「そ、そうですわ。こんなのとじゃれるくらいなら、スケルトンとじゃれあいますわよ」

「ほほぉ、言ってくれるわね。よし、戦争だ」

「あぁ〜もぉ〜、私は先に行きますからお二人で仲良くそこで遊んでいてください。行きましょう、スノー様」

私達が再びいがみ合うと、マギルカは呆れたようにどこかへ歩き出した。それに付いていくスノーを見て私は慌て出す。

「ま、待ってよ、マギルカ」

「そ、そうですわ、お待ちになってください」

二人してオロオロしながらマギルカの後を追いかけていくが、よくよく考えるとマギルカが遺跡の場所を知っているわけではないので先に行くことはできなかった。

私達を落ち着かせるために、わざとそう言ったのだと私は後で気が付く。

私達の扱いが上手くなってきたみたいで、さすがはマギルカと称賛を贈りたいものだ。

こうして、私達はヴィクトリカのお父様が作ったパチモンの遺跡へと向かうのであった。

（あれ？　私は温泉に入りに来ただけなんだけど……なんかどんどん話がややこしくなっている気がするような……）

03 遺跡探索とは？

その遺跡は山々に囲まれ、見つけにくい所に存在していた。

山をくり貫き作ったみたいで最初に見た瞬間は、どこかのアドベンチャー映画を観ているかのような感動を覚え、思わずお～っと声を漏らしたくらいである。

中に入るとそこは大きくドーム状になっており、芸術的な石像や石柱が風化したように崩れてその面影だけを残していた。またそれが良い味を出しており、パッと見、随分昔に建造されたものだと錯覚してしまう。が、これはパチモンである。もう一度言おう、これはパチモンであって、なにかしらの先文明の名残とかそういったロマンはないのだ。

「あのさぁ……今更感があるんだけど、なんで古代遺跡に温泉なの？」

本当に今更感があるのだが、私は前を歩くヴィクトリカに聞いてみた。

「さあ？　お父様は思い立ったら即行動。考えるのは終わった後の反省会で一緒にするというのがモットーでしたので。まぁ、途中で温泉でも見つけて軌道修正してしまったのかもしれませんわね」

「そんな行き当たりばったりな……」

いろいろ言いたいことはあったのだが、余所様の家のことをあれこれ言うのも無粋かと思い、私はこの吸血鬼一族のことは深く考えないことにした。

（ほら、あれよあれ、あの魔法の言葉。だってレリレックス王国だからぁっの派生系よっ）

「……オホンッ……あ～、それにしても、凝ってるわね。裏事情を知らなかったら本当に古代遺跡と思うかも」

「くっくっくっ、これが我がブラッドレイン家の本気ですのっ」

私が遺跡を眺めてお上りさんになっているとヴィクトリカが自分がやり遂げたみたいにドヤッてきた。本気出して本格的な遺跡作るような職人気質を果たして「さすが、吸血鬼」と称賛すべきか甚だ疑問ではあるが……。

「確かに……これなら冒険者の方々にもなにかの遺跡じゃないのかと思われそうですね。遺跡調査に学者様も来てしまうのではないでしょうか」

「そうでしょ、そうでしょ。まぁなんてったってブラッドレイン家の本気ですからっ！」

マギルカがよいしょするので、どんどんつけあがっていくヴィクトリカではあるが、吸血鬼として本当にそれで良いのか、お前様よ。

「遺跡調査の学者さんか……考古学者っていうのよね。どんな感じの人なんだろう。学者さんのイメージって線が細くて眼鏡をかけた優男風みたいな感じなのよね」

「はぁ？　なにを言っていますの。考古学者は危険な遺跡を巡っているのですから、トラップやモンスターと渡り合える筋骨隆々な男性に決まってるでしょう」

「いやいやいや、そういうのは冒険者に任せるものでしょ。分かってないわね～、ヴィクトリカは」

「いえいえいえ、資金面や効率を考えたら自分の身一つで調査に行く方が良いじゃないですか。分かってないですわね～、メアリィは」

考古学者に勝手な妄想を繰り広げた挙げ句に、解釈違いで衝突する私達。

喧嘩はダメとマギルカに怒られたばかりなので、お互い笑顔のままでなんとかステイしているが、こめかみあたりがピクピクしており今にも爆発しそうであった。

「ん～、声がすると思いきや。お～い、君達っ、こんな所でなにをしているんだいっ！　ここは危険だよぉっ！」

私達が不穏なオーラを醸し出しあっていると、男性の大きな声が響いてきた。慌てて辺りを見回すが人影は見あたらない。

「はははっ、驚かせてしまったようだね。上だよ、上。遺跡の調査中でね。ちょっと待ってて、今、降りるから」

「上？」

言われて私は見上げると、暗く高い天井付近でなにかが動くのを確認できた。どうやら、天井にあるなにかを調べているようだ。見た感じ一人のようである。

「遺跡を調査……もしかして考古学者さんかしら。まさか、こんなに早く会えるなんてね」

「くっくっくっ、ちょうど良いですわ。これでどちらが正しいのかはっきりさせようじゃありませんか」

「ふっ、望むところ……」

「とぉっ！」

「「「とお？」」」

ヴィクトリカが挑戦的な顔で私を見てきたので、対抗してなにか言おうとしたところ、上の方から予想外な掛け声が聞こえてきた。

ポカ～ンと私達が見上げると、それはズドォォォンとけたたましい音を鳴らして落ちてきた。そう、天井というからには縄かもしくは魔法で浮いていて、ス～ッと降りてくるのかと思いきや、落ちてきたのだ。ここの天井はかなり高く、飛び降りて良い高さではないはずなのに……。

「「「…………」」」

「ん？　これはこれは、随分と可愛らしい子達が迷い込んだものだね」

「「「…………」」」

そんな高さを物ともしない安定した構えのまま着地した男性に対して、私達は無言になる。というのも、登場の仕方もさることながら、そのルックスが私とヴィクトリカを無言にさせた。

シュッとした顔立ちにボサボサの長い髪を後ろで縛り、丸みのある眼鏡をかけた優しそうな青年。正に私が思い描いた学者さん風な顔立ちだった……のだが、その下が……その下が予想外だった。

彼は想像以上に長身で、私の父に負けず劣らずのガチムチマッチョな青年だったのだ。薄着なうえにシャツとかパンパンなせいで余計そこら辺が誇張されており、下だけ見たら屈強な狂戦士が鎧を脱ぎ捨てた感全開である。

まぁ、とにかくなにが言いたいのかというと、二人の意見が混ざり合ったルックスだったのだ。

私はこれを別々にして想像していたので、まさか合成されてくるとは思いもよらず、線の細いイケメンのフェイスをボディービルダーの体に雑コラしたような錯覚に襲われて、脳が目の前の光景を処理できなくなっていた。

「……ど、どうも……冒険者の方ですか？」

唖然と見上げていた私とヴィクトリカを尻目に、復活したマギルカが応対してくれる。

「はっはっはっ、僕の名は『ファルガー』。よく聞かれるけど、見ての通りそこら辺にいる、ありふれたただの考古学者さっ」

「「うっ――」」

爽やかボイスの回答に私とヴィクトリカが思わず「うそだぁっ」と言いそうになり、お互い「失礼だろっ」と咄嗟に相手の口を塞ぎあう。

とりあえず私の考古学者像の件は置いといて、あちらが名乗ってきたので私達も名乗っておくことにした。

が、若干一名、その正体を隠すべきかどうか一瞬悩み、私はヴィクトリカを眺めてしまう。それを自分で名乗れと勘違いしたのか、ズイッと前にでて胸を張るヴィクトリカ。

「くっくっくっ、我が名を聞き、恐怖と絶望に震えるが良いですわ。我が名はヴィクトリカッ！　最強にして最古の吸血鬼、ブラッドレイン家の当主であぁるっ！」

私の心配を余所に、なにも知らない一般市民にぶちまけるこのポンコツ吸血鬼。

実際は話せば分かる理知的生物であるヴィクトリカではあるが、広く一般的に伝わる伝説の吸血鬼は、人の血を吸い破滅をもたらす悪しき魔物とされていた。いわゆる、害悪的ポジションだ。

もしかすると、ファルガーさんはそういったモノを許すまじな人かもしれないのに……。

「きゅ、吸血鬼……しかも、伝説のブラッドレイン家……」

やはりと言って良いのか、ファルガーさんが驚くような反応をする。

彼が万が一にも我々を危険視したのなら、このポンコツ吸血鬼を日光浴の刑に処して危険人物ではないアピールをしよう。

エルフの時はこれでなんとかなったのだから、今回も……というわけで、私はス～ッとドヤッているヴィクトリカの後ろに回り込む。

「そうかそうか、お嬢ちゃんは吸血鬼の伝説に興味があるんだね。でも、空想の人物、一族を高らかに名乗るのは宜しくないと思うよ。ましてや、当主などとは盛りすぎじゃないかな」

「だぁれが空想の人物ですのっ！　私は正真正銘、最古のぉんぐっ」

「あはは、もぉ～この子ったら初対面の人に困ったものね～。すみません、この子ったら吸血鬼の伝説が大好きでして～、時折、なりきっちゃって、ほんと、軽く流していただけると幸いです」

「ああ、なるほどなるほど。そうだね、気持ちは分かるよ。僕もロマンを追い求めるあまり、妄想にドップリとハマったことがあったなぁ～。いや、すまないすまない。そうだね、吸血鬼はきっといるよね」

ファルガーさんが爽やか笑顔でどこか遠くを懐かしむような素振りを見せた。

大事にならなかったのは良いことなのだが、考えなしに私は彼の言葉に乗っかってしまい、結果ヴィクトリカが妄想癖の強い子として扱われることになってしまった。

（うんまぁ、ヴィクトリカには悪いけど、このままちょっぴり痛い子としていてもらおう）

「と、ところで、ファルガー様はどうしてこちらに？」

「ははっ、様なんて柄じゃないから〝さん〟くらいで良いよ。もちろん学者として調査に来たんだ。いや〜、こんな所に遺跡があるなんて知らなかったよ。周辺にそのような伝承なんてなにもなかったからね」

（それはパチモンだからじゃないでしょうか……）

慌てて話題を変えてきたマギルカの問いを受けて、興奮気味に答えるファルガーさんに、私は心の中でツッコンでみる。

「それで、君らみたいなお嬢ちゃん達がなんでこんな所へ？」

「なんでって、私達は温せ――」

「あぁぁぁ〜っ！　実は私達もこの『謎の古代遺跡』の秘密を探るために来たのですわっ」

ファルガーさんの質問に私は何の迷いもなく温泉を見に来たと告げようとしたが、解放したヴィクトリカに今度は私が口を塞がれ、彼女は妙なことを彼に告げるのであった。

「ちょっと、なに言い出すのよ、ヴィクトリカ」

「宣伝ですわよ、宣伝。あの自称考古学者にこの古代遺跡の存在を伝えてもらう為にお父様が作ったのではなく、本当の遺跡だと思いこませるのですわ。くっくっくっ、我ながら機転の利いた名案ですの」

「……そんな行き当たりばったりなことを〜」

「あなたが宣伝しろって言ったんでしょ。代案があるなら今すぐ言ってみなさいな。ほらっ？　ほぉ～ら？」

「うっ……ありません」

「では、お黙りですの」

「うぐぐぐぐ……マギルカァ～、ヴィクトリカが苛めるぅ～」

「ちょ、ちょちょちょ、ちょっと、メアリィ様。急に抱きつかないでください」

ファルガーさんに背を向け、ヒソヒソ話をしていた私は、ヴィクトリカに言い負かされて隣で見守っていたマギルカに慰めてもらおうと抱きつくのであった。

「ふむ……君らみたいなお嬢ちゃん達がこの遺跡に……はっ、もしかして先ほど言っていたことと関係が……しかも、神獣らしきモノを引き連れるほどの……」

ファルガーさんがブツブツと呟きながら私達を見、そして後ろでのほほんと毛繕いしていたスノーを見ながら一人でなにかを考察していた。

（ん～、これ以上ややこしくなるのは避けたいから、とっとと温泉を確認しよう）

「えっと、この遺跡はここ以外になにかありましたか？」

「ん～、そこなんだけど、ここ以外で先に進むところがないんだよ。通路はあったんだけど、行き止まりでね」

さりげなく温泉の存在を聞いてみると、予想外な回答がきた。

「どういうことよ、ヴィクトリカ」

「どうと言われましても、作ったのはお父様だし、私は一度もここへは来ておりませんから分かりませんわ」

再びファルガーさんに背を向け、コソコソ話をし始める私とヴィクトリカ。

「でもね、その行き止まりの壁が怪しいんだ。調べてみたらそれは扉じゃないのかと思えてきてね。なにか開けるヒントでもないかと調べている最中だったんだよ」

興奮気味に説明しながら歩き出すファルガーさんに、私達は自然と付いていく。スノーには、なにかあるかもしれないので、保険としてここに残ってもらうことにした。

というか、この駄豹、明らかに面倒くさくなって温泉が見つかったら教えてねとお昼寝しよったのだ。

程なくして大きな壁にたどり着くと、私はその精巧な作りの大きな壁をほあ〜っとお上りさんよろしく見上げてしまう。確かに見ようによっては扉にも見えたが、ドアノブもなく押したり引いたりできそうになかった。

「……メアリィ様。転びそうになってうっかり壁を破壊しないで下さいね」

「……マギルカ、それはやれという振りかしら？」

「そんなわけないでしょ」

「で〜すよねぇ」

ファルガーさんの後ろで今度はマギルカとコソコソ話をし出す私。内緒話が多いなぁと思いつつもマギルカに確認してみれば、ジト目で返されて深読みし過ぎた自分に反省をする。

「あら？　これはぁ〜」

私達がコソコソ話をしていると、ヴィクトリカが壁になにか気になるモノを見つけたらしく、しげしげと見つめていた。

「ほほぉ、そこにいち早く気が付くとはこの遺跡に訳ありで来るだけのことはあるね」

ヴィクトリカの行動にファルガーさんがニヤリとする。完全に置いてきぼりを食らった私とマギルカは揃って首を傾げていた。

「それはこの遺跡を作った古代文明の文字ではないのかと僕は考えているんだよ。見たこともない記号なので憶測の域だけどね」

クイッと眼鏡をかけ直して学者さん風に格好良く語るファルガーさんだが、私はいまだに雑コラ感が拭えずモヤッとする。確かに壁には私の知らない模様が刻まれていた。それが文字と言われればそれっぽいのだが、一体どこの文字なのだろうか、私も全く見当がつかない。

「あっ、なるほど。そうですわね、そうそう、これはこの遺跡を作った今は失われし謎の古代文字ですの」

明らかに今便乗しましたみたいな反応で、手をポンと打ちながら答えるヴィクトリカ。

（大丈夫か、そんな行き当たりばったりな返答で）

「ん？　言い切るところを見るともしかして君達はこれが読めるのかい？」

（おぉっとぉ、ここでまさかのとばっちりだぁい）

「いえ、私達は無関係です。あるとしたらヴィクトリカだけですよ」

というわけで、すかさず笑顔で逃げる薄情な私。実際読めないので嘘は言ってない。マギルカもコクコクと私に同意するように頷くと、残されたヴィクトリカに皆の視線が集まった。

「へ？　あ〜、ん〜……くっくっくっ、そこに気がつくとはさすがですわね。仕方ないですわ、ここは特別に我が叡智の記憶で解読してあげましょう」

「ほうほう、そんな能力が」

「……紐解け、我が叡智の記憶っ」

グイッと背筋を反らし、右手を天井に左手を眼帯にあて、片足を上げた妙なポーズを決めこむヴィクトリカはそのまま横目で壁を見つめていた。

なぜそんな数秒で全身がプルプル震え出して今にも倒れそうなポーズをいちいち取ったのかと、小一時間問いつめたいところだ。

(痛い、痛いよ、ヴィクトリカ。せめてちゃんとした魔法でやって欲しかったわ、そういうことは。そもそもファルガーさんには痛い子だって思われてるだろうに、そんなんじゃ、完全に痛い子認定されちゃうよ)

「おおっ、これは……もしかして先祖代々に伝えられた儀式的ななにかだろうか……ふむふむ」

さすがにおかしいと思われるかと思いきや、どうやらこの考古学者様は斜め下暴投気味な解釈で一人考え込んでいた。なんとなくだが、この人からポンコツ臭がしてくるのは気のせいだろうか。

「くっくっくっ、解読できましたけど高度な言語のためこちらの言葉でどう伝えたら良いのかお二人と相談しますわね」

今にも倒れそうだったポーズを解くと、ヴィクトリカはそそくさと私達に近づいてくる。

（え〜と、それはつまりこの後どうして良いのか分からないので、二人とも助けて下さいということかしらね）

「僕も微力ながら手伝おうかい？」

「くっくっくっ、我らが高貴な神域に部外者が触れることはできませんわ。聞き耳を立てず、大人しくそこで待ってて下さい」

ヴィクトリカの言葉に当然のごとくファルガーさんが助力しようとしてくるので、彼女は慌てて拒否るのだが、高貴な神域とはなんぞやとツッコミたくなりそうだった。

（さり気なく我らとか言って、私達を巻き込まないで欲しいのだが）

些か不満を抱きながらも私とマギルカはヴィクトリカに手を握られ、彼から離れていく。

「だ〜から行き当たりばったりは止めろと言ったのよ。あれだって文字でもなんでもないんじゃない？　素直に謝ったらどうなの」

「失敬ですわね。あれはちゃんとした文字ですわよ。我がブラッドレイン家にだけ伝わる闇の暗黒文字ですわ」

「……闇で、暗黒ってあなた……」

再び円陣を組んでコソコソ話を開始する私達。

「そのような文字があるなんて知りませんでした。もしかして吸血鬼一族だけに代々伝わる隠された特殊な文字、とかなのでしょうか？」

私がそのネーミングセンスに呆れていると、マギルカは知的好奇心に勝てないのか、ちょっとウキウキした感じで質問してきた。

「いいえ、そんな大層なものではありませんわよ。お父様が突然三日三晩寝ずに考えて自慢してきた『俺が考えた最高にクールで格好良い形のオリジナル文字』ですわ。読めるのはお父様とその格好良さに共感した私くらいですけどね、くっくっくっ」

「親子揃って中二病か？」

「ちゅうにびょう？」

「……なんでもないわ、続けて」

ヴィクトリカのあんまりな返答に私は思わずツッコミを入れてしまって、慌ててはぐらかす。

「えっと、読めるのでしたら、そのままファルガーさんにお伝えすればよろしいのでは？」

「いやですわよ、せっかく盛り上げたのにあの内容では」

高度な言語とか言いながら、その実ただの創作文字というオチをつけておいて、なぜかヴィクトリカはそれを伝えるのに気乗りしていないみたいだった。

「ちなみに、なんて書いてあったの？」

「ようこそ、夢の古代遺跡へ。入場希望の方は、入り口横におります受付係までお申し付け下さい……ですわ」

「ん～、ごめん。あなたのお父様は古代遺跡をなんだと思ってるの？」

遺跡とテーマパークを履き違えているとしか思えないその文章は、せっかくの謎多き遺跡感を台無しにしていた。これではほんとに遺跡タイプのアトラクション施設である。

「そうですわよ。せっかく作った古代遺跡に、そんなどこの遺跡にもありそうな定型文で出迎えるなんてありえませんわ」

「ん～、ごめん。あなたも古代遺跡をなんだと思ってるの？」

ヴィクトリカといまいち意思疎通ができなくて、私は目を閉じ項垂れながら眉間を軽く押さえる。

「じゃあ、あなたの中の遺跡像では、今私が言った内容をどう伝えるのか教えてくれません？」

「え？　えっとぉ……」

ヴィクトリカに問われて言い淀む私。よくよく考えてみると遺跡という物をよく知らない私は映画やアニメなどに出てくる情報しかなかった。もしかしたら、遺跡の入り口にはヴィクトリカが言う文章が普通に書き込まれていて、私が非常識なのかもしれない。

「マ、マギルカはどう思う？」

頼れるメイドが不在なので、自然と私は頼れる友人に話を振ってみた。

「そうですわね。謎の古代遺跡感を出したいのなら、もっと文章を直接的ではなく、遠回しに謎めいた感じにしてみてはどうでしょうか？」

「なるほどっ」

「では、とびっきりの謎めいた言葉で伝えましょう、くっくっくっ」

マギルカの助言に納得して、なにやら得意げにヴィクトリカはファルガーさんの下へと向かう。

「そこの文字を解読しましたわ。よく聞きなさいっ」

ヴィクトリカは、バッと手を振ったかと思えば、そのまま顔に近づけなにやらよく分からないポーズを繰り出す。

（この子はなにか言うとき、ポーズをとらなくてはいけない病にでも罹ってるのかしら？）

「え、えっと～……そ、そこにあるのが入り口で～……そのぉ～、まぁ～、周辺にそれを開けるなにかがあるかもしれませんわ、よ？」

（それのどこが謎めいてるんだぁぁぁいっ！　しかも、なぜに疑問形？）

期待させておいて、なんの捻りもない発言に私はついついツッコミそうになって心の中だけに止めておく。

「なるほど、それは謎だね」

私の心情とは裏腹にファルガーさんが難しい顔で答えてきた。

思わず「そんなわけあるかぁぁぁい」とツッコミそうになったが、私はこれまた自制することに成功する。

もしかして、いや失礼ながらもしかしなくても、彼は私とは異なる思考回路をお持ちなのではないだろうか。そうなると、益々私が非常識なのだろうかと思えてくる。謎解きといったらもっとこう、難しい言葉で間接的に伝えて来るものではないのだろうか。

「はっ、なるほどそういうことだね」

私が心の中で葛藤と戦っているとファルガーさんがなにかに気が付き、辺りの壁を調べ始めた。

「これだっ！　あの模様が文字だというのなら謎は解ける。あそこに描かれた記号の一部とここにある物が一致しているね。これは偶然か、それともここになにかあるのかもしれない」

（それは多分『受付』という文字が書かれているのではないでしょうか……）

興奮気味に語るファルガーさんは差し詰め、謎を解いていく考古学者といった感じなのだが、頭から下がマッチョすぎて学者というよりは冒険家である。

おまけに本当の文章を知っている身としてはオチが見えていて、悲しいかな謎が解かれる興奮よりもスンッと冷静になってしまった。

「ん～、どこかになにか仕掛けのようなモノはないかな。ん、ここの石が、押せそうな……」

ワサワサと壁をまさぐるファルガーさんを少し離れたところで見守っていると、彼はピタッと動きを止めて、慎重になにやら壁の一部を押していった。

とその時、ガコッとなにかが外れた音がしてファルガーさんの前にある壁がドアサイズで抜け、こちらに倒れてくる。

「ファルガーさん、危な――」

「フンッ！」

かなりの重量を持つ岩壁がファルガーさんに倒れてきて、私は行動よりも先に言葉が出てしまった。

が、私の心配を余所に普通の人間には支えられそうにない岩壁をファルガーさんは難なく支えて、横投げした。

「なに、心配はいらないよ。こんなものは遺跡では日常茶飯事でね、何回もやってる内に支えられるようになったのさ」

爽やか笑顔とサムズアップでキメてくるファルガーさんに、私はなんと言葉をかけて良いのか分からず、ははは っと空笑いする。

だが、その空笑いもすぐに消えた。

空いた壁に背中を向けていたファルガーさんの後ろから、スケルトンが現れたからだ。

「ファルガーさん、うし――」

「フンッ!」

私が言うよりも早くファルガーさんは行動に移り、なにかしようと出てきたスケルトンに回し蹴りをお見舞いする。

「なに、心配はいらないよ。こんなものは遺跡では日常茶飯事でね、何回もやってる内に対処できるようになったのさ」

飛ばされたスケルトンとの距離を一気に詰めると、ファルガーさんは笑顔で私達を安心させながらスケルトンをボコ殴りしていった。

その一撃一撃が重く、破壊力があるのか、スケルトンは見る見る内にひび割れ、バラバラになっていく。

(私の中の考古学者像もオラオラされて、木っ端微塵に砕け散っていく気分だわ)

「……あの……受付の部屋で待機していたら呼び鈴を鳴らされて、お客様だ、さぁ案内をと外に出てみたら蹴り飛ばされてボコボコにされた……ように見えるのは私だけでしょうか?」

一部始終を見ていた私の横で、同じく静観していたマギルカがボソリと聞いてきた。

「……世の中にいる遺跡のモンスターさん達は日夜、そういった誤解と戦っているのかもね……」

マギルカが変なことを言うものだから、私もそうとしか見えなくなってしまい、物悲しく答えるしかなくなる。

「さて、こういったパターンではこのアンデッドが次なる鍵を握っているのだが……ん、これかな？」

私達がしんみりと語り合っている内に、ファルガーさんは木っ端微塵になったスケルトンからなにかを取り出していた。手のひらサイズの石版で例の文字が刻まれている。おそらく意味は『鍵』なのだろう。

「……あの……殴り倒した従業員から鍵を強だ——」

「それ以上言わないで、モヤッとするから」

再びマギルカが変なことを言いそうになって、私は慌てて彼女の言葉を遮る。でないと、今後遺跡冒険談の感情移入先が狂いそうだから……。

「よし、これを使えそうなところはないかな」

私がポケ〜ッとしている間に、ファルガーさんはどんどん事を進めていった。

彼的には出だしは難しいけど、進んでしまえば後はお約束なパターンみたいな感じなのだろう。スケルトンが現れた一角を迷いもなく覗き込み、なにかないかと探している。

「あった、この窪みとさっき拾った物が一致しそうだね。これをはめ込めば……」

ファルガーさんがゴソゴソと作業しているのを離れて見ていると、再びガコッと鈍い音が響き渡り、入り口とされていた壁が音を立てて下へと下がっていく。

本来ならここで「やったぁ、開いたぁっ」と喜ぶところなのだろうが、なぜか素直に喜べない自分がいることに、私は乾いた笑いしか出てこなかった。

おそらく、入り口まで行って従業員さんを呼んで、その従業員さんに鍵を使って扉を開けてもらって門を通るだけのはずだっただろうに……。

そう考えると、遺跡への謎解き冒険感なんてどこへやらである。

もしかして、世の中の遺跡って蓋を開けてみれば実はこんな感じなのかなと思えてきて、私はワクワクドキドキ感を大事にしたく、考えるのを止めた。

(ここは遺跡じゃないの、ここは温泉施設、温泉施設よ。だから、私が考える遺跡とは違うの、うんうんうん、よし、これで大丈夫。もうなにが来ても怖くないわ)

私は自分に言い聞かせながら、入り口へと入っていくのであった。

04 温泉への道は……

入り口を抜けると、そこはまた大きな部屋で天井も高く、中央にはこれまた不可思議な巨大像が鎮座していた。

芸術に関してはさほど得意ではないので、これをどう評価して良いのか分からない。正直な話、私からすると小さな子供が描いた独創的な絵を、そのまま像にした感じである。

なんとなく分かるのは、それがなにかしらの生物を形にしたくらいだろうか。

まぁ、それだって変にくねった手足らしきモノがあるから、そう思おうとしているだけかもしれないが……。

「うわ〜ぉ、これまたなんと言って良いのかしら、随分と独創的な……」

「ヴィクトリカ様、これはなにを表してるのでしょうか？　ひょっとして吸血鬼の歴史になにか関係するものでしょうか？」

私が若干引いている隣で、マギルカがこれまた知的好奇心を刺激されたのかキラキラしながらも、私達にだけ聞こえる程度の声量に抑えてヴィクトリカに聞いていた。

「そ……そんな大層な代物じゃ〜、ございませんわよ」

いつもならここで誇らしげに返すヴィクトリカが、なぜか言い淀んで目線を逸らす。

「なになに、怪しいわね、ヴィクトリカ。これはなんなのよ、ねぇねぇ、教えてよ」

ヴィクトリカの珍しい反応に私も知的好奇心が刺激され、キラキラしながら、いや、どちらかというとニンマリと言った方が正しいのだろうか、とにかく彼女に詰め寄っていく。

「…………ですわ」

「え？　なんだって」

ボソボソとしゃべるヴィクトリカに、私はどっかの難聴主人公みたいな台詞で聞き返す。

「それは、子供の頃私が描いたお父様ですわ。まさか、そんな昔のモノがこんな所で具現化されていたとは……お父様の部屋に今も額縁で飾られているのだって恥ずかしいのに……」

「「…………」」

両指をツンツンと合わせながら恥ずかしそうに吐露するヴィクトリカに、私達は返す言葉が見つからず、無言になってしまった。

(そりゃ、恥ずかしいわね。私だって子供の頃のモノを今出されたら、悶絶する自信はある)

私の場合は生まれた頃から精神年齢が高かったので、そのような黒歴史は打ち立てていない、はずだ……たぶん。

まぁ、未だにそれを持ち出してくるところを見ると、当時はとても嬉しかったのだろう。加えて、こういった場所に自分の像を立てちゃう人とかがいるのは分からんでもないが、なぜそれを今ここでチョイスしたのか甚だ疑問ではある。

「なるほど……」

私がこの話題はもう止めようとしたとき、ファルガーさんが像に近づきマジマジと見つめて、なにかを納得した感じだった。

「……こういったパターンだと、これはこの遺跡にあった文明のなにかを象徴しているものというのがお約束だね。宗教的ななにかかな。それにしてもこんな『奇怪なモノ』は見たことないよ。『邪神』とか、『禍々しいモノ』を崇めていたのかもしれない。ん〜、なにを表しているのだろう、とても興味深い」

（それはヴィクトリカのお父様です。掘り下げるのは止めたげて、彼女のライフはもうゼロよ）

ファルガーさんの斜め下っぷりな暴投に、ヴィクトリカがちょくちょく精神的ダメージを受けて悶絶していた。

「メアリィ様、あの像の周りに水らしきモノが溜まっていませんか？　しかも湯気が」

悶絶しているヴィクトリカを生温かい目で見守っていた私に、マギルカが言ってくる。その言葉に私はハッとして像の周りを確認してみた。

確かに、像を囲んで水が張っている。その水は近づくと温かさを感じて湯気も上がっていた。

「これって、もしかして温泉？」

「待って下さい、メアリィ様。私が確認します」

私が無意識に確認しようと手を伸ばすと、マギルカが待ったをかけてくる。

「え？　なんで」

「もしそれが普通に火傷レベルの熱湯だったらどうするのですか？」

私の疑問にマギルカが即答する。

危険なことなら私がした方が良いのだが、マギルカが指摘するのはその逆だ。

私の場合、危険なはずなのに危険じゃなくしてしまう恐れがある。それをファルガーさんに見られたら、また要らぬ称号が私に付与されるかもしれない。

「さすがマギルカ、細かいところに気が付くわね。頼りになります」

「テュッテから、メアリィ様は日常的な何気ない行動でヌケておりますので、注意してくださいと言われておりましたので」

「なるほど、さすがテュッテね。後で言い回しに関して話し合うところがあるようだけど、そのところどう思う、マギルカ?」

「と、とにかく確認しましょう」

私が半眼で納得いかないオーラ全開にしていると、マギルカは視線を逸らして逃げるようにお湯がある所へ小走りしていった。

「……程良い温度のお湯ですね。これが温泉というものでしょうか?」

「う〜ん、スノーが見つけた温泉に比べたら広いけど、人が浸かるだけの深さはないわね」

マギルカのチェックが済んだので、私も手を入れながら深さを確認してみたが、お湯は浅く私達の膝下くらいまでしかなかった。

「ん? 膝下……膝、足……あっ、足湯っ!」

私は連想ゲームのように一つの答えを導き出す。

「あしゆ？」

当然のごとく私の発言にマギルカは首を傾げていた。

「足をお湯に浸からせて疲れを取る感じかな。マギルカもここまで歩き詰めだったでしょ、ちょうど良いんじゃないかな」

私も詳しいことは分からないので、前世で観た映像を頼りに説明してみる。

とりあえず周りを確認し、良い感じに座って足を入れられそうな場所を見つけると、私は裸足になってみた。

「ふぃ～……まぁ、こんな感じかな。マギルカもどう？　気持ち良いよ」

「……では、失礼して」

私が足湯に浸かるのをマジマジと見ていたマギルカは、慌てるように裸足になると恐縮気味に私の隣へと座ってくる。

「あっ、良いですね。これが足湯ですか。ふぅ～、足の疲れが取れそうです」

「でしょ～」

「……とはいえ、周りがどうにもアレなので少し落ち着きませんわね」

「確かに……温泉っていう風景じゃないわね」

マギルカが苦笑を零す中、私は目の前に鎮座する奇々怪々な像を眺めて言った。

「ちょっとあなた達、そんな所でなにを寛いでおりますの？　ここは古代遺跡なのですわよ、もっとこぉ～、緊張感を……」

「ヴィクトリカもどう？　気持ち良いよ」

　私達がマッタリしているのがご不満なのか、ヴィクトリカが優等生みたいなことを言ってきたので、私はパシャパシャと温泉を足で掻きながら彼女も誘ってみる。

「…………ま、まぁ、どうしてもと言うのでしたら入ってあげてもよろしくってよ」

「いや、別にどうしてもじゃなっ——」

「あ〜、そうですの、そうですの。メアリィったらそんなに私も入って欲しいのですわね。もぉ〜、仕方がありませんわね」

　面倒くさいことを言ってきたヴィクトリカに私はお断りをしようとしたところ、すかさず彼女は近づいてきて恩着せがましく言ってくる。

「ヴィクトリカくん、すまないがここにも文字があるみたいなんだ。解読してくれないかい」

　ヴィクトリカがウキウキしながら裸足になろうとしたところ、離れた所でファルガーさんに呼び止められた。

　彼は私達が足湯を楽しんでいる間に周りを調査していたみたいで、今は私達を見ず通路の方を見ている。

「ほらほら、遺跡の宣伝頑張らないと。いってらっしゃ〜い♪」

「…………」

　私は裸足になろうとしたまま固まるヴィクトリカに、とびっきりの笑顔で手を振り彼女を見送ってあげることにした。

そんな私の態度にぐぬぬぬと口惜(くちお)しそうな表情で、ヴィクトリカはファルガーさんの下へと向かう。

「ここなんだけど、どうかな？」

「……えっとですわね、これはこの先にあるモノに関して書いていますわね」

（あれ？　紐解け～なんちゃらと謎のポーズはどこいった？　ほんと、大丈夫かしら、そんな雑設定で）

自分も入りたかったのに呼び止められて、ちょっぴりオコなヴィクトリカはついさっきした前置きをすっ飛ばして、ちゃっちゃと翻訳し始める。

「ほうほう、なんて書いてあるんだい」

「奥にある宝箱から一つ装備して、他の道に行くのを勧めていますわよ」

（おいこら、謎設定すらどこいった。それじゃあ、アトラクションの案内書き感が半端ないじゃないのよ）

「……なるほど……これは罠か、はたまたなにかしらの意図があるのか……謎だね」

私のツッコミ空しく、どうやらファルガーさんには未だ謎設定が生きているみたいだった。本物の古代遺跡だと思っているファルガーさんにとっては、この温泉アトラクション付きパチモン遺跡はやることなすこと謎しかないのだろう。

「とはいえ、宝箱と聞いては黙っちゃいられないわね。なんかこう、無性に開けたくなってくるわ」

「分かるよ、それが遺跡のロマンというものさっ！」

私の言葉に、離れて聞いていたファルガーさんがサムズアップで賛同してくる。それに対して喜んで良いのか、悲しんで良いのか、どっちなのかは定かではないが、宝箱を見たらとりあえず開けたくなる、仕掛けレバーを見たらとりあえず引きたくなるのが世の常というものだ。いや、私だけかもしれないけど……。

とにかく心がウズウズして、私は足湯から出ると、裸足のままパタパタとヴィクトリカ達がいる所へ歩いていった。

そして、その先にある部屋を覗いたところ、そこにいたスケルトン従業員さんが、有無も言わせずファルガーさんにオラオラされて破壊されていたことを、ここに報告しておこう。

（あれはなんだったのかな～、宝箱を拭いていただけのように見えたけど……ご愁傷様です）

私は一人、心の中で合掌する。

「ふぅ～、宝箱を守るモンスターは定番だね。はてさてなにを守っていたのかな」

（守っていたのではなく、皆様が心地よく使えるように掃除していただけなのではないでしょうか）

「おっと、これは開けると罠が発動するケースみたいだね。遺跡では定番だ、僕が開けるから待っていたまえ」

（それはおそらく盗難防止策であり、従業員さんに言えば危険なく開けてくれると思うのは私だけでしょうか）

私とファルガーさんとで遺跡への思いにズレが生じているので、私の中のセオリーがおかしくなっていく。そして、ファルガーさんは慎重に仕掛けを調べて解除していくのではなく、フンッと一声、強引に箱をこじ開けると続いてなにか飛んできたモノを受け止め握り潰していた。

(ははは、考古学者ってなんだろうね……)

遺跡もさることながら、私の中の考古学者像もついでにおかしくなっていく。

「これは……服、かな？」

宝箱を一人漁っていたファルガーさんが、不思議そうに中の物を一つ取り出した。

「あ、それって水着じゃ……」

レリレックス王国へ行ったとき、自分発祥で生まれたかもしれない女物の水着とそっくりだったので私はすぐに気が付いた。

とはいえ、最近のファッションが遺跡の宝箱にあること自体おかしいだろう。

しかも、よく見るとサイズ違いでいろいろあるが、ほとんどが女物ときたものだ。男物も若干あったが、古くなってボロボロの腰蓑(こしみの)レベルである。そこでふと、遺跡にある宝箱の装備でそのまま使える物があるということは、マメに交換、もしくはメンテナンスしているのだろうなぁ～と感心しつつ、あちら目線で考えてしまう自分に悲しくなってきた。

(だめだわ、もう末期かも……)

「古代遺跡に水着とは……なにを意図しているのだろうか。ハッ、もしかして、これは遺跡によくある最深部へとたどり着くための試練みたいなものだろうか」

(たぶん温泉で服が濡れないよう、温泉に入りやすいようにという向こう側の配慮ではないでしょうか)

「で、本当に試練みたいな感じなの？　変な呪いとかないわよね」

自分の想像で勝手に判断してはいけないかなと、私はこっそりヴィクトリカに確認してみた。

「ないですわね……あそこに書いてあるのは水着を着るも良し、なにも着ないのも良し、特に女性の方は後者が望ましいと書いてぇ～……」

「ちょっと、そこのお父様。それって下心が……」

「あ～うん、それに関してはお父様を擁護する気はありませんわね」

「じゃあさぁ、あそこにある最近の水着って……」

「おそらくその辺のこと『だけ』は、しっかり管理するよう指示していた名残なんじゃないでしょうか。はぁ～、これだから男ってのは……」

「ん？　なにも着ないというのもありなのかいっ。よし、ならばその試練、真っ向から受けて立とうじゃないかっ！」

「「へ？」」

「フンッ！」

私達の会話の一部をかろうじて聞き取ったファルガーさんが、なにを思ったのかその場で着ていた服を爽快に全て脱ぎ捨て仁王立ちしている。

「うきゃぁぁぁぁぁっ！」

「乙女の前でなにしてくれてますのっ！　こぉの変態がぁぁぁっ！」

完全に予想外のことでそれを目撃してしまった私は悲鳴と共に外へ逃げ出し、対照的に残ったヴィクトリカは、怒声と共にファルガーさんへ向かって跳び蹴りを喰らわせに行くのであった。

05 わぁ〜い、温泉、だ？

「それは……災難と言いましょうか、なんと言いましょうか……」

水着を物色しながら、一人蚊帳の外にいたマギルカがコメントに困ったように同情を口にする。

事の発端であるファルガーさんはヴィクトリカに蹴り飛ばされた後、裸について注意すると、僕は気にしないがと言ってきて再びヴィクトリカに蹴り飛ばされていた。私達がダメなんだと言ったらやっと気が付いてくれて、今は腰蓑擬きを身につけ、部屋から出て待ってもらっている。

「それにしても、古代遺跡に挑もうってときに水着に着替えるってどうなの？」

「斬新で良いんじゃありませんか。我がブラッドレイン家は他とは違うのですわよ、他とはっ」

意気揚々と水着に着替えたヴィクトリカが、私の前で胸を張ってドヤッてくる。

「とはいえ、私達もわざわざ水着に着替えなくてもよろしかったのでは？」

「……日夜ここを管理していた従業員さんのことを思うとね……使ってあげようって思わない？」

未だ煮え切らないマギルカが質問してきたので、私は着替え終わった水着の着心地を確かめながら、今は亡き従業員さんがいた所を見つめる。

マギルカも思うところがあるのか以後、なにも言わずに水着に着替え始めるのであった。しかしながら、ここにある水着、ビキニタイプが多い、いいや、それ以外ないような気がするのは気のせいだろうか。

「お待たせしました〜って、なにしてるんですか、ファルガーさん？」

三人とも思い思いの水着に着替え、足湯のある部屋で待っていたファルガーさんに声をかけてみれば、彼は例の奇々怪々な像にヤモリのごとくへばりついて、ワサワサと這い回っていた。

思えば、最初に出会ったときも天井付近でこんな状態になっていたのだろうか。

（もはや考古学者の動きじゃないわね。これが普通の考古学者だと言うなら私は打ちひしがれて泣く）

「う〜ん、この像を調べていたんだけど、僕が知るどの文明にも当てはまらなくてね。大変興味深くて、隅々まで詳しく調べていたんだよ」

（まぁ、子供の落書きですからね。それの類似品が古代にあった方が……どんな文明だったんだろう、ちょっと興味深いかもしれないわね）

「まぁ、それは後でじっくり調べるとして、今は先に進むとしようじゃないか」

さっと像から飛び降り、私達の前に現れたファルガーさんは意気揚々と通路の奥へと歩いていく。

そして、着替え室を越え、次なる部屋へと踏み入った私達を待ちかまえていたものとは……。

「すごぉ〜い、大浴場だぁっ！　もしかしてこれ全部温泉っ⁉」

目の前に広がる大きなお風呂場に私は声を出して大喜びした。

ここまで散々煮え湯を飲まされたような気分だったので、感動も一入（ひとしお）である。

強いて言うなら、浴場が一つで明らかに混浴を狙っているところはいただけないが……。

「ふむ……これは温泉……つまり……」

　さすがのファルガーさんも古代遺跡に温泉という組み合わせに違和感を覚えたのか、お湯を確認しながら考え込んでいる。

「なるほど、そうか。ここは温泉が豊富で、おそらくここに文明を築いた古代人はこの温泉を神、もしくは崇拝の対象にしていたのかもしれない。ならば、あの像は温泉の神？　う～ん、あの奇怪な形は温泉となにかしら結びつきがあったのかな？」

　やっと気付いたかと思いきや、さらに暴投していく考古学者様であった。

「まぁ、専門家の人は放っておいて、私達は温泉に入ってみようよ」

「水着でお風呂に入るというのも、なんだか変な気分ですね」

「じゃあ、脱ぐ？」

「さぁ、入りましょうか、メアリィ様」

　マギルカを温泉に誘ってみれば、気持ちは分からなくもないことを言ってきたので気を利かせて彼女の水着に手をかけると、逃げるように私から離れて温泉へと向かっていく。

「キミ達、ここにも罠があるかもしれないから気を付けるんだよ」

　湯船に入っていく私達を注意しながら、ファルガーさんは辺りを調査し始めた。

　ぱっと見て、怪しい物や物騒な物が見当たらなかった私は無警戒に入っていき、ゆっくりと腰を下ろしていく。

「わぁ～い、これが温泉かぁ～、広～いぃぃ」

「メアリィ様、そんな格好で移動しては、はしたないですよ」

肩まで浸かった後に、仰向けになって身を任せるとプカプカしながら中央へと移動していった。角で慎ましく湯に浸かっていたマギルカに窘められて、私は上体を起こすとそちらを見る。

「せっかくの温泉なんだから、そんな隅っこにいるのはもったいないでしょ。もっと中央で、ん？」

中央に到着すると、そこは周りに比べて円柱状に少しせり上がっており、座りながら半身浴を楽しめるようになっていた。これはサービスが良いなと思い、私は迷わずその台に腰を下ろす。

お尻がその台に触れた瞬間、その台がズッと私を乗せて若干沈んでいった。すると、それに合わせるかのように、部屋内部にゴゴゴッと地鳴りが響き渡って、入り口が岩壁で勢いよく塞がれる。

「はい？」

なにが起きたのか咄嗟に判断できなくて、私は閉まった扉を眺めて呆けていた。

「しまったっ、これは罠だっ！　なにかのきっかけで罠が発動してしまったみたいだぞ」

事態をいち早く察知したファルガーさんが、どことなくワクワクしながら周囲を警戒する。彼の言葉に私は座ったまま固まってしまい、温泉の熱さが原因ではない汗を垂らしていた。

(やばっ、もしかしてこれ、ゲームとかでよくある重量で感知する系の床トラップだったりするのかしら)

「メアリィ様？」

「ぴゃっ！」

この緊急事態に一人固まっている私に違和感を覚えたのか、マギルカが不思議そうな顔で話しかけてきた。

「ち、ちちち、違うのよ、わざとじゃないの。だって、お湯の中に重さを感知するようなスイッチ作るなんて思わないじゃない。浮力があるのに重さってねぇ、あっ、いや、私が重いとかそんなことじゃないから」

「落ち着いてください、メアリィ様。早口でなにを訴えたいのか分からなくなっていますよ。深呼吸、深呼吸です」

焦った私はノーブレスで頭に浮かんだ言葉をそのまましゃべった結果、自分でもなにが言いたいのか分からなくなってきた。

マギルカに諭され、私は深呼吸する。

私が落ち着いたかなと思ったとき、ガコンッと大きな音が部屋に響いた。

「天井を見ろ、鉄杭が出てきた。これは、閉じこめた後どんどん下がってくる系の罠だねっ。このままだと僕達はあのトゲトゲの天井に串刺しだっ」

なにが起きたのかご丁寧に説明口調で語るファルガーさんは、やはりどこかワクワクしているところがある。映画などでよく見るシーンを、まさか自分が体験するとは思いもよらず、私のパニック度は増していった。

「ど、どどど、どうしよう、マギルカァァァッ！」

「おち、落ち着いてください、メアリィさぶはぁっ！」

「ごめん、ごめんねぇぇぇっ、私のせいでぇぇぇっ！」

「ちょ、やめっ、水着がずれッ」

どこかの映画で観た最悪の結末を想像してしまい、混乱状態になった私はマギルカに抱きつき、二人して勢いよく温泉の中へとダイブする。さらに、私はお湯の中で懺悔しながらマギルカと一緒にバシャバシャするのであった。

「あっ、なるほど、こういうことだったのですね」

私が一通りワチャワチャしていると、のんびりと温泉に浸かっていたヴィクトリカが手を打ち、なにかを納得しているのが見えた。

「あなた、なに暢気にお風呂入ってるのよっ」

自分がパニックになると、一人冷静でいる人に理不尽にも噛みつきたくなるのが人情と言うものだ。いや、小心者の私だけだなこれは……。

「いえね、ここに入る前に『串刺し天井温泉、迫り来る刺々しい天井罠というスリリングな景観を楽しみながら、ゆったりと温泉をご堪能ください』って書かれていたのを見て、先程までなんのことかと考えていましたの」

「堪能できるかぁっ、そんなものぉぉぉっ！」

緊急事態な為、淑女らしからぬ発言は大目に見てもらいたい。

「キミ達っ、こういう類の罠は必ず解除する方法があるはずだ、それを探してくれっ！　僕はこの天井の落下を少しでも遅らせることにしようっ！」

私達が温泉中央で騒いでいると、離れたところからファルガーさんが大声で話してくる。

遅らせるというのだから、学者らしくなにかこう頭脳的に対処するのかと思いきや、手頃な台の上に飛び乗り、両手で天井の尖った部分を握りしめると、フンッと筋肉を隆起させそれを押し上げようとした。それで落下を遅らせようとするまさかの物理的強行手段に出た考古学者の姿に、幸か不幸か私のパニック値がスゥ～ッと下がっていく。

「ねぇ、あの閉まった扉を魔法でぶっ壊せば良いのでは？」

「それはダメだっ！」

「ダメですわよっ！」

冷静になってきた私の素朴な提案を、ファルガーさんとヴィクトリカが一斉に止めてくる。

「な、なぜに？」

「この遺跡は山の中だし、作りが古く脆くなっているかもしれない。魔法の衝撃で一帯が崩れ落ちて生き埋めになってしまう可能性がある。それになによりここは僕が単独で見つけた謎の古代遺跡だから、後でじっくりたっぷり研究調査したいので、扉の一つだろうとそのまま保存しておきたいっ！」

「なるほど、ごもっともなんだけど、後半の方が言葉に力があるのは気のせいでしょうか？　ねぇ、ヴィクトリカ」

「そんなことはどうでもいいですわ。それよりもここの維持費を誰が払っていると思っていますの。もし、壊したら修理費が発生してオルバスに怒られちゃいますわよっ」

「ちょっと待って。それは人命より優先されることかい？」

ファルガーさんの言い分に多少納得しつつ、私は隣で切実に抗議するヴィクトリカの言い分には異議申し立てしたい気分になった。エミリアといい、ヴィクトリカといい、私に縁のあるレリレックス王国の人は時折どうしてこう、金にうるさくなるのやら。

「と、とにかくこの罠を解除しますわよ、皆さん」

私の抗議の目を避けるようにヴィクトリカが離れていき、私はマギルカの方を見る。彼女は着崩れた水着を直しながら、こちらから距離をとって警戒していた。

私は天井が怖いので温泉に浸かると四つん這いになって、スィ〜ッとマギルカの側に寄っていく。

「ごめんね、マギルカ。もう揉みくちゃにしないから許してぇ」

「そ、そうですか。メ、メアリィ様はもうちょっと突発的な出来事に対して、冷静に対処できるようになってくださいね」

「善処します」

マギルカに窘められ、私はこればかりは直せるかどうか自信がなかったので言葉を濁しておいた。

「それで、ヴィクトリカ様。解除すると仰るのなら、その方法がどこかに書かれてあったのでしょうか？」

「ええ、書いてありましたけど、その方法はダメっぽいですわね」

私に習ってか、マギルカも屈み込み温泉に浸かりながらヴィクトリカに聞く。すると、ヴィクトリカも釣られて温泉に浸かると私のように四つん這いになってスィ〜ッとこちらに寄ってきた。

「え、なんで？」

すでに解決方法を知っていながら、それを渋るヴィクトリカに私は思わず詰め寄る。

「だって、解除するには扉の外のレバーを引いてくださいって書いてありましたから」

「なぁぁぁんでそんな嫌がらせするのよっ！　もっと優しい攻略にしてくれなきゃいやだっいやだっいやだぁぁぁっ！」

「ちょ、やめっ、脳が揺れまっ――――！」

駄々っ子モードに突入した私は、あっけらかんとしていたヴィクトリカの肩を掴んでシェイクする。

『お〜い、メアリィ〜ここ開けてぇ〜。温泉見つけたんでしょ〜、私も入りたいぃ〜』

再びパニックになろうとしている私の頭の中に、のほほんとした声が響いてきた。バッとものすごい勢いで私が扉の方を見ると、それを見ていた二人がギョッとする。

「スノー！」

そういえば、入り口に置き去りにしておいた駄豹、ならぬ神獣様のことを今更ながら思い出した私は温泉から出て扉へと駆け寄っていく。

天井の方はファルガーさんの奮闘空しくどんどん下がってくる一方で、その圧迫感にまだこちらに到達するのは先だと分かっていても自然と中腰になってしまう。

「スノー、ここを開けてっ！」

『は？　開けるのはそっちでしょ。意地悪しないで開けてよぉ〜』

私が扉越しにスノーに呼びかけると、向こうからカリカリと扉を掻く音が聞こえてきた。

「ちっがぁぁぁうっ！　私達が罠に嵌（はま）って閉じこめられてるのっ！」

『あ〜、はいはい、でもだ〜いじょうぶでしょ。あなたはその程度じゃ死にゃしないわよ〜』

「私は大丈夫でも、『私のせい』で皆がやばいのよっ！」

『なるほどなるほど、まぁ～たやっちゃいましたか。いいですかお嬢様、常日頃から気を配りっ』

「テュッテの物真似でお説教するんじゃないわよっ！　いいから、ここを開けてっ！　近くにレバーみたいなのがあるはずよっ」

『ん～、レバーレバーっと……あ、この壁の窪みに垂れ下がっている輪っか付きの鎖かしら？』

「たぶんそれよっ！　それを引き下ろして」

なんとか解決策が見え、これで私のやらかしは被害を最小限に止めて有耶無耶にできると胸を撫で下ろす。

だが、一向に変化が見られなかった。現在も絶賛天井がずり落ち中である。

「スノー？」

『……メアリィ。前足が窪みに入らなくて鎖が引けない』

「根性入れて、捻じ込みなさいっ！」

スノーの言葉に無茶振りで私が返答すると、ガンッとなにかの衝撃音が扉の向こうから聞こえてきた。

『あっ、壊れた』

「こらぁぁぁぁぁっ！」

向こうでなにが起こったのか説明されなくても大体想像できた私は、周りの目も気にせず絶叫してしまう。

『仕方ない。よし、壊そう』

「ちょ、ちょちょちょ、ちょっと待って、なに言ってるの、スノーさん？」

『そぉいっ！』

スノーの掛け声と共に、目の前の扉がズシ～ンと揺れる。彼女が体当たりをしたことが一目瞭然だった。もちろん、扉と一緒に周辺の壁がヒビ割れていく。

「ちょ、ばっ、やめっ！」

『そぉいっ！』

私がやばいと思って咄嗟に横に跳ぶと、先程までいた場所にドカンと轟音を鳴らして砕け散った扉が飛んでいく。ついでに、フワフワの白い巨体も飛び込んできた。

『はい、開けました～』

「このおバカァァアッ！　なんてことするのよっ」

颯爽と現れたスノーは、私の前で自信満々に語りかけてくる。そんな彼女に私は猛抗議した。後ろの方でファルガーさんとヴィクトリカの絶叫が聞こえたが、聞かなかったことにしておこう。

そして、ファルガーさんの予測通り、壊した扉周辺がブロック崩しのごとくどんどん亀裂が広がって崩れ落ちていく。あっという間に私達が通ってきた通路は完全に崩落し、使い物にならなくなった。

つまり、私達は罠を止める手段どころか脱出経路すら、失ってしまったということだ。

「よし、こうなったら全て破壊しよう」

『あなたも人のこと言えないじゃないのよっ！』

私の脳裏にふと過った結論をそのまま口にしてみれば、スノーにツッコミを入れられてしまう始末。と次の瞬間、ズドンッと大きな振動が部屋全体を襲い、なんと天井の罠が止まった。

「……と、止まった？」

杭を止めようとしていたファルガーさんが異変にいち早く気が付き、上っていた台から降りてくる。

「これは、あれかな。崩落の影響で偶然にも仕掛けが停止するというパターンかもしれないね」

ファルガーさんが一人納得するように語ると、私は真相を知りたくてヴィクトリカに寄っていく。

「それで、実際のところはどうなのよ？」

「偶然ではないですわよ。こういった事故が起こった場合、速やかに停止させて安全確認するのがトラップ管理の常識ですの」

「そんな常識、知りたくなかったわ」

誇らしげに語るヴィクトリカを見ながら、なんとなくそうじゃないのかな～と思っていたので、あまり驚かなくなってきた自分にそれで良いのかと悩み出す私がいる。

「あっ、それと修理が必要なら係員が誘導に……」

さらに付け加えようとしゃべりだしたヴィクトリカに合わせて、一ヶ所壁がスライドしスケルトンが現れた。むろん、ファルガーさんにボコられる結末しか見えなかったのは言うまでもない。

「ふ～、危ない危ない。二重トラップだったとは恐れ入ったね。でも大丈夫、新しい道が見つかったよ。さぁ、ここから出ようか」

「……そうですね」

私とは別ベクトルの解釈をひた走るファルガーさんの先導の下、私達は崩れかけた温泉を後にするのであった。

（神様、できれば他に温泉があって、それが変なアトラクション付きじゃありませんように）

06 今明かされる衝撃の事実

あれから、望んでもいないのにどっかのアドベンチャー映画よろしく、次々と私達の冒険は繰り広げられた。

例えば、宝箱が置いてある部屋にたどり着き、ついついそれを私が開けてしまったが為に落とし穴に落ちて、薔薇の花弁を湯船に浮かばせるようにいろんな生物の骸骨が大量に浮かぶ温泉を堪能したり……。

通路を歩いていたらうっかり私が床に張ってあったトラップ用の糸に引っかかり、大量のお湯に押し流されるという流れる温泉を堪能したり……。

温泉の周りをブ～ラブ～ラと揺れる大きな刃の振り子があって、それを避けて温泉に入れるとかいうスリリングを堪能したり……などなど。

とにかくいろいろありましたのさ。

（えっ、私なら大丈夫じゃないのかって？　私は大丈夫でも着ている物が大丈夫じゃないのよ。流されたり、擦って切れそうになったときは肝が冷えたわよっ。ある意味、そこが一番の罠だったわ）

そして、当然のごとくそういった温泉を一番堪能させられたのが私だったりするのが、さらに泣けてくる。

「ここは……今までの所とちょっと違うみたいだね」

私が悲嘆に暮れていると、先頭を歩くファルガーさんが足を止め、目の前の壁を見て言った。

彼の言う通り、そこには今までと違って重厚でしっかりとした両開きの扉が存在している。

「扉があるのは最初の入り口にあった扉以来よね。そうなるとどこかに従業員さっ――」

「んっ、従業員がなんだって？」

「な、な～んでもございませんのよ、お気になさらずっ」

ファルガーさんの言葉に私がうっかりネタバレを言いそうになって、ヴィクトリカに口を塞がれてしまった。

「ちなみにヴィクトリカ様。ここにはなにか書いてあるのですか？」

「それが……ここだけなにも看板がありませんの」

マギルカの質問にヴィクトリカの意外な答えが返ってきて、私は塞がれた状態から解放されながら訝しむ。

「急に不親切設定になったわね。サービス悪くない？」

「ふっふっふっ、分かってないですわね、メアリィは。ここはきっと最奥の間なのですわよ。だからこそ、ここまで来た知恵と勇気で乗り越えてみせよとその扉は言っておりますのよっ！」

私の愚痴にヴィクトリカが拳を握りしめて力説すると、

「その通りだよ、ヴィクトリカくんっ！」

彼女の力説が聞こえていたのかファルガーさんも拳を握って賛同する。

「なるほど、それも一理あるわね。だとすると、今までのパターンを考えて～」

「あの、メアリィ様。こちらの扉、普通に開きますよ？」

「「へ？」」

二人の盛り上がりに汚染され私もその気になって考え始めれば、マギルカがサラッと指摘してきて、両開きの扉をスノーに軽く押してもらっていた。すると、扉はズズッと引きずるように少し開いていくではないか。そんな光景を、ん～と口を引き結びながら無言で眺めてしまう私達三人であった。

「……ま、まぁ、普通に開くなら案内書きなんていらないわよね。ここまで来た知恵と勇気とやらのせいで、扉が閉まっていて何か仕掛けがあるのかと勝手に思い込んじゃったわよ」

「あらあら、いやですわ、メアリィったら。一人で盛り上がっちゃって恥ずかしいこと」

「まぁ、そういうこともよくあることさ。どんまいだよ、メアリィくんっ！」

「ちょいとお二方。なに自分達は関係ないみたいな空気醸し出してるのよ。あなた達もこっち側でしょうがっ！」

恥ずかしさを分かち合うべき仲間に即行で裏切られ、私は思わず声を荒らげてしまう。

「さ、さあっ、先に進みましょう、進みましょうっ！」

「そうだねっ」

私から視線を逸らし逃げるように扉へと向かう二人を、恨めしそうに見送る私。不貞腐れていても仕方がないので、気持ちを切り替えて私も開いた扉を潜るのであった。

扉を抜けた先は、今までより大きく広がっており、奥には大きな台座と階段がある。それをまるで守るかのように壁の窪みには巨大な鎧像が立ち並んでいた。

その様相は、本当に最終地点にたどり着いてあの台座に秘宝とかありそうな雰囲気だった。いや、事実、台座には例の奇々怪々な像と一緒に直径三メートルくらいある巨大な球体が置かれていたのだ。

近づいて分かったのだがそれはすでに起動しており、仄かに幾何学模様のようなモノを浮かび上がらせ光っている。

「あれは……なにかしら？」

「……強大な魔力を感じますわね。かなり高位のマジックアイテムなのでしょう」

「あれこそが、この遺跡の秘宝なんだよ。僕の考古学魂がそう叫んでいるっ！」

私の呟きにヴィクトリカが答えると、ファルガーさんが興奮気味に語ってきた。

先の裏切り事件があったので私は二人の意見に半信半疑になり、鎮座する球体を落ち着いて観察する。

光っていて遠くからでは分からなかったが、その球体は半透明な外郭をしており、中身が見える。中には液体が入っており、ブクブクと気泡が上がっていた。

さらによく見ると管がその球体から伸びており、遺跡の床へと潜り込んでいる。

「……ねぇ、マギルカ。私の気のせいかもしれないんだけどさ、あの球体って……」

「……おそらく、私もメアリィ様と同じことを考えていると思います」

苦笑を浮かべながら、そっと側にいたマギルカに確認しようとしたら、彼女も同じような顔をして答えてきた。

「あのアイテム、お湯を～」

「沸かすアイテムなのでしょうね」

「い、いやいやいや、待って、それは早計かもしれないわよ。きっと温泉を貯めているのかもしれないわ」

「そ、そうですわね。温泉を保管しているのでしょう。これだけ広い規模の遺跡ですものね」

「「…………」」

私が思っていたことを確認しようとすると、やはりマギルカも同じ結論にたどり着いていたみたいだった。だが、そんなオチは認めたくなくてなぜか食い下がる私にマギルカも同調してくれるが、その先の言葉が見つからない。

（お客様には見せられない場所なので、看板がなかったのかもね。だったら、関係者以外立ち入り禁止とか、しっかり鍵掛けときなさいよ）

私が憤りを感じていると、興奮気味のファルガーさんが周辺を調査し始め、ヴィクトリカは例のアイテムをマジマジと見て、そして固まる。

（あっ、気が付いた）

「いやぁ～、鍵を掛けるのを忘れてた、うっかりうっかり」

突如、知らない男の声が部屋に響き、私達は声のする方へと警戒する。

私達が入ってきた扉にいたのは一人の中年男性だった。

その風貌はスラッとしながらも筋肉質で、その声もなかなかに渋く、ナイスミドルなおじさんなのだが、着ているのが作業着みたいな服装に捩り鉢巻きというせいで一瞬「ん？」となる。

「ん？　あれまぁ、お客様かい。あ～、だめだよ～、勝手に入って来ちゃ～」

さらに、その言葉遣いが私の中のイケおじイメージにミスマッチしており、ファルガーさんに続いたせいでこれが所謂ギャップ萌えというものかと錯乱するくらいにはなってきた。

「メアリィ様、あの方の瞳、それに牙。ヴァンパイアですわ」

私がモヤモヤしているのとは裏腹に、マギルカは冷静に判断して私に小声で伝えてくる。確かに男の瞳はヴァンパイア特有の黒目赤瞳であり、口を見るとそこに鋭利な牙が見え隠れしていた。加えてヴァンパイアは美形揃いが通説なので、目の前のおじさんも美形なのには納得しておこう。

「あ、あなたは？」

「ん？　おらかい。おらはここを管理している者だよぉ」

「管理……まさか墓守……いや、それにしては人族に見えない。はっ、その特徴、もしかしてあの伝説のヴァンパイア」

「ん？　おらはヴァンパイアだが、それがどした？」

「そ、そんなっ！　そ、そうかこの遺跡はヴァンパイアの……だから、人の伝承にはなかったのか」

なんか噛み合ってるようで噛み合ってない会話を繰り広げる、ファルガーさんと管理人さん。そろそろ本当のことを話した方が良いんじゃないかと、私はヴィクトリカを見る。

「ちょっと、そこのあなたぁぁぁっ！　これはなんですのぉぉぉっ！」

ネタばらしをするのかと思いきや、巨大な球体を指差しながらオコなヴィクトリカであった。

「あ～、見られちゃったか。鍵を掛け忘れたのは失敗だったな。まぁ、仕方ない……」

「皆さん、気を付けてっ！」

管理人さんがやれやれとため息をつき、近くの壁に手を伸ばした瞬間、隣にいたマギルカがいきなり叫ぶものだから、私は反射的に彼女を守ろうとその手を握り抱き寄せ、思いっきり後ろへ跳んだ。

すると、私がさっきまでいた床がガコンッと音が鳴って開いた。その範囲は広く、通常の人間のジャンプ力では回避できなかったため、暗い底へとファルガーさんが落ちていくのが見える。

マギルカの声に反応したのかスノーも大きく後ろに跳んで難を逃れ、ヴィクトリカは落ちそうになったがすぐに持ち前の飛行能力で落下を防いでいた。

「これは……落とし穴」

「あの方が時折壁の方を横目で確認していましたから、なにかするのではと警戒していましたので……」

「さすがマギルカ、よく見てるわね。助かったわ」

「いえ、私こそ。気付いただけで結局メアリィ様に助けられてしまいましたわ、すみません」

「ううん、私だってマギルカにいろいろ頼っちゃってるもの。だから、こういったことならもっと私を頼ってくれると嬉しいな。私、マギルカのこと全力で守っちゃうよ。なんてったって無敵なんだから」

マギルカが申し訳なさそうに話すものだから、私は彼女をしっかりと抱え直してえへへとはにかんでみせる。ちょっぴり気恥ずかしかったが本心なので、しっかりとマギルカに伝えたかったのだ。

抱き寄せていたマギルカを解放すると、開いた床がまるで何事もなかったかのように閉まり、管理人さんは壁にあったスイッチらしきモノに手を伸ばしたまま、驚いた顔をしてこちらを見ている。

「驚いた。面倒を起こさず遺跡からお帰り願おうと思ったのに、まさか回避されるとは。さすが、ここまで来ただけのことはあるね」

（お帰りということは、落ちたファルガーさんはそのまま外へ流し出されたとかかしら？　まぁ、あの人ならどんなことがあっても無事な気がするけど）

管理人さんの言葉に、マッスルな考古学者様のパワフルな行動を思い起こして、私は一人乾いた笑いを零す。

「こ、こここ、これはなんのつもりかしら？」

いまだ警戒しているのか若干フヨフヨと浮きながら腕組みするヴィクトリカのこめかみがピクピクと痙攣（けいれん）していた。

「いや〜、その湯沸かし器がバレそうだったもので」

そして、とんでもないことというか、予想通りというか、聞きたくなかった真実をシレッとカミングアウトする管理人さん。

「ゆ、ゆ、ゆわゆわ、湯沸かし器ですってぇぇぇっ！　ここにあるのは全て温泉ではないんですのっ！」

「あれ？　気付いてたんじゃないの。ん〜まぁ、最初のうちは温泉だけだったんだけど、勝手に規模を拡大していったらこう、足りないというかなんというか」

ヴィクトリカの指摘に淡々と管理人さんはぶっちゃけていく。

「勝手に？」

「ああ、トラップと温泉と水着のお姉ちゃんのコラボレーションを、長年にわたり妄想してあれも良い、これも良いと作っていたら増築に増築を重ねちゃってね。こりゃ温泉が足らんくなるわとマジックアイテムで増築分を誤魔化してみたら、あら不思議、維持費を誤魔化せちゃったんだよ、これが。いや～、現当主様が無関心で良かったわ、これで来年の費用も楽勝楽勝、はっはっはっ」

（あ～、それを現当主様の前でぶっちゃけますか……）

管理人さんの暴露に私は心の中で合掌する。

「ふっ、ふひ、ふひひひ、ふふふふふふっ……あぁははははははっ！」

当然といって良いのか、管理人さんの笑いに合わせてヴィクトリカが急に高笑いし始めた。ヴィクトリカがブチキレるとこんな感じになるのは承知している。

「いい度胸ですわっ！　その耳かっぽじってよぉくお聞きぃぃいいっ！　この私を誰と心得ますのっ！　私こそブラッドレイン家が当主、最古にして最強の吸血鬼ヴィクトリカ・ブラッドレインその人ですわぁぁぁあっ！　頭が高ぁぁぁぁいっ！」

勢いよく……ではなくて、そっと丁寧に眼帯を外すと、ダイナミックな動きに合わせて口上するヴィクトリカ。

牙を剥き出しにし、見せた赤い瞳がギラギラと光っていて、なかなかの迫力であった。

思わず「ははぁ～」とどっかの時代劇よろしく平伏したくなるのは私だけだろうか。

「ブラッドレイン家の……当主様」

さすがの管理人さんもこれには驚き、固まっている。

そもそも、ヴィクトリカ自身もここへ来るのが初めてだったので、彼が存在を知っていても彼女を一目見て当主だと認識するのは困難だっただろう。ご愁傷様ですとしか言いようがない。

「はっはっはっ、またまた〜、嘘はいけないなぁ。当主様がお前さんみたいなちんちくりんなわけないだろう」

「だぁぁぁれが、ちんちくりんですってぇぇぇっ！」

管理人さんの予想外な反応にヴィクトリカが吠え、私も困惑してしまう。

「いいか、当主様はな、お前さんみたいなお子様ではなく、もっと妖艶な女性で大人の魅力たっぷりな、こぉ〜、ボンキュッボンなんだそうだぞっ！」

なにやら見てて不愉快な手の動きをさせながら力説する管理人さん。せっかくのイケおじが台無しである。

どうやら、一度も会ってないので情報と妄想だけを頼りに生み出された当主像が彼にはあるようだった。

「失礼ですわねっ！　私は妖艶でこぉ〜、ボンキュッボンでしょうがっ！」

これは失礼。勝手な妄想どころか、本人が誤解を生じさせているようでございます。

「ボン…………ふっ」

「っ！」

ヴィクトリカの抗議に管理人さんが彼女を頭から足先までサラッと確認した後、小さく鼻で笑うのが聞こえてビキッとこめかみに血管が浮くのが見えた。

「ボンキュッボンとはな、そこの～……あっ、違うな」

「っ！」

そして、事もあろうに私を見た後そんなことを言ってきて、私はピクッと口元が引き攣ってしまう。

「あっ、そうそう、そこのお嬢ちゃんくらいなら未来がありそうで言ってもいっ——」

「ファイヤー・ボール！」

最後にマギルカへと視線を移して話した結果、ヴィクトリカによる怒りの火球が投げつけられるのであった。まぁ、これに関して私はヴィクトリカに注意する気はさらさらなかったし、むしろスッとしたとまで言っておこう。なぜかは、黙秘させてもらいます。

「あっぶなっ！　こらぁ、ここは火気厳禁なんだぞ、引火したら大変なことになるだろっ！」

ヴィクトリカの火球を綺麗に躱した管理人さんが、こちらに注意してくる。

「そんなこと知ったことではないですわぁぁぁっ！」

「いやいや、そこは気にしてよ。危ないでしょっ」

ヴィクトリカの物言いに私は思わずツッコミを入れるが、彼女は気にせず攻撃を続けていた。

「くそっ、せっかく利用客が来たかと思って期待したのに、こんな悪ガキが来るとはとんだ災難だ。遺跡の一部も破壊されたみたいだし、このままではいろいろ壊されてしまいそうだぞ。えぇぇぇい、こうなったらアレを使うまでだっ！」

管理人さんが一人、ヴィクトリカの攻撃を避けながら愚痴っていると、ある方向へ走りだし、壁に備え付けられていた箱を開けた。

「守護者の皆さぁぁぁん、出番ですよぉぉぉっ！」

管理人さんは叫びながら箱の中にあった鐘をカンカンと叩いて鳴らす。すると、部屋のあちこちからガシャンと金属の擦れる音が鳴り響き、さすがのヴィクトリカも攻撃の手を止め辺りを見回した。

「メアリィ様、壁にあった鎧像がっ」

マギルカが指さすその先には、取り囲むように鎮座していた巨大な鎧像達が命を持ったように動き出す様があった。

『あれってリビングアーマーよっ！　やばくないっ？』

「リビングアーマー。死霊の鎧ってやつね、なるほどなるほど」

『ちょっとぉぉぉ、なに達観してるのよ、あなたはっ』

「ははは、この部屋に入ってアレを見たとき、どうせ最後には動くんだろうなぁって半分諦めていたのさっ！　どうだ、参ったかっ！」

スノーに対して謎のマウントを取り出す。それほどに今の私はもうやけくそなのだ。

(神様。もう、温泉に入りたいだけなのにとか我が儘言いませんから、これ以上騒ぎを大きくしないでください。お願いします)

温泉に入ってゆったりしている自分を、まるで儚い夢のように想像しながら、私は天を仰ぎ見るのであった。

07 こんなこともあろうかと……

「この私にそんなモノをけしかけてくるとはいい度胸ですわねっ！　ギッタギタのボッコボコにしてあげますわぁぁぁっ！」

もはや話し合うという選択肢は皆無のごとく、ヴィクトリカは不敵な笑みを浮かべて鎧達の前に立ちはだかる。

「眷属、召喚っ！」

ヴィクトリカの呼びかけに応えて大きな魔法陣が出現すると、そこからズズズッと重量感たっぷり、迫力たっぷりに巨大な骨の竜が姿を現していった。

「ま、まさか、ボーン・ドラゴンッ！　そ、そんな……おらの知る限りでアレを召喚できるのはたった一人……ほ、本当にあの悪ガキが、と、当主様？」

ヴィクトリカの前に現れた巨大な骨竜を見て管理人さんが驚き、そこから導き出された事実に愕然としていた。その姿を見たヴィクトリカはご満悦なのか、フフンッとドヤ顔をして仁王立ちする。

「さっ……詐欺だぁぁぁっ！」

「誰が詐欺ですってぇぇぇっ！」

管理人さんに指を差され、そんなことを言われたヴィクトリカが激昂する。まぁ、世間に自分像を詐称した疑いが彼女にはあるので、私は擁護する気はないが……。

「えぇえい、ボーン・ドラゴンよ、やっておしまいっ！」

「ゴアァァァァァァッ！」


ガンッ！


ヴィクトリカの命令に鎌首をもたげて吠える骨竜。だが、その頭はそのまま勢いよく天井に伸びていた大きな配管にブチ当たった。骨といってもそこは竜、私の場合は向こうが粉々になったが、今回は配管側が破壊された。

「あっ……」

角が刺さってしまったのか、骨竜が首を動かす度に配管が軋み、歪んでいく。そして、それは起こるべくして起こった。

「くっくっくっ、我が深淵の力に恐れ慄きひれ伏すがよっあびゃばばばばばっ」

格好良くポーズを決めるヴィクトリカの頭上から、大量のお湯が滝のように降り注いだ。

言わずもがな、骨竜が配管をへし折り破壊したのだ。

やらかした骨竜が「うわっ、やっべっ」みたいな素振りを見せてススッとそこから離れる中、壊れた配管から流れ出る大量のお湯がちょっとした滝状態になっているにもかかわらず、ヴィクトリカはポーズを崩さないまま耐えていた。

変なところで頑張る子だが、着ているモノはそうはいかないだろう。

「ヴィクトリカァ、水着が大事故を起こさない内に出てきた方が良いよぉ〜っ」

「つぶはぁぁぁぁぁぁっ！　お、おのれぇぇぇっ、この私になんたる破廉恥な攻撃をっ！　万死に値しますわっ」

「お前さんが勝手に自爆しただけだろがぁぁぁいっ！」

私の指摘に気が付き、慌てて滝湯から出てきたヴィクトリカはギリギリと歯噛みしながら顔を真っ赤にして恨み言を言う。そんな彼女に管理人さんからすかさずツッコミが入るのであった。

「お黙り、この変態がっ！　行けっ、ボーン・ドラゴン、今度へましたらおやつ抜きですわよっ！」

なんとも子供じみた物言いでヴィクトリカが眷属に命令する。

そもそも骨竜におやつって必要なのかしらと、変なところに引っかかってしまう私も私だが、骨竜が慌てて前に出て、鎧達と交戦しようとするところを見ると、必要みたいだった。

(う〜ん、アンデッドの世界は謎だらけね)

骨竜の咆哮に臆することなく、鎧達が大きな剣を振り回す。

かなり重量のある大剣が勢いに乗って横薙ぎされて骨竜の足を襲った。

だが、ガンッと鈍い音を響かせ、大剣が弾かれる。お返しとばかりに骨竜が体を捻って尻尾攻撃を繰り出してきた。

そこに別の鎧が盾を構えて割り込み、攻撃を防ぐ。その迫力に私は圧倒されて、思わず固唾を呑んで見守っていた。

「メアリィ様、神聖魔法をっ」

私がポケ～ッとしているものだから、足が止まった鎧を指差しマギルカが助言してくれた。

「あ、はい。ターン・アンデッドッ！」

ほとんど条件反射で、私は指定された鎧に神聖魔法を叩き込む。鎧が光に包まれこれで浄化されるかと思いきや、少しふらついただけで終了してしまった。

「えっ、効かない？」

「がぁはっはっ、こんなこともあろうかと鎧には神聖魔法に対して耐性を付与してあるのだよ。こんなこともあろうかと思ってなぁぁぁっ！」

私が驚くと、遠くからやたら勝ち誇ったように管理人さんが言い放ってくる。

「でも、全く効かないわけではありません。メアリィ様、さらに高階級の神聖魔法は？　ヴィクトリカ様のお城の書庫で、待ち時間の間こっそりなにかを読んでおられましたよね？　伺ったら、こんなこともあろうかと言いたいからと内緒にしておられましたが、もしかしてっ……」

「あ～……あれはぁ～……氷魔法です……」

こんなこともあろうかと、意気込み勇んで書庫を漁った魔法はご都合主義にはそぐわず、不発に終わるこの恥ずかしさ。しかも、相手側の方が成功してしまうという事実に、恥ずかしさは倍増であった。

「……ごめんね、マギルカ～。私が不甲斐ないばっかりに……これからはなにを覚えていったら良いのか相談させてね……」

「あ、はい、分かりました。分かりましたから、そんなしょんぼりなさらないでくださいませ。つい頼ってしまった私も悪いのですから」

期待に応えられず、恥ずかしさにいじける私を、マギルカはヨシヨシと頭を撫でて慰めてくれる。

「そこぉっ、戦闘中にイチャイチャしないでくれますっ！　私だってねぇ、戦闘中に燃え上がった心で、こぉ～、麗しのお姉様とあ～んなことや、こ～んなこととか、イヒッ、イヒヒヒヒヒッ」

私達を見て、激怒するヴィクトリカは最後の方で妄想に耽り、キモい声で笑い出した。彼女の妄想の中のお姉様とは誰なのか……いや、止めておこう。

「イ、イチャイチャなんてしてないわよ。そっちこそ、戦闘中にそのキモい笑い声止めてよねっ！」

「キ、キモッ……この私に向かってなんたる無礼なことをっ！　このしてやられ娘がぁぁあっ！」

「あぁぁあっ、そういうこと言うのね、言っちゃうのね。よぉし、戦争だ。表に出ろぉぉおいっ！」

「表ってどぉ～こですか～、出口も分からないくせにぃ～、出られるものなら出てみなさいな、ぷぷぷのぷ～っ」

恥ずかしさを誤魔化そうとヴィクトリカに噛みついてみれば、あら不思議、骨竜に全ての戦闘を任せっきりだった私達は、詰め寄りながら詰り合いをヒートアップさせてしまう始末であった。

「お二人共、危ないっ！　アース・ウォール」

マギルカの注意の声で、私は骨竜をくぐり抜けこちらに迫ってきた鎧に目を向ける。それが土壁に阻まれ、一瞬軌道修正したおかげで対処する時間が取れた。

「邪魔よっ！」

「邪魔ですわっ！」

私達の息ぴったりな蹴りが鎧にヒットし、綺麗に飛んでいく。ホッとするのも束の間、私達が蹴り飛ばした先を見てみれば、そこには大きな球体が一つ。

「「あっ……」」

お互い気が付き綺麗にハモると、ものすごい音を立てて、鎧がそこへ激突するのであった。

鎧がガラガラと音を立て球体から落ちると、私はハラハラしながらこの後どうなるか見守る。

「「「…………」」」


……ガッ……ゴゴゴゴゴゴゴゴゴゴゴゴッ！


私達が見守る数瞬の静けさの後、それを破るかのように球体が小刻みに振動し始めた。

（やばいっやばいっやばいっ、とっても不味い挙動じゃないのアレ）

高速に震える球体を冷や汗だくだくで見守る私とヴィクトリカ。いつの間にやら鎧達と骨竜も戦闘を止め、球体を凝視している。


ゴゴゴ、ゴッ………

「と、止まった？」

「止まりましたわね」

私の呟きにヴィクトリカもゴクリと唾を飲み込みながら答えてくる。


ドッバァァァァァァッ！


球体の震動が収まったかと思った次の瞬間、骨竜が破壊しダダ漏れだった配管からその何倍もの勢いでお湯が噴き出していき、部屋に溜まっていた水嵩が一気に増して、足首辺りまで来ていた。

「な、なにが起こっ、あっつぅぅぅっ！」

異変に驚くのも束の間、ヴィクトリカが叫んで片足を上げる。

さすがの私も周囲が湯気で覆われ始め、蒸し暑さを感じるとお湯の温度がかなり上がっていることに気が付いた。

部屋のあちこちからプシューと湯気やお湯が噴き出しているのも、最悪の状況を物語っている。

「お前さんら、なんてことをしてくれたんだっ！　魔力暴走によってアイテム本体が熱暴走を起こしてるぞっ。配水量までもが狂って暴走状態だっ！　このままでは遺跡が水没、いや最悪、熱暴走に耐えられなくなって爆発するぞっ！」

「分かってるなら、止めなさいっ！」

「そいつの詳しい使い方なんて、おらが知るわけないだろっ！」

「知らずに使うんじゃありませんわよっ！」

「お前さんがしでかしたことだろっ、責任持ってなんとかしろいっ」

「あなたが無断で使用したのでしょ、責任持つのはあなたでしょうがっ！」

この緊迫の状況下で、管理人と当主の醜い責任の擦(なす)りつけ合いが始まる。

そうこうしている内にも水嵩は増し、球体は熱を帯びて陽炎(かげろう)のように揺らぎ始めていた。

「えぇぇぇい、こんなことしてても埒があかん、こうなったらっ……」

不毛な言い争いから離脱したのは管理人さんの方で、彼はなにかをすべく球体の方へ走っていく。

ああ、なんやかんや言っても緊急対策があるのかなとホッと胸を撫でおろして見守っていると、管理人さんはピタッと足を止め、クルッと方向転換した。

そこはがら空きになった出入り口で、彼は一目散に走っていく。

「逃げるんだよぉ〜っ！」

そう言って、彼は扉をくぐり抜け、バシャバシャと音を立てながら彼方(かなた)へと消えていくのであった。

「……こ、こらぁぁぁっ、逃げるんじゃありませんわぁぁぁっ！」

気を緩ませていた私達は、そんな彼の行動をポカンとした顔で見送ってしまい、ヴィクトリカが事態をやっと理解して絶叫する。

「ヴィクトリカ、私達も逃げよっ」

「止めなくてはダメですわよっ！　あれだけ巨大なアイテムの魔力暴走は、爆発も洒落になりませんもの」

「ど、どれくらいの規模なの？」

「少なくとも遺跡一帯は軽く吹き飛びますわね。あなた達はお逃げなさい、ここは当主として私がなんとかしますわ」

ヴィクトリカの当主としてというご立派な発言を聞き、この事態の責任の一端を担った私としても、ここは協力したい気持ちで一杯である。責任、それはとても怖～い言葉……。

「よ、よよよよよ、よっし。オラがちょっくら行ってグーパンで破壊してくらぁっ」

プレッシャーに気ばかり焦った私は管理人さんみたいな口調になると、拳を握って球体を見る。こんな状況下でも心を持たない死霊の鎧達はお仕事を全うすべく、骨竜と攻防を繰り広げていた。

「あなた、変な口調になってますわよ」

「メアリィ様、下手に衝撃を与えたら爆発が早まるだけですわ。冷静になってください」

私の挙動不審にヴィクトリカが半眼になり、マギルカが握った私の拳に手を重ねて解(ほぐ)してくれる。

「ヴィクトリカ様、少々荒っぽいですが、あの球体が熱暴走しているのであれば冷却するのはどうでしょう？」

「なるほど冷やすのですね……しかし、あれだけの熱量となると並の魔法では逆に溶かされてしまいますわ。それにあの鎧達も邪魔ですわね」

私が深呼吸して精神安定を図っている内に二人の話が進んでいく。ふと、私を心配しているのか、マギルカがチラチラとこちらを横目で見てくるのが見えた。

「……コホン、あの……ヴィクトリカ様は高階級の氷魔法を？」

「くっ、残念ながらあの火力ぶぁかのお姫様と一緒にされたくなくて、そっち系を習得しておりませんでしたわ」

マギルカの質問にヴィクトリカが親指の爪をギリギリと噛みながら、さりげなくどこぞのお姫様をディスってくる。

彼女の端的な表現でその姫様がとある魔族のお姫様とすぐに想像できてしまった自分に空笑いしていると、再びマギルカがこちらをチラチラと横目で見てくるのが分かった。

（まだ心配してくれてるのかしら？　もう大丈夫だよって伝えた方が良いわよね）

「マギルカ、私はもう落ち着いたから大丈夫だよ？」

「そ、それは良かったですわ。それで……メアリィ様、他に伝えたいことは？」

マギルカの予想外な返しに私は「ん？」と首を傾げる。

（なんだろう？　こんな事態になってしまったことを謝った方が良いのかしら？　マギルカがそんなこと求めてくるとは思えないけど）

謝罪を求めているというよりは、どちらかというとなにかを期待している眼差しに見えるマギルカに、私はなんだかよく分からない焦りを感じ始めた。

（ど、どうしよう、マギルカはなにを期待してるの？　落ち着け、私、今までの会話を振り返って考えよう）

私は直近の会話を思い起こすとすぐにその答えが導き出されて、ポンッと思わず手を打ってしまう。

（なるほど、さすがマギルカ！　あなたのバトン、確かに受け取ったわよっ！）

「ふっふっふっ、大丈夫よ、ヴィクトリカッ」

「ど、どうしましたの、急に？　熱気で頭がおかしくなったのですか？」

私が急に不敵な笑みを見せるものだから、ヴィクトリカが引き気味に聞き返してきた。

（ん、うんまぁ〜、今回の失礼な言葉は大目に見ておきましょう）

「オホン……ふっふっふっ、こ〜んなこともあろうかとぉっ、私がこうきゃいきゅう魔法をっ」

「ぷっ、噛みましたわね」

はい、ここぞと言うときに気が急いて噛むという失態を晒す、それがこの私メアリィ・レガリヤなのであった……合掌。

（あぁぁぁぁぁぁ、せっかくマギルカがお膳立てしてくれたのにぃぃぃぃっ！）

08 遺跡探検モノのラストと言えば……

「と、とにかく、こんなこともあろうかと習得なさったメアリィ様の魔法に期待しましょうっ」

　私が心の中で悶絶していると、マギルカがフォローしてくれ、話を強引に進めてくれた。

「な、なんと……こうなることを予測していたというのですか……さすがは私の好敵手(ライバル)」

「ふっふっふっ、こんなこともあろうかと思ってね」

　ヴィクトリカが良い反応を返してくれたので、私はちょっぴり調子に乗り、悶絶を止めてドヤる。

(うんまぁ、偶然の産物なんだけどね。でも、一度は言ってみたいじゃないですか、うんっうんっ)

「その先見の明、やはりエリザベス様が興味を持つだけのことはありますわね。ハッ、まさかこの件も白銀の聖女として神の啓示を……」

「受けてない、受けてない。後、白銀の聖女言うなっ」

　自分の努力が評価されるのは嬉しいことのはずなのに、なぜかその評価が素直に喜べなくなる私であった。

「まぁ、そういうことにしておいて差し上げますわ。とにかく今はあの暴走を食い止めませんと」

　多少含みのある言葉に納得できない私ではあるが、それよりも今はすべきことが目の前にあるので流すことにする。

「戻りなさいっ、ボーン・ドラゴン」

ヴィクトリカの言葉と共に骨竜の足下に魔法陣が広がり、沼に落ちるようにズブズブと沈んでいった。

「あれ？　なんで仕舞っちゃうの」

「あなたがこれから放つ魔法に巻き込まれないためですわよ。あれだけ図体が大きいと相手との距離を空け辛いですから、うっかり……なんてごめんですわ」

「なるほど」

ヴィクトリカの意見に納得するものの、なんだかさりげなく私をポンコツ呼ばわりしているような気がするのは、考えすぎだろうか。

まぁ、とにかくそのせいで目標を失った鎧達がこちらをターゲットしてきたので、深く考えるのを止めた。

「スノー、マギルカを背中に乗せて守ってあげてっ」

『はいは〜いっ』

私は後ろで事の成り行きを見守っていたスノーに頼み、彼女はマギルカに近づいて背中に乗るように促す。

浮いてるスノーにおっかなびっくり乗ったマギルカと目を合わせ、そしてスノーを見、最後に鎧達の方を見て身構えるヴィクトリカを見ると、私は笑顔で告げた。

「皆、鎧達のことは任せるわね。あの球体は私がなんとかするわっ！」

威勢よく立ってみるものの、膝辺りまでお湯が押し寄せていて、ついでに水着姿というのが今一締まらないと思うのは私だけだろうか。

「任されましたわっ！　ダイヤモンド・ダストォッ！」

俄然やる気を出したヴィクトリカが前に出て、まさかの氷魔法を放つ。が、予想通りそれは熱で瞬時に溶かされブワァッと煙を上げると、一帯を見辛くしてしまった。

「ちょっ、ヴィクトリカ様。なにをやってますの、煙で前が見えませんわっ。ウィンドッ！」

「いやぁ〜、もしかしたらこの魔法でもワンチャンいけるかしらと思いまして。やはり、ダメでしたわね」

ヴィクトリカがやらかした煙幕をマギルカが風魔法で払いのける。

そんなやりとりを見ながら、私はツッコミたい気持ちを抑えて自分のやるべきことに集中した。できることなら、鎧達も含めて魔法を放ちたい。皆ならそんな欲張りな私の考えを分かってくれると信じている。

鎧達もまた、私が危険だと察知したのか、あるいは単純に動かないモノから排除していこうという判断なのかは分からないが、一斉に私へと群がってきた。数は全部で四体だ。

『はい、一体お帰り願いまぁ〜すっ！』

スノーがマギルカを乗せたまま、接近してきた鎧の一体を横から割り込み、前足で薙ぎ飛ばす。

「エアー・ブレットッ！」

続いて、背中の上にいたマギルカが別の鎧に向かって空気弾を飛ばした。反射的に鎧は盾を出して弾を受け止めると、足を止めてしまう。

『はい、二体目お帰り願いまぁ～すっ！』

打ち合わせをしたわけでもないのに、スノーが止まった鎧を振り向きざまに猫パンチで薙ぎ飛ばした。なかなかの連携プレイである。ちょっぴりジェラシってしまう私は「いけない、いけない」と首を振り、マギルカ達から視線を外すと、ヴィクトリカを見てしまった。

「ぐぎぎぎぎっ、なんでこの私が肉体労働ぉ～……」

残り二体の大剣を片手ずつで受け止め、押し潰されそうになっているヴィクトリカ。いくら身体能力が人より高いと言えど、限度があるというものだ。加えて、彼女は戦士タイプというよりどちらかというと魔術師タイプで、おまけに城で引きこもってよく寝る子だ。

「運動不足なんじゃないの？」

「だぁぁぁれのことを言っておりますのっ、失礼ですわねぇぇぇっ！」

思わずポロッと零してしまった私の言葉を耳敏く聞いていたヴィクトリカが激昂しながら、大剣を押し上げていき、そのまま振り解いた。

まさか自分達より小さな体の相手に押し戻されるとは予想外だったのか、体勢を崩す鎧達。

「エアー・ブレット」

「ソニックブレード」

無防備な一体をマギルカが空気弾で弾き飛ばし、残った一体をヴィクトリカが斬撃魔法で薙ぎ飛ばす。

鎧達が全て押し退けられて一ヶ所に固まると、その後ろには熱量を増した球体が一つ。

「今ですわっ」

「メアリィ様っ！」

二人が私に声を掛け、私の後ろへ駆け抜けていく。私はバッと右手を鎧達と球体に向かって伸ばした後、スッと目を閉じた。

「今ここに静寂を与えようっ」

私の叫びに呼応して、私を中心に魔法陣が展開する。そして、球体を中心に氷風が吹き広がっていった。

「この目を見よ、魅して尚震え凍えっ」

閉じた目をゆっくりと開いていくと、相手の頭上に氷風が舞い上がり氷で作られた巨大な目が私に合わせて開いていく。

「我は汝の始まりに祝福の涙を、汝の終わりに哀悼の涙を」

現れた氷目から氷の粒がまるで涙のように落ちていき、地面に落ちると砕け散り、波紋のように氷が広がっていく。続いてもう片方の瞳からも同様に氷の涙が落ちると、氷の厚みが増していった。

熱を帯びた球体からはブシューッと煙が立ちこめ、鎧達には霜が降りて動きが鈍くなる。続いて、私は片手で自分の目を隠す。

「汝の善に賛美の涙を、汝の悪に怨嗟の涙を零さんっ」

氷の目の裏側に新たに現れた氷の目がさらに氷涙を零していく。その一粒が落ちる度に下に広がる氷の波紋の高さと広さが増していった。鎧達は軋むような音を立て身動き一つ取れなくなり、球体にも霜が降り始める。

「さぁ、汝は清められた。躯も魂もそのことごとくを委ね、永遠に眠れっ」

そして、私は目を隠していた手をゆっくりと相手側へと向けて彼らを凝視する。

「ティアーズ・オブ・アイス・フロム・エターナル・フォーアイズ」

差し出した右手をグッと握りしめ、私が力ある言葉を発すると、四つの氷の瞳がゆっくりと閉じながら降下した。

球体と鎧達を包み込んで大きな氷の円柱となった場所に接触した瞬間パキィンッと音が鳴り響き、そこにあった全ての音がまるで奪われたように静寂が支配する。

「終わりよ……」

握りしめた手をゆっくり下ろして私は踵を返すと、マギルカ達の方を見た。

「さ、さすがメアリィ様……と、言いたいところなのですがぁ……」

私の後ろを見ながら恐縮そうにマギルカがなにやら言ってくる。

「……ちょっとやりすぎではないかしら？」

続いてヴィクトリカの言葉に、私は「はて？」と思いながら後ろを見た。

すると、そこは氷の世界だった。

しかも、現在進行形でそれは進んでおり、流れるお湯が水になると、それが氷となって広がっていく。

つまりどういうことかというと、水浸しになった部屋がどんどん凍り付き、配管などを通って遺跡に広がり始めていたのだ。

「あ、あらぁ～？」

氷結晶の固まりがボコボコと壁から突き出て、私の足下も凍っていくので慌てて飛びすさる。部屋中がゴゴゴッと音を立てて軋みひび割れ、崩れ始めた。どうやら、今までの暴走によるダメージが私の魔法で一気に崩壊へと導いたらしい。

『逃げるんだよぉ～！』

そして、どっかで聞いた台詞を放ち、スノーがマギルカを乗せたまま慌てて部屋の出入り口に向かって走り出したので、私も釣られて走り出す。

「ちょっとあなたぁっ、加減というものを知らないのですのっ！　これだから火力バカどもはっ！」

「あ～、ごめんねっ！　でも、魔法に加減が利くなら、階級なんていらないのよっ！　文句があるなら魔法に言ってて っ」

走る私に飛んで併走するヴィクトリカが抗議してきたので、私も理不尽な言い回しで責任転嫁など試みてみる。

間一髪、扉付近が崩れる前にそこを通過すると、ホッとして立ち止まるのは後回しにしてそのまま離れていった。

最後に見た感じ、部屋の崩壊具合はあの氷世界を破壊してアイテムを破壊できるようには見えなかった。なのでそのまま生き埋め確定だろう。

水の方も大本が凍り付いてしまって勢いを失い、水没は避けられたみたいだ。

（と、とりあえずなんとかなったことにしておこうかしら。後はここから脱出あるのみね）

全て解決したというのなら、なにも慌てる必要はないはずなのに、心の中は焦りと心配でいっぱいだった。それはスノーも同じなのだろうか、足を止めることなく未だに先頭をトコトコと歩いているので私も後ろを付いていく。

「スノー、あなた先頭を歩いてるけど、どこへ向かってるのか分かってるの？」

『ふっふっふっ、私を誰だと思っているの？　神獣である私にかかればこの程度の導き、造作もないことよ～。なんてったって、神獣ですからぁ～、メアリィは私をもっと崇め敬いなさいっ』

ふふんっと得意げに頭を上げて優雅に歩くスノーに、私は素直に「さすが神獣」と感心する。

「メアリィ様、逃げた管理人さんが慌てて荷物を持ち出したのでしょう。落としてしまった物が、転々と転がっておりますからそれを辿っているのですわ」

「へ～、そうなんだ～」

『…………』

スノーとの会話で私の声しか聞こえなかったマギルカが、なにも知らずに私の疑問に答えてくれる。その返答に私はスノーの隣に来てジト～と見つめてやると、彼女はそっぽを向くのであった。

「管理人ですか。あの男、不正を働いたことと、この私を愚弄した罪は重いですわ。必ず見つけ出して――」

ギリギリと親指の爪を噛みながら口惜しそうに語るヴィクトリカが、ふと開いていた部屋の中を見て立ち止まった。

「「あっ」」

ヴィクトリカとどこかで聞いたような男の声がハモって聞こえてきたので、私も立ち止まって彼女の後ろから中を覗く。

すると、部屋の中には噂の管理人さんがいて、大きなリュックサックを地面の氷から引き離そうとしていた。

おそらく、ここで休んでいたか、なにかを探すために一旦下ろしていた荷物が私の魔法で地面に凍り付いてしまったのだろう。

「こ、これは当主様、ご機嫌麗しゅうございまっ――」

「天誅ぅぅぅぅぅぅっ！」

「おぶぅぅぅぅぅぅっ！」

愛想笑いで取り繕おうとする管理人さんに、ヴィクトリカの容赦ない飛び膝蹴りが炸裂し、彼は荷物を残して壁に吹っ飛んでいく。

「……ちょっと待ってください。ここにも氷が侵食しているということは……」

ヴィクトリカと管理人さんの一部始終を後ろでスノーの背中から眺めていたマギルカがハッと気が付き不穏なことを言ってきた。と同時に、管理人さんがフラフラと立ち上がるとその背後にあった壁の亀裂が広がっていき、ピシッと氷が見え隠れし始める。

『逃げるんだよぉ～！』

スノーの掛け声と共に、再び私達の全力ダッシュが開催されるのであった。

ついでに私とヴィクトリカの詰り合いが行われていたことは、伝えるまでもないだろう。


「あぁ～、疲れた……結局私達、なにしにここへ来たのかしら」

重い足取りで私は古代遺跡の最初の扉を潜る。ここは水の被害も氷の被害も受けておらず安全地帯のようだった。

久しぶりに見る外の風景はすっかり日が沈んで夜になっており、私は感慨深くそれを眺める。

「汗でベタベタですわ、お風呂に入りたいですわよ」

「あ～、それ言っちゃいますかキミ」

もう疲れたので、ヴィクトリカには覇気のないツッコミをする私。

ちなみにここまで案内させた管理人さんは、ヴィクトリカに往復ビンタ十回の刑に処され、頬を腫らして伸びている。その程度で許されるのなら随分と魔族社会は温いのかなと思いきや、これは単にヴィクトリカの気が治まるための行為であって、ちゃんとした処罰はオルバスに一任するのだそうだ。

「皆さん、そんな格好でお城に帰るのですか？　着替えに戻りましょう」

よいしょと、スノーから降りるマギルカの言葉に、私とヴィクトリカがお互いの姿を見合って「それはそう」と頷きあう。とはいえ、ベタベタで汚れたままの状態で服に着替えるのはなんかイヤだった。

「でもさぁ、こんな状態で着替えられないよぉ〜、マギルカ〜。お風呂入りたいぃ〜、シャワー浴びたいぃ〜」

「そう言われましても、温泉部分はほとんど崩れて危険ですし、仮に入れる所があったとしてもお湯は水に変わっておりますわよ、我慢してくださいまし」

私がへたり込んでぶつくさ言ってると、マギルカがやれやれといった顔で窘め、そのまま私達が着替えた場所へと戻っていく。

いっそプールとして入るのも手なのだが、疲れた体にはやはりプールではなく温泉が一番である。そう思うと、温泉欲が沸々と沸き上がって、もう駄々っ子になりそうだった。

「温泉ね……こんな綺麗な月夜を眺めながらのお風呂も良いですわね〜」

私の隣でへたれ込むヴィクトリカが、感慨深げに夜空を見上げて言うものだから、私も釣られて夜空を見上げてしまう。

とそのとき、月を背になにかが崖の下からジャンプしてきた。

「えっ、なに？」

私は慌てて立ち上がると、それを凝視する。

「やっと戻れた。んっ、そこにいるのはメアリィ君達かいっ。キミ達も無事だったんだね」

そこに立っていたのは筋骨隆々の男、自称考古学者のファルガーさんだった。やはりあの程度の逆境はものともしなかったみたいだ。というか、今し方すごい崖から素手で登場してこなかったたか。

「あっ、ファルガーさんも無事でしたぁ〜、か？」

月明かりで逆光だったファルガーさんが、月が隠れて見えるようになりしっかり彼だと確認しようとして私は固まる。

ファルガーさんの最終防衛ラインが失われているのに気が付いた瞬間、私の悲鳴が夜空に木霊するのであった。


「うぅぅ、マギルカ〜、変態が、露出狂の変態がいたのよ〜」

半泣き状態の私はマギルカをギュッとして、彼女に頭を撫で撫でして慰めてもらっている。

ヴィクトリカはといえば、さっきから牙を剥き出しにしてファルガーさんが近づこうものならフシャーと威嚇していた。

ちなみに今のファルガーさんは着替えた場所に戻って軽く身なりを整えている。私達は未だに水着のままだ。というか、現在意気消沈中の私にそんな気力はなかった。

「ははは、失敬失敬。床から落とされて、そのまま外の谷底まで流され落とされてね。やっと這い上がって来たところでキミ達に会ったんだよ。自分の格好なんて気にしている暇はなくてね」

「……そこは気にしてくださいませ」

唯一被害を受けなかったマギルカが溜め息混じりにファルガーさんを注意すると、再び私を撫で撫でしてくれる。

「ところで、あの祭壇の間での一件はどうなったんだい？」

「祭壇？　ああ、あそこのことですか。あれなら崩壊しましたわ。危険ですので近づかない方が良いですよ」

話題を変えてきたファルガーさんに、マギルカは詳細を省いて答える。

「ほ、崩壊？　一体なにがあったんだい」

「そこのメアリィが魔法でなにもかも氷漬けにしましたのよ。こんなこともあろうかと用意しておられたんですってね～」

「あ、あれは仕方なかったじゃないのよっ。でないと、大変なことになってたじゃないっ」

ファルガーさんが驚き質問すると、ヴィクトリカが皮肉たっぷりに余計なことを言ってきたので、私はすかさず弁明した。

「なるほど、メアリィ君が魔法で……つまり、あそこにいた吸血鬼の野望は阻止されたということか。あの遺跡になにが隠されていたのか、いや、封印されていたのかな……それをこんなこともあろうかと前もって知っていた……」

私達の会話から一人、ぶつぶつと呟き思考するファルガーさん。吸血鬼の野望とは、もしかして今現在別の所で頬を腫らしピクピクと痙攣しながら気絶している管理人さんのことだろうか。

なんだか彼の中では、あの湯沸かし器事件がこう謎と陰謀に包まれたスペクタクルな事件となって繰り広げられているみたいで、心配になってくる。

「あ、あのですね、ファルガーさん。あそこで起こったことは」

「あ、大丈夫だよ。分かってる、分かってるからみなまで言わなくても大丈夫さ。あ～、最初に気づくべきだったよ、ヴィクトリカ君が吸血鬼と名乗ったところでね。いや〜、失敗失敗」

私が事実を告げようとしたらファルガーさんに止められて、彼はなにやら一人で納得し、やはりあさっての方へと話を突き進め始めた。

「いや、あの、ですから……」

「まぁ、ヴィクトリカ君もそうだけど……そういえば、メアリィ君。キミに一つ聞きたかったことがあったんだ」

「ふぇ？　な、なんでしょう」

ファルガーさんの妄想を軌道修正しようと試みたら、まさかの私に質問が飛んできて思わず身構えてしまう。

「キミ、たま〜に誰もいないところで一人会話していたよね。あれはもしかしてこの遺跡となにか関係が……それとも単に疲れて……」

「関係ありませんし、私はノイローゼでもないですよっ！　あれはスノーとしゃべっていただけですっ！」

すごい今更感のある指摘を受けて、私は慌てて否定した。最近皆が指摘してこなかったのですっかり忘れていたが、初見さんが見たら私は頭のおかしい娘だと誤解されても仕方のないことをしているのだと再認識させられる。

「スノー？」

「そこにいる神獣です」

私はキョトンと首を傾げるスノーを指差しファルガーさんに教えてあげた。そういえば、ヴィクトリカのせいでスノーの紹介をし忘れていたことを今更ながらに思い出す薄情な私。

「し、神獣だって……てっきり誰かのペットか使い魔かと……そういえば、最近風の噂で神獣を従える白銀の髪の少女の物語が……」

なぜそうなってしまうのかというくらい、私にとって最悪な事態が巻き起ころうとしていた。私がスノーの紹介を無意識に避けるのは、その人がこの後にある結論に至るのがイヤだからなのかもしれない。

「は、白銀の聖女とか、そういうのじゃありませんからっ！」

そして、慌てるあまり私は自ら地雷を踏み抜くのであった。

「……ヴァンパイアの遺跡、神獣、聖女……あ～、はいはい、うん、そうね、そういうことか。なるほどなるほど……」

私の話を聞いて、ファルガーさんは全てのピースが嵌ったかのようにスッキリした顔をしてきた。その表情を見ると私の焦りはさらに増大していき、頭真っ白になってなんと言って良いのか分からなくなる。

「いえ、あの、だからっ」

「大丈夫です、分かっておりますから。なにもおっしゃらなくても、貴女様の邪魔や詮索はしませんよ。名声を望まず、人知れず危機を救う。それが聖女さっ……おっと、いけない、いけない」

（全然大丈夫じゃない、大丈夫じゃないわよ。なんで急に敬語になってるの、おかしいでしょっ！）

私がアワアワしていると、もうこの話はなしだと言わんがごとく、優しい笑顔でファルガーさんはお辞儀をし、そのまま外へと向かって歩き出す。

残念なことに私はそれをアワアワしながら見送ることしかできなかった。だって、今までの彼の言動を顧みたら、彼の思い込みを変えるのがどれほど困難なことか……。

願わくは、この件を一生黙っててもらえると助かります。

「……メアリィ様、着替えますか？」

「……うぅぅ、せめて温泉に入れたら今回の件、ちょっとは報われそうな気がするのにぃ〜」

マギルカがポンッと私の肩に手を添えて優しく声を掛けてくると、私は拳を握りしめ、無念の言葉を絞り出す。

「ん？　温泉ですか。それなら、僕が落ちた先に温泉が一つありましたよ」

私の声が聞こえたのかファルガーさんは足を止め、とても素敵なことを教えてくれた。

「そ、それは天然ですかっ、変なトラップとかありませんよねっ、広さはどれくらいですっ、人は入れますよねっ！　後、敬語はやめてくださいっ」

「え、えっとぉ〜、そこそこ広かったし、人が浸かれる感じはあったかな。周辺を岩で補強はされてたけど、それ以外で人の手が加わってる感じはなかったね。シンプルな感じだったよ」

私の勢いに気圧されて、ファルガーさんは敬語をやめると引き気味に答えてくる。

「よし行こう、すぐ行こう。崖からダイブしてでも私は行くわよぉっ！」

私は最後の希望へと縋るように遺跡から駆け出すのであった。

09 温泉は良いよねっ

私の勢いは止まらず、暗い崖下へほんとにダイブしかけて、マギルカに止められてしまった。

落ち着いてから浮遊魔法でゆっくりと降りた私達は今、滝の近くにいる。月夜に照らされたそこは静かでなかなかの景観だった。そこにファルガーさんが言っていた私の知るシンプルに岩で囲まれた露天風呂があったので、私はここで油断せず、辺りを徹底的に調べ、妙な仕掛けがないかチェックする。

「ないっ、ないわよ。変なオブジェも、スイッチも宝箱も、おまけに配管もなにもないわ、マギルカッ！」

「そ、そんな涙ぐんで力説するところですか？」

「シンプルな温泉よっ、天然の温泉なのよっ！　私達は今、秘宝を手に入れたのよっ、ばんざぁぁぁいっ！」

私のテンションに付いて来れず、マギルカが苦笑いしているのは置いておいて、私は一人感極まって万歳していた。

「さぁ、入ろう、すぐ入ろうっ！」

「ちょ、ちょっとメアリィ様っ、脱ぐのですか？　こんな所で」

「ファルガーさんは崖上の遺跡の方にいるし、見た感じ周辺には誰もいなさそうだよ。それに夜だから、遠くからじゃ見えないから大丈夫でしょ？」

私が着ていた水着に指をかけると、マギルカが慌てて私を止めにきた。なので、私は一旦手を止め、見回しながら自分の考えを伝える。

「心配でしたら、覗き対策に私の眷属を見張りに立てましょうか？」

「『それは遠慮しておきます』」

心配性のマギルカを安心させようと思ったヴィクトリカの提案に、私とマギルカがハモってお断りする。面倒事が起こるか、もしくは最後の希望が破壊されかねないからだった。私達に断られたことはあまり気にしていないのか、ヴィクトリカは聞き流すようにしてそのまま温泉に入る準備をし始める。

「ささ、マギルカも変に気を張らずに、温泉入ろう入ろう」

「……そうですね」

こうして、私達はついに『普通の』温泉に入ることと相成ったのであった。

(あぁ、普通……なんて良い響きなのだろう)

「私が一番ですわぁっ！」

私がしみじみしながら水着を脱いでいると、ヴィクトリカが急に競争意識を燃やして温泉に向かって駆け出す。

「あ、ずるい、私が先よっ」

そして「フッ、お子様が」と思いつつも、ついつい対抗意識を燃やしてしまう私がここにいるのであった。

「お二人とも、もう子供じゃないのですから、走って飛び込むなんてはしたないですわよ」

マギルカの言葉に走ったポーズで固まる私とヴィクトリカ。そんな私達を通過し、マギルカは掛け湯をしてから、ゆっくりと温泉に入っていく。その優雅さに私はヴィクトリカと顔を見合わせ、自分達の子供っぽさに反省し、咳払いをして仕切り直した。

「あ～～ぁ、生き返るわぁ～」

もはや様式美というか、温泉に入ったら誰か一人は言わなければならないと私は思っている台詞を発しながら、温泉に浸かっていく。

「メアリィ、あなたアンデッドだったんですの～？」

「ヴィクトリカ、そこは『年寄りくさいわね』って返すところよ。はい、やり直し～」

「知らないですわよ、そんな返しっ」

肩まで温泉に浸かりつつ、ハフ～ッと気の抜けた顔で私はヴィクトリカにゆるりと言うと、彼女も似たような状態でゆるりと返してきた。

ここまで来るのにいろいろ疲れることが多すぎたので、正直想像した温泉にやっと入れたという嬉しさと心地よさで心身共に蕩けそうだった。

ふと、マギルカを見てみればまだ周りを気にしているのか、時折辺りを見回している。

「マ～ギルカ、せっかく温泉に来たんだから、リラックスリラックシュ、ブクブクブク……」

もはやそのままブクブクと頭まで沈めそうなくらいだらけきって、私はマギルカに言う。

「……そ、そうですわね。お二人が気を抜くとなにしでかすか分からなくて警戒してましたが、考えすぎでしたわね、すみません」

「そうそう、考えすぎ考えす、ん？」

マギルカの緊張が解れて良かったかと思いきや、なんだか聞き捨てならない言葉を聞いて、私は微睡(まどろ)んだ思考を叩き起こした。

「マギルカ、それってどういうことかしら？」

私は肩まで浸かったまま、まるで獲物を狙った鮫のごとくスィ〜ッと音もなくマギルカに近づいていく。

「へ？」

「そうですわよ、マギルカさん。メアリィだけならいざ知らず、私も含めるなんて」

気が付けば、ヴィクトリカも私と同じように近づいて、二人してマギルカを挟んでいた。その迫力にマギルカが引きつった笑顔でジリジリと後ろへ下がっていく。

「え、あ〜、その〜」

「ウフフフッ、これはお仕置きですわね〜」

そう言って、ヴィクトリカは立ち上がると両手をあげ、ワキワキと怪しく指を動かしていた。

ヴィクトリカの目線を辿れば、目標は明らかにマギルカのたわわなアレなのは明白だろう。それを悟ったのかマギルカも手でサッとガードする。

「はぁ、はぁ、マギルカさんは以前から見てて、とても綺麗な肌をしてらして柔らかそうで、温泉に入ったことで瑞々しくなったというか、仄かに赤みがかかった肌がこう、美味しそうというか噛みつきたくなるというか、あぁ～、そこに噛みつくのもまた一興ですわね、ウフフフフフ」

はぁはぁと呼吸を荒くし、早口になるヴィクトリカがマギルカににじり寄っていく。

「やめんか、このド変態吸血鬼っ！　そこに触って良いのは私だけよぉっ！」

変なスイッチが入ったヴィクトリカを後ろからチョークスリーパーをして落としにかかる私は、マギルカにとっては理不尽だが、思わず独占欲がポロリと出てしまった。

そのせいで興奮が一気に冷めたのか、ヴィクトリカが冷静になってタップしてきたので、私は彼女を解放する。

「はぁ、はぁ、あやうく落ちそうでしたわ。ちょっと、なにしてくれますの、私とマギルカさんのお楽しみタイムを邪魔しないでくれます」

「なにがお楽しみタイムよっ！　マギルカには指一本触れさせないんだからね」

「ふっふっふっ、やはりあなたとは相容れない運命なのですわね。マギルカさんのお胸を賭けて勝負ですわっ！」

「望むところよっ！」

「いい加減にしてください、二人共。喧嘩はダメってわ・た・く・し・言いましたよね。後、私の意思を無視して、勝手に賭けないでくださいませんか？」

温泉の中ではしたなく身構える私達の横で、ゴゴゴッと強烈な圧を発しながらマギルカが笑顔で語りかけてきた。

(目が笑ってないのが怖いです、はい)

「「すみません」」

もはや反射的に謝る私とヴィクトリカ。そんな私達を見て、溜め息を一つつき、マギルカの圧が消える。

「はぁ……まったくお二人ときたら仲が良いというかなんというか……」

「あっ、それでしたら二人仲良くということでっ」

呆れるマギルカの台詞を聞いて、ナイスアイデアと言わんがごとく、ヴィクトリカが笑顔で両手をワキワキしながら提案してくる。

「なるほど」

「なるほどじゃありませんわよぉっ!」

私がポンッと手を打てば、すかさずマギルカが大きな声でツッコミを入れてくるのであった。

「もぉっ、知りませんっ!」

顔を赤くし、不貞腐れたようにプイッと顔を背けてマギルカはススッと私達から離れていく。

「ごめんって、マギルカ～。冗談だよ～」

「そ、そんなに触りたいなら、お二人で触り合っててくださいまし」

「いやいや、マギルカさん。そういうのはね、ある方が良いじゃない。なにが悲しくて、ヴィクトリカのを、ね～」

「うふふふふふっ、私は小さくても全然ＯＫですわよ。それに温泉のせいかしら、メアリィも瑞々しくて、美味しそう……ジュル」

恥ずかしさのあまりに発したマギルカの言葉に、私が苦笑いでヴィクトリカに同意を求めてみれば、なんと彼女は先のマギルカのように私に向かってワキワキし始めてきたではないか。

「よ、寄るんじゃないわよっ、このド変態吸血鬼ぃっ！　後、小さいとか言うなぁぁぁっ！」

こうして、しばらくの間私とヴィクトリカは温泉の中でグルグルと追いかけっこする羽目になるのであった。

（あれ～、のんびりと入るはずの温泉が、なんでこうなったの？）

「あ～、マギルカのせいでひどい目にあったわ」

「それは、自業自得ではないでしょうか」

ヴィクトリカとの追いかけっこから解放され、私がマギルカの隣で夜空を見上げると、彼女は溜め息と共に痛いところを突いてくる。なぜヴィクトリカから解放されたかと言えば、答えは簡単、彼女がのぼせただけだった。

今は私もマギルカと一緒に温泉を囲む岩の一つに座ってクールダウンしている。

静寂な空間が辺りを支配すると、私は今までの慌ただしい出来事を思い出して申し訳なくなってきた。

「ごめんね、マギルカ。あなたの療養にって温泉に来たのに。こんなドタバタになって」

「別に気にしてませんわ。メアリィ様とは幼い頃からこんなのばかりでしたので、慣れてます」

「……それって喜んで良いのやら、悲しんで良いのやら……」

お互い夜空を見ながらフフッと笑いあう。

「ところで、私のことよりメアリィ様はこれからどうするのです？」

話が変わり、マギルカが問いかけてきた疑問に私はなんのことか理解できなくて首を傾げてしまう。

「へ、どうするって？　いやまぁ、もうちょっと温泉を堪能してから着替えに戻って、もう一日ヴィクトリカのお城に泊めてもらって、今度はテュッテも連れてこようかなと」

「それもそうですが、レポートですよ、レポート」

「レポート？」

苦笑するマギルカの言葉に、私は今一ピンと来なくてオウム返しする。

「そもそもここに至るきっかけは、メアリィ様のレポート提出のテーマ探しだったんですよ、忘れたのですか？」

「…………」

静かな温泉の中で私は目を閉じ頭の中を整理してみた。

「あぁぁぁぁぁっ、そうだったぁぁぁぁぁっ！」

全て解決し、終わった気で温泉にのんびりと浸かっていた私は、根本的になにも解決していないことに気が付き絶叫するのであった。

「ちなみに、魔鏡についてですが。消えてしまった彼女達が鏡の場所に引き戻されただけという線もなくなりました。お祖父様の話ではあの時間に彼女達を鏡の周辺で見ていないとのことでしたし、その後、目撃情報もありませんでした。やはり、影響範囲から出ると消えるという結論が今のところ濃厚ですね。ただ……」

「ただ……」

神妙な面もちで語りかけてくるマギルカを見て、私は思わず固唾を呑んで次の言葉を待つ。

「メアリィ様の能力をコピーしているということは、その力によって想定外の事象を引き起こす可能性があるかもしれません。もしかしたら、満月の夜に学園を徘徊する銀髪の少女がいるという噂話が出てくるかもしれませんね」

「は、はは……そんな、まさかまさか、学園の七不思議じゃないんだから。いやいや、ないってそんなこと……たぶん」

マギルカの恐ろしい推論に冷や汗を垂らして否定する私だが、事が私の力なので絶対ないと言えるかと聞かれたら正直自信はない。

「それで、どうしますか？　魔鏡について本格的に調べてレポートにしてみますか？」

「……止めておくわ。意外性を求めると碌なことにならなそうだから、もうちょっと普通が良い……」

足を軽く動かし、温泉をパシャパシャしながら、私は肩を落として言ってみる。

「そうですか。でも、これでフリダシに戻ってしまいましたね」

私に釣られてマギルカも温泉をパシャパシャしながら、とても悩ましい現実を突きつけてきた。

なので、私が取る次なる行動はといえば……。

「あの～、マギルカ。レポートのテーマ探し……また、手伝ってくれる？」

即行で他力本願を発動するダメな私。

「もちろんですわ。見つかるまでお付き合いしますわよ」

ツンツンと両指をつつきながら、恐縮そうに私がマギルカを見ると、彼女は優しい笑顔で頼もしくそう答えてくれるのであった。

番外編　もしもの話

ヴィクトリカの城から帰って来た後、学園で久しぶりに皆とお茶できる時間ができたので、私はお茶の話題としてサフィナ達に鏡のことや温泉について語ることにした。

「へ〜、温泉ですか。良いですね、私も行ってみたいです」

「じゃあ、時間が取れたら今度は皆で行きましょうね」

話し終わるとサフィナが温泉に興味を持ってくれて、私はすぐさま次の温泉旅行の約束を取り付けようとする。

「温泉も良いけど、俺としてはやっぱ鏡かな〜。もう一人の自分と競ってみたい」

「ザッハ、あなたはメアリィ様の話を聞いていませんでしたの？　あれは私達のコピーではありますが、その性格はとてつもなく恥ずかしいモノになるのですよ。はぁ〜、思い出しただけで顔が熱くなりますわ」

ザッハが私としてはあまり触れてほしくない話題に触れてきて、マギルカに窘められた。

「でも能力は同じなんだろ？　この際性格面は目を瞑ろうかなと」

「分かってないわね、ザッハさん。あの精神攻撃の凄さを目の当りにしたら能力面なんて霞むわよ」

「ま、マジかよ……そんなに酷いのか」

私の言葉にザッハがゴクリと唾を飲み、マギルカがうんうんと頷く。

「想像してみなさい、オドオドして小動物のように女々しい自分の姿を」

「「…………」」

私に言われて、場が静かになると皆が揃って想像しているのが分かる。

「……確かに、ぞっとするかもしれない」

想像できたのかザッハが嫌そうな顔で呟くので私はそんな彼をからかいたくなった。

「よし、じゃあ鏡の前に行きましょうか。なんかそんなザッハさんも見たくなってきたわ」

「おい、こら、止めてください、ごめんなさい」

「なによ、さっきはやる気満々だったくせに」

「考えが変わったんだよ。お、俺なんかより王子とかはどうなんだ？」

私に追及されて分が悪くなったのか、ザッハは王子に話題を振ってきた。

「ん〜、そうだね。自分にとって嫌な自分か……あっ、でも客観的に見て、ああ自分はこうなんだと分析できるし、性格の善し悪しで周りにどういった影響を与えるのかシミュレーションできるかもしれないね……」

「レ、レイフォース様……考え方が逞しすぎます」

王子の場合半分は冗談なのかもしれないが、そもそも自身の分析や実験に利用しようという発想自体に私は驚嘆する。

「サ、サフィナだったらどうなるのかしら、ね、ね〜」

「わ、私ですか？」

もうちょっと和みそうな会話はないのかなと、私はちょうど目が合ったサフィナに話題を振ってみた。

「私が恥ずかしいと思う自分……」

すぐには思い浮かばずに、ん～と小首を傾げて思案するサフィナは可愛かったりする。こんな可愛らしいサフィナの性格がどうマイナスに歪(ゆが)むかなんて自分で振っておいてなんだが、想像できないというかしたくない。

「あっ、前向きで明るく、強くて頼もしい自分は眩しくて見てると恥ずかしくなるかもしれませんね」

てへへとちょっぴり照れながらサフィナが言う想像もまた可愛らしくて、もう私は無言で彼女をハグしていた。

「うん、可愛い、可愛い。サフィナならそんな自分になれるわ、ううん、なってるわよ」

「ちょ、メ、メアリィ様っ、はわわっ」

頭をナデナデしながら私が言うと、サフィナは慌てた素振りを見せながらも離れることなくされるがままでさっきよりも照れていた。あまりの可愛らしさに撫でくり回したくなるのは私だけではないはずだ。

「よし、サフィナの可愛らしい新たな一面を見てみたいということで、ちょっと鏡の所に行きましょうか」

「メアリィ嬢、これ以上騒ぎを起こすのは自重してくれると嬉しいのだけど」

「はい、すみませんでした」

珍しく王子に注意されて、私の中の好奇心がスゥ～ッと萎んでいき、冷静になる。それほどに私は本気でやりそうな勢いだったのだろう。うん、自重しなければ……。

「そういえば、私達以外で可能性があったのはテュッテですね。テュッテも一緒に映っていたらどうなっていたのでしょう？」

マギルカがふと思い出したように私の後ろに控えていたメイドを見ながら聞いてきた。確かに、あの場にいたテュッテは偶然にも鏡に映らず難を逃れていた。不公平と言えば不公平かなと、私も彼女の言葉を待つ。

「……私としては能力が一緒であればお嬢様のサポートが二倍になって嬉しいです。性格面も私自身が恥ずかしいと思うくらいなら許しますが、お嬢様に対してマイナスな場合は看過できませんね」

「私にマイナス？」

「例えば、お嬢様を毛嫌いするとか、お嬢様に対して興味がないとか……あ、あれ、お嬢様？　お嬢様ぁぁぁっ！」

テュッテの話を聞きながら、私はそんな彼女をチラッと想像しただけで、そのあまりにも暴力的なダメージに精神が耐えられなくなり、そのままソファーの上でバタッと倒れ込むのであった。

（ダメージがぁぁ、ダメージが酷すぎるぅぅぅ。テュッテがコピーされなくて良かった。もし、そんなことになったら私の精神が崩壊してたわよぉぉぉっ！）

あとがき

皆様、とてつもなくお久しぶりでございます。ちゃつふさと申します。

人生とはいろいろあるものですね。いつかは来るだろうというモノが、いざ訪れるとオロオロしてしまう豆腐メンタルな私でございました。

まぁ、いろいろありましたが「どうやら私の身体は完全無敵のようですね」も無事に五巻を皆様にお届けできて嬉しい限りでございます。

購入してくださった方々はありがとうございます。検討されている方々はメアリィ達のコスプレ（？）や温泉シーンなどがありますので、どうぞよろしくお願いしますとゴマをすってみたりして、ぐへへへっ。


さてさて、当書籍の小話でも……。

そもそも偽メアリィは、どういった経緯で誕生したのかというのはですね。担当様と電話で話していたとき、ふと「メアリィが本気で戦える相手って誰だろうね？」的な話題になって「メアリィとまともに戦えるのは……やっぱり、メアリィ？」という話になったのですよ。

ちょっと想像してみたのですが、正直お互いなにしても無効化されるので、周りがとんでもない被害に遭うだけで、本人達はまともな戦闘になりそうにないなぁと思いました。

では「メアリィにダメージを与えられるのはなんだ？」となったとき、「精神的ダメージしかないな」に行き着いたのですが、メアリィは外部からの精神攻撃魔法などは受け付けないので、あくまで自分で自分の精神を抉らないといけません。

そこで生まれたのが「偽メアリィ」というわけなのでした。

うんまぁ、それでどうしてああなったのかというツッコミはなしということで……。

メアリィが消極的巻き込まれ系主人公なら、偽メアリィは積極的巻き込み系主人公にしてみようと書いてみましたが、なかなか面白い子に仕上がったかなと思っております。まぁ、お互いメンタルは最弱でポンコツなのはデフォルトですけどね。

では続いてこの流れだと、「じゃあ、温泉回はなにか考えがあって誕生したのですか？」とチラッとでも思ったそこのあなた。

答えは簡単、私が欲望のままに書きたかっただけです、はい……。

そこで、普通に温泉に入れば良いものをどうしてああなったのかというツッコミはなしということで、ここは一つ……。

でも、ヴィクトリカとの口喧嘩はメアリィにはあまりない一面だったので書いてて楽しかったし、マギルカとイチャイチャさせるのも楽しかったです。

まぁ、そんなこんなでお送りいたしました当書籍ですが、面白かったと思う方が少しでもいてくれたら、これ幸いでございます。

では最後に、こんなに時間をかけてしまったにもかかわらず待っていただけ、さらには出版まで迅速に事を進めていただけたマイクロマガジン社様と担当のI様の手腕には、感謝の言葉しかございません。

また、魔法少女の衣装というとんでもないオーダーに、最高に可愛らしい衣装をデザインしていただき、さらには、肌色成分多めなシーンを描いてくださったふーみ先生には「ありがとうございます。ほんとありがとうございますっ！」と壁紙にした絵に向かって拝んでおります。(毎度のことながらニヤニヤしながら鑑賞しているのは内緒だぞっ)

そして、この度出版に至るまでに関わっていただいた全ての皆様、応援、ご購入いただいた読者の皆様にも厚く御礼申し上げます。

それでは、またお会いできることを願いつつ、これにて失礼いたします。

GC NOVELS

どうやら私(わたし)の身体(からだ)は完全無敵(かんぜんむてき)のようですね 5

本書は小説投稿サイト「小説家になろう」(https://syosetu.com/)に
掲載されていたものを、加筆の上書籍化したものです。

2020年11月7日　初版発行

著者 ちゃつふさ

イラスト ふーみ

発行人 武内静夫

編集 伊藤正和

装丁 株式会社ビィピィ

印刷所 株式会社平河工業社

発行 株式会社マイクロマガジン社
URL:http://micromagazine.net/
〒104-0041　東京都中央区新富1-3-7　ヨドコウビル
TEL 03-3206-1641 FAX 03-3551-1208(販売部)
TEL 03-3551-9563 FAX 03-3297-0180(編集部)

ISBN978-4-86716-067-1 C0093

ファンレター、作品のご感想をお待ちしています!
宛先 〒104-0041　東京都中央区新富1-3-7 ヨドコウビル
株式会社マイクロマガジン社 GCノベルズ編集部 「ちゃつふさ先生」係 「ふーみ先生」係